民國文化與文學研究文叢

（四川大學特輯）

八　編

李　怡　主編

第 9 冊

「下江人」和抗戰時期重慶文學

黃　菊　著

國家圖書館出版品預行編目資料

「下江人」和抗戰時期重慶文學／黃菊 著 — 初版 — 新北市：
花木蘭文化事業有限公司，2017〔民 106〕
目 4+218 面；19×26 公分
（民國文化與文學研究文叢 八編；第 9 冊）
ISBN 978-986-485-040-2（精裝）
1. 中國文學 2. 地方文學 3. 文學評論
820.9   106012792

特邀編委（以姓氏筆畫為序）：

ISBN-978-986-485-040-2

丁　帆	王德威	宋如珊
岩佐昌暲	奚　密	張中良
張堂錡	張福貴	須文蔚
馮　鐵	劉秀美	

9 789864 850402

民國文化與文學研究文叢
八 編 第九 冊   ISBN：978-986-485-040-2

「下江人」和抗戰時期重慶文學

作　　者　黃菊
主　　編　李怡
企　　劃　四川大學現代中國文化與文學研究中心
　　　　　北京師範大學民國歷史文化與文學研究中心
總 編 輯　杜潔祥
副總編輯　楊嘉樂
編　　輯　許郁翎、王　筑　美術編輯　陳逸婷
出　　版　花木蘭文化事業有限公司
社　　長　高小娟
聯絡地址　235 新北市中和區中安街七二號十三樓
　　　　　電話：02-2923-1455／傳真：02-2923-1452
網　　址　http://www.huamulan.tw 信箱 hml810518@gmail.com
印　　刷　普羅文化出版廣告事業
初　　版　2017 年 9 月
全書字數　188520 字
定　　價　八編 12 冊（精裝）新台幣 22,000 元

「下江人」和抗戰時期重慶文學

黃菊　著

作者簡介

黃菊，女，1976 年 9 月出生於重慶合川。四川大學文學博士。現任職於西南大學圖書館，西南大學圖書情報研究所。參與主編《民國憲政、法制與現代文學》，在《社會科學輯刊》等刊物上發表學術論文多篇，主要研究方向爲抗戰文學與文化。

提　　要

　　抗戰時期移居重慶的外地人被本地人稱之爲「下江人」。「下江人」是一個龐大的外來群體，佔據了戰時重慶人口的重要部分，他們帶來重慶政治、經濟和文化的繁榮。本書以「下江人」來到重慶前後，重慶文學生態的變化爲考察點，主要圍繞以下問題展開討論：

　　首先，重慶成爲陪都之前，文學藝術並不活躍。進入民國以後的四川並非人們想像中的「天府之國」，反倒以軍閥、鴉片和盜匪聞名全國。對「下江人」而言，重慶是陌生的，他們對重慶自然生活環境的並不適應；重慶同時又充滿魅力，陪都無處不在的濃烈的抗戰氛圍，讓身處其中的人們對山城充滿狂熱期待和喜愛。「下江人」在重慶所面臨的嚴峻生存壓力和抗戰建國的理想交織在一起，共同構成重慶文學複雜而豐富的一面。其次，下江文化和本土文化之間的既有衝突、誤解，又有理解與融合。一部分受過良好教育的重慶人期待「下江人」代表的下江文化能夠改變和提升落後的重慶文化，從而縮小重慶和下江之間的距離。而下江作家們在重慶時刻處於重重的生存困境之中，他們爲生存奔走於陪都，卻對身居期間的巴山蜀水缺少更深的關注。在此背景下，下江作家以其不同生命體驗書寫了各自不同的抗戰文學，記錄下「下江人」和重慶重重的情感的聯繫。

構建中國現代文學研究「川大群落」的雛形——《民國文化與文學研究文叢》四川大學特輯引言

李　怡

　　2012 年，我開始與花木蘭文化出版社合作，按年推出「民國文化與文學」論叢，2014 年以後又按年加推「人民共和國文化與文學」論叢，可以說，鼓舞我完成這兩大學術序列的堅強的動力就在於我本人的「四川體驗」，更準確地說，是我對於四川大學學術群體的深切感受和強烈期待。「民國文化與文學」與「人民共和國文化與文學」論叢自誕生的那一天起，就是以中國現代文學研究「川大群落」的存在爲「學術自信」的，四川大學學人的身影幾乎在每一輯中都有出現，儼然就是這兩大序列的內在的紐帶和基石。迄今爲止，我們已經在論叢中集中推出了「南京大學特輯」、「中國人民大學特輯」與「蘇州大學特輯」，編輯出版「四川大學特輯」則是計劃最久的願望。

　　在當代中國的學術版圖上，四川大學留給人們的印象常常是古代文化的研究，包括「蜀學」傳統中的中國古代史、古代文學、古代漢語研究，新時期以後興起的比較文學研究也擁有深刻的古代文學背景，其實，中國現當代文學的發展和學術研究也與四川大學淵源深厚。

　　作爲西南地區歷史久遠的高等學府，四川大學經歷了一系列複雜的演化、聚合與重組過程，衆多富有歷史影響的知識分子都在不同的時期與川大結緣，構成「川大文脈」的一部分。例如四川省城高等學校下屬機構的分設中學堂時期的學生郭沫若與李劼人，公立外國語專門學校時期的學生巴金，成都高等師範學校時期的受聘教師葉伯和，國立成都大學時期的受聘教師李

劫人、吳虞、吳芳吉，國立四川大學時期的陳衡哲、劉大杰、朱光潛、卞之琳、熊佛西、林如稷、劉盛亞、羅念生、饒孟侃、吳宓、孫伏園、陳煒謨、羅念生、林如稷，新中國以後的川大學生中則先後出現過流沙河、童恩正、楊應章、郁小萍、易丹、張放、周昌義、莫懷戚、何大草、徐慧、趙野、唐亞平、胡冬、冉雲飛、顏歌等。作為學術與教學意義的中國現當代文學，也在川大早早生根，文學史家劉大杰在川大開設「現代文學」必修課的時間可以追溯到 1935 年，是中國較早開展新文學創作研究高校之一。新中國成立後，隨著中國現代文學（新文學）學科的建立，四川大學的相關學者代代相承，在各自的領域中成就斐然，成為中國現代文學研究界的主要力量。林如稷、華忱之先生是新中國中國現代文學學科的奠基人之一，新時期以後，則有易明善、尹在勤、王錦厚、伍加倫、陳厚誠、曾紹義、毛迅、黎風等持續努力，在郭沫若研究、李劼人研究、四川作家研究、中國新詩研究等方面做出了引人注目的貢獻，是中國西部地區最早培養碩士生與博士生的學術機構。〔註1〕

我是 2004 年加入四川大學學術群體的，當時中國高校的「學科建設」的大潮已經開始，許多高校招兵買馬，躍躍欲試，而川大剛好相反，老一代學者因年齡原因逐步淡出學術中心，相對而言，當時地處西部，又居強勢學科陰影之下的川大現代文學學科困難重重。在這個情勢下，如何重新構建自己的學術隊伍，尋找新的學科優勢，是我們必須面對的頭等大事。幸運的是，我的川大經歷給了我許多別樣的體驗，以及別樣的啓迪。

首先是寬闊、自由而富有包容性的學術環境。雖然生存在傳統強勢學術的學科陰影之下，但是川大卻自有一種巴蜀式的特殊的自由氛圍，學人生存方式、思想方式都能夠在較少干擾的狀態下自然生長，也正如「海納百川，有容乃大」的川大校訓所示，古典的規誡中依然留下了現代學術的發展空間。在學院的支持下，四川大學現代中國文化與文學研究中心成立，中國現當代文學學科有了學科設計、學科活動的平臺，2005 年，《現代中國文化與文學》創刊，除中國現代文學研究會的《中國現代文學研究叢刊》外，這在當時屬於國內僅有一份由高校創辦的現代文學研究叢刊。八年之後，該刊被南京大學社科評價中心列為 CSSCI 來源輯刊，算是實現了國內學界認可的基本目標。

其次是相對超脫、寧靜的治學氛圍。進入川大以前，我所服務的高校正

〔註 1〕 參見程驥：《四川大學與中國現代文學》，《現代中國文化與文學》2008 年第 5 輯。

處於「學科建設」的焦慮之中，那種「奮起直追」、「迎頭趕上」的熱烈既催人「奮進」，又瓦解著學術研究所需要的從容與餘裕心境。到川大沒幾天，我即受毛迅教授之邀前往三聖鄉「喝茶」，山清水秀的成都郊外風和日麗，往日熟悉的生存緊張煙消雲散，「喝茶」之中，天南地北，學術人生，無所不談，半日工夫雖覺時光如梭，但卻靈感泉湧，一時間竟生出了許多宏大的構想！毛迅教授與我一樣，來自步履匆忙、心性焦躁的山城重慶，對比之下，對成都與川大的生存方式多了幾分體驗，在後來的多次交談中，他對這裡的「巴蜀精神」、「成都方式」都有過精闢的提煉和闡發，據我觀察，這裡的「溢美之辭」並非就是文學的想像，實則是對當今學術生態的一種反省，而只有在一個成熟的文化空間中，形形色色又各得其所的生存才有可能，學術生活的多樣化才有了基礎，所謂潛心治學的超脫與寧靜也就來自於這「多元」空間中的自得其樂。〔註2〕春日的川大，父親帶著孩子在草坪上放風箏，老者在茶樓裏悠閒品茗，學子在校園裏記誦英文，教授一時興起，將課堂上的研究生帶至郊外，於鳥語花香間吟詩作賦、暢談學問之道，這究竟是「學科建設」的消極景觀呢？還是另一種積極健康的人生呢？真的值得我們重新追問。

　　第三是多學科砥礪切磋的背景刺激著現代文學的自我定位。在四川大學，中國現當代文學並非優勢學科，所以它沒有機會獨享更多的體制資源，但應當說，物質資源並不是學術發展的唯一，能夠與其他有關學科同居於一個大的學術平臺之上，本身就擁有了獲取其他精神資源的機會。與學科界限壁壘森嚴的某些機構不同，我所感受到的川大學術往往形成了彼此的對話與交流，例如文學與史學的交流，宗教學、社會學與其他人文學科的交流，就現代文學而言，當然承受了來自其他學科的質疑與挑戰——包括古代文學與西方文學，然而，在古今中外文化的挑戰中發展自己不正是中國現當代文學的實際嗎？除了挑戰，同樣也有彼此的滋養和借鏡，例如從中國少數民族文學中發展起來的文學人類學，原本與中國現當代文學關係密切，但前者更為深入地取法於文化人類學、符號學、民族學、社會學等當代學科成果，在學術觀念的更新、研究範式的革命等方向上大膽前行，完全可以反過來啟示和推動現當代文學研究的發展。

　　以上的這些學術生態特徵也是我在川大逐步感受、慢慢理解到的。可能也正是得益於這樣的環境，我個人的學術方式也與「重慶時期」有所不同了，

〔註2〕李怡、毛迅：《巴蜀學派與當代批評》，《當代文壇》2006年2期。

更注重文學與史學的結合，更注意史實與史料的並重，也有意識地從其他學科中汲取靈感，跳出現代文學研究閉門造車式傳統套路，將回答其他學科的質疑當做學術展開的新起點。也是在四川大學，我更自覺地在一個較爲完整的歷史框架中思考中國現代文學的發展方向，進而提出了「從民國歷史發現現代文學」、「民國文學機制」等新的設想，在構想這些新的學術理念的時候，我能夠深深地意識到來自周遭的歷史信息與學術方式的支撐力量，那種生發於土壤、回應於知音的精神基礎，那種彌漫於空氣中的「氣質型」的契合……是的，新的學術之路也關聯著現有的社會文化格局。幾年之後，我重新打量這裡的學術同好，在毛迅對「巴蜀自由」的激賞中，在姜飛對國民黨文學挖掘中，在陳思廣對現代長篇小說史料的鉤沉中，啓示也都透出了某種共同的文史互證的趣味，這可能就是悄然形成的中國現代文學「川大學術群落」的氣質吧。

最值得稱道的還是在這一氛圍中成長著的年輕的學子們，從某種意義上說，努力將前述的「川大學術氣質」融入研究生教育，這可能是我們自覺不自覺地一種追求。在我的印象中，可能源於毛迅教授，我自然也成爲了自覺地推手。在三聖鄉的「茶話會」誕生了「西川讀書會」，從讀書會發展成爲全國性的「西川論壇」，繼而將「論壇」開到了日本福岡，成爲中日現代文學學者的兩國對話，從《現代中國文化與文學》的格局開闢出了《大文學評論》的方法論探求，最後兩岸合作，創辦《民國文學與文化》，誕生《民國文化與文學》論叢、《人民共和國文化與文學》論叢，以及《民國文學史論》、《民國歷史文化與中國現代文學研究》等大型叢書，一批又一批的四川大學的博士研究生在這樣的學術格局中發現了新鮮的話題，滿懷興趣地耕耘著他們自己的學術領地，關於民國文學，關於解放區文學，關於魯迅，關於通俗文學……作爲導師，能夠「快樂著他們的快樂」，大概再沒有比這樣的時刻更讓人興奮的了。這至少說明，我們對川大學術積極意義的理解和發掘是正確的選擇，這樣的選擇無愧於川大，無負於我們自己，也對得起中國現當代文學！

限於論叢規模，《民國文化與文學研究文叢·四川大學特輯》在 2017 年只收錄四川大學資深學者的論著，以及四川大學中國現當代文學專業畢業的博士生尚未出版的論著，這樣的原則，顯然是將兩類川大學子排除了：一是著作已經先期出版了，二是在川大接受了良好的碩士訓練，並繼續沿此道路在其他學校取得博士學位者。這樣一來，某些洋溢著「川大氣質」的優秀論

著便無緣進入論叢了。不過，我想，遺憾只是暫時的，在不久的將來，我們完全可以重新編輯一套完整的「中國現當代文學川大學人論叢」，只要這「川大學術氣質」眞的不是曇花一現，而是持續性的日長夜大，在當代中國的學界引人矚目。在那時，作爲川大學術的曾經的見證人，作爲川大氣質的第一次的闡釋者，我們都樂意以「川大群落」的一員爲驕傲，並繼續爲它添磚加瓦。

2017 年春節於成都江安花園

目次

緒論 「下江人」的由來及其與重慶文學的關係

　　抗戰時期，國民政府遷都重慶，重慶和武漢、昆明、桂林等城市一起成為戰時大後方文化人彙集之地，並在大後方形成了多個文化中心。其中，重慶以其戰時陪都的特殊身份，吸引了眾多優秀的文學藝術家，一時人文薈萃。長江上游這座一向並無濃厚的文學和文化氛圍的城市一躍成為戰時文學和文化中心，達到空前繁榮的狀態。

　　促成重慶戰時文學繁榮的重要原因之一，是隨戰爭遷移到重慶的無數作家、編輯和出版商。重慶人將外省籍人士稱之為「下江人」。抗戰時期，「下江人」在重慶是一個龐大的群體，涉及政治、文化、商業、工業各個領域，其中文化教育者佔了大半。〔註1〕司馬長風曾在他的《中國新文學史》中統計，抗戰時期住在四川的作家總計 140 人，是戰時最大的作家集團。他們在重慶的文學創作、生存體驗、文學活動等構成戰時重慶文學最重要的部分。

　　1939 年日軍進逼武漢，駐留在武漢的黨政機構和文化團體全部向重慶撤退，馮乃超稱之為作家行動上的「第二次疏散」，「第一次的疏散將上海的文化中心散做幾個中心，上海留下一部分，其他的地點是廣州、重慶、延安和一些前線要點，武漢無形中變成最大的中心。這一次疏散，一方面是開墾閉關鎖國的西蜀，以至整個西南的文化處女地，另方面是文化中心的再度細分。」

〔註1〕 據民國二十七年五月，國民政府賑濟委員會代委員長許世英稱：「據某處非正式的統計，自東戰場逃來的難民中，文化教育者占百分之五五，黨政及國營事業者占百分之二一」。

〔註2〕這番話道出了抗戰時期重慶文學特殊之處，即在此之前，重慶尚是文化的荒地，文化中心細分則意味著著戰時文學在重慶的重新組合與建立。而組合與建立的過程，從表面上看，是「下江人」將上海、北平等地成熟的文學環境在重慶進行複製，實際上，還存在「下江人」和重慶人兩個群體在重慶這個空間中相互的適應與融合。

重慶在戰前的現代文學格局中毫無話語權，但在抗戰時期卻成爲大後方的文學中心。作家們由下江遷移而來，他們中有的從未踏足四川，四川在他們的心中是陌生的地方；重慶是一個遙遠的城市，遙遠得如同異域。有的則本身就是四川人，少小離家，在四川盆地以外的城市乃至更遙遠的海外完成了學業，並在上海、南京、北平等地工作和生活，因戰爭他們再次回到闊別多年的巴蜀。對前一種作家，重慶人稱之爲「下江人」。對歸來的四川作家，雖然他們祖籍四川，但離別多年以後，經過現代文明的洗禮，重新歸來，他們對家鄉感到既親切又陌生，和家鄉之間的距離，使得這批歸來的川籍作家在某種意義上也成爲了「下江人」這個龐大群體中的一員。

「下江人」喻示著一個群體在重慶的漂泊狀態。對西遷重慶的人們而言，到重慶並非他們精神主觀的選擇，而是戰爭中被迫無奈之舉。來到重慶後的下江作家們，儘管生活環境迥異，生活質量急轉直下，卻依然以其文學作品創造了戰時重慶文學的輝煌成就。

本文的主題是「下江人」和抗戰時期重慶文學，該主題包含著兩個重點：其一，從「下江人」的角度研究抗戰時期作家們在重慶的「陌生」感受；其二，從「陌生」感受延生至下江作家的具體文學活動和創作，由此構成抗戰時期重慶文學中的獨特性。「陌生感」來自戰爭，亦存在於所有生活在這座城市的人們感受之中。無論是「下江人」還是重慶人，都在經歷著戰爭帶來變化。正是從這一感受出發，我們得以明白在重慶成爲文學中心的過程中，既有的重慶文化在面對強大的下江文化時所表現出的期待和失落。同樣由此感受出發，下江作家豐富的情感脈絡和交錯複雜的關係網絡構成了戰時重慶文學的組成元素，不同個體對戰時文學觀念認知的差異、參與的文學活動、個人的人際交往以及對政治的理解都和「下江人」的生存體驗產生密不可分的關係。

〔註2〕馮乃超：《武漢撤退前的文協》，《抗戰文藝》（文協成立五週年紀念特刊），1943年3月27日。

一、「下江人」概念的界定

　　1937 年 10 月 29 日，國民政府召開國防最高會議，蔣介石做了題為《國府遷渝與抗戰前途》的講話，明確宣佈：「為堅持長期抗戰，國民政府將遷都重慶，以四川為抗敵大後方。」11 月 20 日，國民黨中央通訊社發表了移駐重慶宣言，「國民政府茲為適應戰況，統籌全域，長期抗戰起見，本日移駐重慶，此後將以最廣大至規模，從事更持久之戰鬥。」〔註3〕從那時起，位處中國最富裕的長江三角洲的政府機構、工廠、學校以及各種社會文化機構陸續開啟了他們的入川之路。

　　長江、嘉陵江在重慶匯合後向長江中下游流去，連接起四川盆地和華中、華東廣袤的地域。長江是出川、入川的重要道路，江河為商品貿易、人員的往來提供著便利。抗戰時期，將近百萬的中國人沿著這條川江航線，或攜老扶幼，或孤身一人，湧上民生公司擁擠的客船。頭上是日軍的轟炸，腳下是洶湧湍急的長江，來自淪陷區的人們克服種種困難，進入中國西南腹地的崇山峻嶺，最終抵達重慶，並在此度過他們的戰時歲月。這樣一個群體被重慶本地人稱為「下江人」。

　　討論「下江人」和抗戰時期重慶文學的關係，首先必須對「下江」和「下江人」做概念上的梳理。

　　「下江」並不是抗戰時期才出現的新生詞彙。商務印書館 1915 年出版的《辭源》對「下江」做如下解釋：「①湖北江陵縣以下，地屬長江下游，稱下江。」「②舊稱安徽省地區為上江，江蘇省地區為下江。」〔註4〕按照《辭源》的解釋，早在《漢書》《王莽傳》中，就已經出現了「下江」一詞。〔註5〕《辭海》中對「下江」的定義為：「下江」，「雲南、貴州、四川各省人民泛稱長江下游江蘇、安徽、浙江等省為下江」，「江蘇省的別稱。舊以江蘇省居安徽省的長江下游，故稱安徽省為上江，江蘇省為下江。」〔註6〕因此，「下江」最初是地理名詞，指的是長江下游區域，尤其是江蘇省。

　　詞語的含義隨時代的變遷而不斷變化。近代重慶開埠以後，「下江」的詞

〔註3〕 重慶市檔案館、重慶師範大學合編：《遷都定都還都》，重慶：重慶出版社，2014 年，第 6 頁。
〔註4〕 《辭源》第 1 冊，商務印書館，1979 年，第 53 頁。
〔註5〕 《漢書》（卷九九下）《王莽傳》：「是時南郡張霸，江夏羊牧、王匡等起雲杜綠林，號曰下江兵，眾皆萬餘人。」
〔註6〕 《辭海》，上海：上海辭書出版社，1979 年，第 397 頁。

語意義變得豐富起來，不再僅僅是一個地理名詞，還代表著富裕的生活環境、先進的商業文化，成為與落後內地構成鮮明對比的發達地區的代名詞。1891年 3 月 1 日，重慶海關正式成立，標誌著重慶正式開埠，邁入近代工商業發展期。下江和重慶貿易往來變得頻繁，洋貨開始大量湧入重慶。在重慶海關的年度報告中，1892 年～1901 年間，由上海到來的絲織品數量增加，生棉屢次成為最有利的營業，商店裏擺滿從下江運送來的扇子和小商品，並在重慶有很大的銷量。﹝註7﹞下江棉布、下江色布、下江貨物等等逐漸出現在重慶市民日常生活之中，並因其質量優良使用方便而受到重慶人的青睞，「下江」從地理名詞轉而成為帶有商業色彩的詞語。

民國以來，不時有來自上海、北平的遊客入蜀。他們很容易發現夔門內外儼然是兩個不同的世界。在兩者的差異中，「下江」又被賦予了文化上的內涵。「下江」意味著來自江浙乃至更遙遠城市的現代化的物質文明。舒新城《蜀遊心影》記錄他在 20 年代遊歷四川時的見聞。他在書中將旅途中在四川、重慶的見聞處處和「下江」做對比：他驚訝於在四川重慶的旅館有「下江人」用的洋瓷臉盆；他稱讚重慶第二女子師範學校好，標準就是「把她當做一個下江的女學校看待」；他在成都參觀通俗教育館，認為成都通俗教育館是他所見過各省中做得最完善的。而這一切歸功於督辦楊森對人才的搜羅，「自下江貨，以至本地產，自留洋生以至留京生，無不有之。」﹝註8﹞從舒新城的「驚訝」中，透露出從南京來的舒新城對四川的想像，應該是非常保守、落後的。由此可知，在那時，「下江」就已經是衡量社會發展的一個尺度，顯示出四川和下江城市之間在日常生活、文化教育方面存在的巨大差距。

陳衡哲的親身經歷和看法同樣說明了「下江」和「四川」在現代化程度上的距離。陳衡哲的父親曾在成都為官，早在她幼年時，父親去成都赴任，全家都要跟著去，陳衡哲則因為「四川是個落後的省份」，選擇了跟隨三舅去廣州。幾年後，陳衡哲從漢口出發去成都和父母團聚，從萬縣開始步行，每經過旅店，她的裝束都會引來當地女人的圍觀，她們議論她的天足、議論她不搽粉的臉和不加裝飾的衣服，她們稱呼她「外國女孩」、「下江來的女學生」，甚至有人走近她，去摸她的衣服和手﹝註9﹞。在川人的眼中，「下江」

﹝註7﹞ 周勇、劉景修譯編：《近代重慶經濟與社會發展（1876～1949）》，成都：四川大學出版社，1987 年，第 121 頁。

﹝註8﹞ 舒心誠：《蜀遊心影》，上海：開明書店，1929 年，第 201 頁。

﹝註9﹞ 陳衡哲：《陳衡哲早年自傳》，合肥：安徽教育出版社，2006 年，第 121 頁。

是一個新奇的世界，「下江」甚至等同於「外國」，生活在那裏的人，乃至衣食住行都足以引起一番討論。

　　另一方面，「下江人」的涵義因地域的不同而存在內容上的差異。在武漢，「下江人」指的是江浙人。到了重慶，「下江人」又包括了湘鄂地區的人（和「下江人」有相同涵義的還有「腳底下人」）。在抗戰時期，重慶的「下江人」已經不局限於長江流域各省籍的人，「黃河流域、珠江流域、遼河流域、松花江流域甚至長江發源地青海之人，亦莫不名爲「下江人」」〔註10〕，「其人苟不能操西方官話（川滇黔），雖來自甘青，亦在下江之列」。〔註11〕「下江」和「下江人」的含義不斷變得豐富：在重慶本地，「下江」代表著優於內陸的物質文明，「『上海』在這裡帶有時髦的意義，『下江』的涵義也有技術上的領導性」〔註12〕；「下江人」則被用於指稱一切「外來者」，他們因戰爭的逼迫來到重慶。與此同時，在「下江人」眼中，坡陡、山高、霧重的重慶和淪陷的家鄉處處形成鮮明的比較，在他們中的一些人將重慶稱爲「巴子國」，重慶人則是不值一提的「巴子人」。

　　在重慶城市史上，抗戰時期的「下江人」並非這座城市接納的第一批大規模移民。有學者將古代重慶移民的歷史分作五個階段，即從新石器時代到戰國時期，戰國後期秦滅巴蜀到東漢，東漢末年到兩晉隋唐，宋元時期和明清時期〔註13〕。其中秦滅巴蜀，就有遷「秦氏萬家」入蜀，從而開啓了移民入住重慶的先河。此後歷朝歷代，由於巴蜀地區社會相對穩定，物產富庶，一旦中原地區發生動盪，人們常常選擇巴蜀作爲避難之所。比較典型的有唐朝安史之亂時期，大量關中移民進入巴蜀，大詩人杜甫就是在那時避居成都的。南宋時期，宋金兩國長期的戰爭，促使北方的陝西、河南、甘肅等地區的難民入蜀，「使四川成爲北方移民南遷人數最多的地區之一。」〔註14〕當然，最爲人所知的移民是明末清初的「湖廣填四川」。此次大規模移民源於明末清初的戰亂導致的四川人口急劇減少，清政府立國後，爲恢復四川地區的農業，實行了全國各地人口移入四川墾荒的政策。從康熙、雍正到乾隆，清政府連

〔註10〕《四川人心目中的下江人》，《大美週刊》，1940 年 4 月 7 日。

〔註11〕張恨水：《重慶旅感錄》，《旅行雜誌》13 卷 1 號，1939 年 1 月 1 日出版。

〔註12〕張宗植：《重慶與重慶文化的動向》，《戰時文化》2 卷 1 期，1939 年 1 月 10 日出版。

〔註13〕李禹階主編：《重慶移民史》，北京：社會科學文獻出版社，2013 年，第 26 頁。

〔註14〕同上，第 30 頁。

續多年推出優惠政策吸引和鼓勵外省人士入川，「使從湖廣向川渝地區的移民成爲當時全國人口移動的大趨勢」，從此湖廣移民遍及巴蜀，「數量眾多，遠遠高於其他地區。」〔註 15〕

移民數量的眾多，從重慶城林立的各省會館可見一斑。直至民國初期，重慶尚有九大會館，即陝西會館、江西會館、江南會館、湖廣會館、浙江會館、福建會館、山西會館、廣東會館和雲貴公所。重慶的會館均屬移民會館，「是遷徙他鄉的客民辦理同鄉公益的團體。」〔註 16〕這些龐大的會館群體，就是重慶城一部生動的移民史。

現代文學史上著名的川籍作家中有不少都是移民的後代。郭沫若原籍福建汀州寧化縣，在他童年的時候，在四川的客籍人佔了四川人口百分之八十以上，「長江流域以南的人好像各省都有」，規模相當龐大。即使在四川繁衍了幾代人，人們都依舊保留著自己的習俗，「各省人有各省人獨特的祀神，獨特的會館，不怕已經過了三百多年，這些地方觀念都還沒有打破，特別是原來的土著和客籍人的地方觀念。」〔註 17〕土著和客籍，不同客籍之間仍然會在地方事務上彼此競爭，爭奪話語權。

陽翰笙老家在宜賓高縣羅場鎮，羅場的居民分兩種，一種是土著，明朝以前就住在那裏，另一種則是移民來的。不同省籍的人遷移到那裏後，還建起了不同的廟，廣東人建南華宮，湖南湖北的建禹王宮，福建的建天后宮，四川土著則修川主廟，供二郎神。陽翰笙的祖先則是在清朝康、乾之際四川移民時，從湖南安仁縣搬遷來的。〔註 18〕

巴金祖籍浙江嘉興，其母親陳淑芬原籍浙江，隨做官的父親移居四川，是不折不扣的「下江人」。李劼人 14 歲喪父，成長多靠外祖家，而他的外祖楊家原籍陝西三原縣，在川的第一世祖叫楊興，是清初平定川滇後，從陝西販運布匹到成都，才落戶四川的。沙汀祖上原籍湖北黃州人，明末清初遷居四川，到沙汀那一代已經是第六代人了。艾蕪的先祖湯承烈在清初移民四川的法令中攜

〔註 15〕 李禹階主編：《重慶移民史》，北京：社會科學文獻出版社，2013 年，第 33 頁。
〔註 16〕 孟繼：《重慶九大會館始末》，《重慶渝中區文史資料》第 14 輯，重慶：重慶出版社，2004 年，第 57 頁。
〔註 17〕 郭沫若：《我的童年》，《郭沫若全集》第十一卷，北京：人民文學出版社，1992 年，第 15 頁。
〔註 18〕 陽翰笙：《出川之前》，《陽翰笙選集》第五卷，成都：四川文藝出版社，1989 年，第 5 頁。

家人自寶慶府武岡州（今湖南邵陽西南部）踏上入川的路途，最終定居四川。何其芳的家族同樣是祖上在明末清初之際從湖北麻城遷徙而來……早在抗戰時期「下江人」入川之前，下江和重慶、四川就已經有著長久的淵源。

從這歷史久遠的移民史可知，四川多次容納過來自巴山蜀水之外的人們。並且，由於戰亂，四川又多次成為人們的庇護之所。這都足以說明四川從來就是一個五方雜處之地，巴蜀文化並非封閉的世界，而恰恰是融合、吸納各地移民文化後形成的結果。當然，四川歷史上的多次移民，都並非人們的自覺選擇，而是政治力量等外力推動的結果。有學者指出：「中國傳統的專制政權決定了中國文人只能在政治領域獲得最終的肯定，也決定了中國文人寓遊的主要地區必然是政治統治的中心或統治者試圖施展政治影響的區域。『入蜀』這樣的文化交流在很大的程度上也就取決於中央政權對巴蜀地區的關注，而並不純粹是傳統中國文人的自主選擇。」〔註 19〕抗戰期間的「下江人」入川，同樣又是一次戰爭驅使的結果。

此外，還需要界定的是「四川」和「重慶」的關係。本文的論述圍繞的是「下江人」和「重慶文學」兩個主題，在涉及重慶文學和文化的分析時，有必要對巴蜀文化中的「巴」和「蜀」，即「四川」和「重慶」進行說明。在當下的行政區域劃分中，重慶是直轄市，擁有和四川平行的行政地位，不再隸屬四川。自重慶直轄以來，關於重慶「巴文化」的研究和論述日益增多，其中不少都著力於突出重慶地區和四川地區在文化上的不同之處。「巴蜀文化」被分做「巴文化」、「蜀文化」進行研究，「巴渝文明」在重慶也是一個頻繁出現的詞彙。巴蜀文化內部自然有不同，可是長久以來，重慶一直是作為四川行政地域的一部分。從古至今，巴和蜀是聯繫在一起的一個整體。即使在民國時期，人們仍然習慣於用「川省」、「蜀地」等統稱整個巴蜀地區。當人們提及重慶時，往往將重慶看做「蜀」的一部分，並未對「巴」和「蜀」兩者之間做嚴格的區分。因此，為論述的方便，本文在論及抗戰前後的重慶文化時，文中關於四川文化和環境的分析其實也就包括了重慶。

二、選題緣由

和歷史上多次「入蜀」不一樣的是，抗戰時期因戰爭被迫遷移的不但有

〔註19〕李怡：《現代四川文學的巴蜀文化闡釋》，長沙：湖南教育出版社，1995 年，第 257 頁。

普通的老百姓，還有國家最高政治、經濟、文化管理機構，以及隨國民政府而來的大批的作家、教師和公務人員，其籍貫遍佈全國，其中還包括了那些離開四川在外求學並功成名就的「旅外川人」〔註20〕。這個群體受過良好的教育，不少人還曾留學歐美、日本，並在政治、經濟、文化上佔有絕對優勢的地位。他們的到來，開啓了「下江人」為代表的現代思想文化在內陸腹地的重慶更全面的交流和傳播，同時讓「下江人」得以有機會親身經歷以重慶為代表的巴蜀地域文化。

上世紀三十年代，「四川」曾是全國不少媒體關注的地方。得到關注的原因，不是這裡天府之國的美譽，而是重重的災難。不同群體有不同的四川印象。絕大多數「下江人」並沒有在四川居住和生活過的經歷，他們對四川的認知大多數通過報紙雜誌中的新聞和小說中獲得。在他們的腦海裏，富饒的天府之國早已成為歷史上的過往，取而代之的四川則是人人皆知的「魔窟」，老百姓個個是面黃肌瘦的鴉片鬼。「僻處西南」幾乎就是不少「下江人」對重慶的全部認識。早在抗戰全面爆發之前，「四川問題」就已經在外省人和「旅外川人」中引發了關注和討論。生活在北平上海的人們心目中，重慶、四川不僅隔著遙遠的蜀道，兇險的三峽，更隔著一個時代。當三峽外的世界已經正在努力融入現代化時，四川還是一個「大的一個封建社會中又包含著無數的小的封建社會。」〔註21〕

當「下江人」溯江而上抵達重慶時，四川不再是想像中的國度，而是他們必須面對的生存現實。四川社會和東部地區的巨大差異，引起下江文化和巴蜀文化的衝撞和交流。衝撞首先來自於日常生活的層面。「下江人」到重慶，首先要解決的是生活上的衣食住行。可以說，「下江人」對重慶的感知最早就是從衣食住行開始的。四川話、竹篾和泥巴糊成的牆、本地人頭上纏著的白布、坡坡坎坎的道路……任何人第一眼打量重慶，對重慶人的穿著、語言、行為等無不感到驚奇。他們不免會對這座城市產生懷疑，這座長江邊上的城市是否適合人類的居住？

另一方面，重慶在戰時中國的地位影響了它在人們心中的印象。「下江人」

〔註20〕「旅外川人」的概念由張瑾在其著作《權力、衝突與變革》中提出，主要指的是經重慶出川，留學海外的川籍人士。

〔註21〕郭沫若：《我的童年》，《郭沫若全集》第十一卷，北京：人民文學出版社，1992年，第14頁。

對這座城市的感受交織著興奮、讚歎、不滿和憎惡。這看似矛盾的情感背後，恰恰呈現出「下江人」來到重慶後的複雜情緒。對陪都重慶，人們給予了熱切的期待和激情的謳歌，將其視為戰時中國希望之城。作家們筆下的重慶城形象高大，城中的人們個個精神昂揚，滿懷鬥志，他們對在國民政府的帶領下取得戰爭的勝利充滿信心。

1939 年日軍開始對重慶實施大轟炸，連續數年的轟炸深深影響著生活在重慶的每一個人。尤其是 1939 年 5 月 3 日、4 日的大轟炸，讓居住在陪都的作家們親眼目睹了戰爭的殘暴和無情，幾乎當時在重慶的作家都曾寫文章記錄了大轟炸中人們的驚懼、恐怖。在生死關頭，人性的自私和美好都展露無遺。大轟炸沒有摧毀中國民眾的意志，反而更激起了中國民眾同仇敵愾的決心。無論是作家親身經歷的真實記錄，還是在他們創作的文學作品中，重慶大轟炸都是戰時文學重要主題之一。大轟炸對重慶造成毀滅性的傷害，新聞出版業受到巨大影響，報社被炸，出版機構被毀，人們也不得不開始向鄉間轉移，從而形成了霧季和轟炸季兩種不同的生活模式。

1940 年通貨膨脹的弊端開始顯現，生存壓力逐漸增大，生活的現狀引發人們的不滿和焦慮，心境逐漸低落，重慶的城市形象也隨之變得陰鬱。「霧重慶」成為這座城市的最為人所知的形象，寒冷、陰沉逐步成為這座城市的性格。在戰爭的中後期，通貨膨脹進一步拉大了貧富差距，重慶城變化為人們眼中的魔都，極度的貧窮和極度的奢華同處一座城市。公教人員、文藝界人士貧困潦倒，投機取巧、囤積居奇者大發橫財，作家們筆下的這座城市成變得令人絕望。

抗戰初期，「下江人」和重慶人衝突不斷，在兩者的衝突中，重慶人表現出了更為複雜的態度。當在涉及到具體的商業利益時，重慶人往往表現出重實利的一面，隨意提升房價，拒絕中央大學租藉重慶大學松林坡修建校區，固守本地利益，下江教師要進入重慶本地學校任教困難重重等等，成為重慶最為「下江人」詬病的一點。但是另一方面，在重慶人的意識中，下江文化是時尚、現代的代名詞，是重慶的人們追逐、學習的對象。聽戲的時候，戲園子裏前面兩排坐著本地人，其餘的聽眾則是「下江人」。這些本地人大都是在下江住過，在外省混過事兒，因為戰爭才回到重慶，他們聽戲，「不過是為了讓人家知道他們見過世面，聽得懂大鼓書。」〔註 22〕「下江人」意味著見

〔註 22〕老舍：《鼓書藝人》，《老舍全集》第六卷，北京：人民文學出版社，2008 年，第 34 頁。

過世面，開過眼界的人。在重慶小女孩林姑娘和她的媽媽、鄰居眼中，「下江人」宛如來自另一世界，「吃得好，穿得好，錢多得很」。她們望著過往的洋船，不由得感歎「下江人」，這就是「下江人」……〔註23〕省略號後面是不盡的驚奇、羨慕和嚮往。參與「下江」的娛樂活動，出入「下江人」開的餐館，在重慶人眼中都是時尚、有身份有地位的象徵。

至於對「下江人」所代表的現代文化，部分重慶人表露出的傾慕更為明顯，路邊茶館中倒茶的老頭兒都會說：「我們這四川沒有啥好的，若不是打日本，先生們請也請不到這地方」〔註24〕言辭中表明了普通老百姓對「下江」文化的敬重。

由此，部分重慶人對「下江人」入川表現出極大的熱忱和期待。熱忱和期待主要來自於重慶地方精英分子，他們幾乎都在年輕時離開四川，到上海、北平乃至更遙遠的海外求學或者工作，他們被稱為「旅外川人」。回到故鄉後的「旅外川人」對重慶和外面世界在文化發展中存在的差異有清晰的認識。他們希望「下江人」的到來，能夠改變重慶文化基礎薄弱的現狀，縮小重慶地方文化和主流城市文化之間的距離。重慶本地報系的代表《新蜀報》、《國民公報》紛紛邀請「下江」的作家擔任副刊主編，並採取座談會、宴飲等多種方式，與「下江」作家間保持良好的關係。從南京遷到重慶的《新民報》，雖是「下江」報系，老闆陳德銘卻是地地道道重慶人。《新民報》在南京時期有著明顯的川系色彩，從資金到人員都以四川人為主，重慶時期卻延攬了張友鸞、張恨水、張慧劍和趙超構等著名的「三張一趙」挑大樑，淡化了川系報紙的色彩。

在對外表現出熱忱的同時，重慶的報紙、雜誌則對自己的家鄉父老充滿焦慮，擔憂重慶的城市文化和市民的素質無法承擔起「國之新都」的重擔。作為地方報系中最具影響力的報紙，《新蜀報》不斷撰文強調重慶新的城市地位，提醒市民抗戰團結的重要意義，呼籲市民的言行舉止要與抗戰一致，與重慶城市地位匹配。這樣的提醒恰恰從另一個角度說明了重慶人在面對新的文化湧入過程中，能夠毫無芥蒂的包容和吸收。

〔註23〕蕭紅：《山下》，《蕭紅全集》第二卷，哈爾濱：黑龍江大學出版社，2011年，第94頁。

〔註24〕蕭紅：《長安寺》，《蕭紅全集》第二卷，哈爾濱：黑龍江大學出版社，2011年，第200頁。

　　我們翻閱抗戰時期重慶下江作家的作品，會發現對重慶乃至四川文化的
描寫，主要集中在散文、遊記、書信、日記中，描寫的內容多以外在的觀察
和感受爲主，如風俗習慣、巴山蜀水的景色等等。更深層次的對生活在這片
土地上的四川人、四川社會的剖析和觀察則往往告知闕如。在作家們的筆下，
以重慶爲故事背景的作品中，「下江人」仍是作品的主角，他們在戰爭期間的
生存、情感佔據了主要的篇。而在一些優秀的抗戰文學作品中，即使是創作
於重慶，其作品往往也並不以重慶爲背景。著名的《四世同堂》創作於北碚，
寫的是老舍非常熟悉的北平。張恨水在陪都創作《兩都賦》，以南京和北平爲
中心，從秦淮河到來今雨軒，落筆處無不充滿著對兩處故都的懷念。

　　也即是說，雖然作家們在重慶度過了抗戰最艱難的歲月，然而他們對重
慶的文化以及對重慶的審視始終是存在隔閡。儘管隨著戰爭的推進和時間的
推移，重慶人和「下江人」的爭吵逐漸停息，看起來大家能夠融洽相處。然
而，在「下江」作家的筆下，除了四季的風景，風土人情的之外，我們很難
看到對重慶人更多的描繪。即使在對重慶山水風物的描寫中，作家筆下不由
自主呈現出的還是上海、北平、江南的影子。正如有學者所提出的那樣，「入
蜀的外省作家似乎總是把自己與巴蜀社會拉開了一定的距離，在與巴蜀自身
的文化形態若即若離的狀態中進行著自己的描述，他們更多的是理性的審
視，而少了一點感性的投入。」〔註25〕

　　造成這種現象的原因，或許仍然得從「下江人」這一身份說起。戰爭吞
噬了大半個中國，無論是北平、上海、南京無不淪陷在日軍的炮火之下。「下
江人」所賴以生存的環境因戰爭而受到摧毀，他們不得不千里奔波流亡至重
慶。對於「下江」作家們來說，選擇重慶而不是大後方的其他城市，和重慶
戰時中國政治中心的城市地位是密不可分的。葉聖陶在給朋友的信中說，他
決定入川，「渝非善地，故自知之。然爲我都，國命所託，於焉餓死，差可慰
心。〔註26〕」北平淪陷後，梁實秋決定和朋友前往南京，共赴國難。離家時，
梁實秋寫下遺囑，「因爲我不知道我此後命運如何。我將盡我一分力量爲國家
做一點事。」〔註27〕老舍告訴朋友：「國難期間，男女間的關係，是含淚相誓，

〔註25〕李怡：《現代四川文學的巴蜀文化闡釋》，長沙：湖南教育出版社，1995年，
　　　　第268頁。
〔註26〕商金林編，《葉聖陶抗戰時期文集》第一卷，北京：人民教育出版社，2005
　　　　年，第16頁。
〔註27〕梁實秋：《回憶抗戰時期》，《梁實秋文集》第五卷，廈門：鷺江出版社，2002
　　　　年版，第219頁。

各自珍重，爲國效勞。〔註28〕」王平陵則在文中自述：「至於我自己到重慶以後將如何？這，我在舟過巫山十二峰時，便早已決定了。就是：如果重慶的文藝界抗敵協會分會，有成立的可能，就主張追隨一般大作家之後，搖旗呐喊，跑跑龍套；萬一，像這樣的組織，在這裡並不需要，無須多此一舉，我就把自己的本行——文藝月刊，在這裡開張起來；並企圖以全付的經歷；徵求全國的作曲家，趕製中宣部和政治部制定在七月底必須完成的軍歌十二首，以應全武裝同志的需要。」〔註29〕

這些作傢具有不同的人生道路、文學思想、政治見解，但在此時，不約而同的表述中有一個共同的關鍵詞：「國家」。他們期待能投入到抗戰救國的行列，以自身的行動爲抗戰救亡做奉獻。社會對文藝界充滿期待，希望作家們能夠用筆寫出更多的作品，宣傳抗戰，鼓勵士氣。作家對自身也有期待，覺得文學應該更貼近民眾。這一時期的文藝界的公眾色彩突出，集會、講座、辦刊等，繁忙的社會活動讓他們無暇顧及到對身邊這座城市的打量。

抗戰時期，重慶在國人心中具有相當大的號召力和影響力，隨政府來到重慶的人們仍然相信國民政府是抗戰勝利的保證。文學主動配合抗日宣傳，作家們不斷探討並嘗試製作通俗化、大眾化的文學作品，希望能夠將街頭巷尾的民眾都動員起來。作家們和社會的聯繫變得緊密，積極投入到各類社會活動中，到前線去慰勞將士，向民眾演講，各類文藝講演、晚會開展得非常熱鬧。作家比以前更貼近社會，其活動範圍不再局限於城市，而是遍及郊區、鄉村，乃至四川各個縣城。

一些作家放棄自己熟悉的創作模式，轉而嘗試通俗化、大眾化的寫作。老舍在戰前主要從事小說創作，在重慶則開始試驗寫鼓詞、詩歌、寫戲劇，他抱定「旨在學習，不論成敗」的宗旨，只要是有利於抗戰就寫。對於一位已經有文學成就的作家，這樣的嘗試需要勇氣和信心，其間的過程則「如登蜀道，處處障礙」〔註30〕。有的作家嘗試寫作方言劇，茶館劇。雖然這一時期湧現的宣傳作品被稱之爲「抗戰八股」，並被加以批判，然而，同樣有反駁的觀念認爲「『八

〔註28〕 老舍：《致陶亢德》，《老舍全集》第十五卷，北京：人民文學出版社 2008 年，第 495 頁。

〔註29〕 王平陵：《重慶——美麗的山城》，《抗戰文藝》2 卷 2 期，第 26 頁，1938 年 7 月 23 日出版。

〔註30〕 老舍：《致××兄》，《老舍全集》第十五卷，北京：人民文學出版社，2008 年，第 586 頁。

股』雖未必有用，然而連『八股』也不做，豈非更無辦法？」〔註31〕。

其次，和以往歷史上的多次遷移不同的是，這次隨「下江人」遷入重慶的，還有數量龐大的學校、出版機構、報館等文化機構。一時之間，重慶不再是一個文化貧瘠之處，不再是有待開墾的文化處女地，而是全國的文化中心之一。以出版發行機構爲例，戰前集中在上海的出版發行機構大多數撤至大後方，並形成了重慶和桂林兩大出版中心。而重慶因爲是陪都，擁有了更多的出版社。商務印書館、中華書局、開明書店、生活書店等在重慶設立分支機構，《大公報》、《中央日報》、《新民報》等下江報刊遷往重慶。與之相關聯的設備、人員也都大多數來到重慶，儼然將上海的文化生態在重慶進行了複製。不僅如此，下江作家在重慶也能找到自己熟悉的交往圈子，形成以雜誌、書店和社會組織爲基礎的社會交往的主體。不同文學興趣和觀念的作家們仍然有相對固定的朋友交往模式，熟悉的朋友、彼此間有熟悉的生活習慣和共同的興趣愛好，這在一定程度上阻礙了下江作家對重慶城市更深入的瞭解。

社團、報刊也爲作家們的文學生產提供了更廣泛的公共聯繫。位於張家花園的文協會所是入城後的作家們最集中的聚集點，更是一個文學界信息的傳播中心，裏面住著來自四面八方的作家、藝術家，同時又是各類作品稿件的交匯之處。文化工作委員在城裏的辦公點天官府則是激進的左翼作家和演藝界人士的聚會場所。開明書店、生活書店、《新蜀報》、《大公報》等書店報館，同樣是作家們在城市裏往來的重要場所。除了現實中的具體地點，擁有共同文學興趣的人們則通過報紙副刊、雜誌等渠道彙集一處。以胡風的《七月》爲中心，就凝聚了一大批青年作家。

隨著戰爭的持續，戰時重慶的生活變得越來越艱難。日益嚴峻的經濟形勢讓生存成爲作家們不得不面對的第一要務。從 1939 年開始，日軍開始持續 3 年對重慶實施無差別大轟炸。人們不得不向重慶郊縣遷移，並逐漸形成了夏季住鄉下，冬季入城的生活規律。1940 年重慶的經濟開始下滑，「從二十九年起，大家開始感覺到生活的壓迫。四川的東西不再便宜了，而是一漲就漲一倍的天天往上漲。」〔註32〕公教人員的生活更爲困難，普通公務員、教師和作家們的實際收入減少，經濟狀況變得越來越糟糕。

〔註31〕葉聖陶：《葉聖陶抗戰時期文集》第一卷，北京：人民教育出版社，2005 年，第 89 頁。

〔註32〕老舍：《八方風雨》，《老舍全集》第十四卷，北京：人民文學出版社，2008 年，第 398 頁。

　　人們不遠千里隨政府來到重慶，目的是共赴國難，並不是要貪圖享樂。貧困對於大多數的知識分子而言是可以忍受的，他們可以不介意，但是國民政府卻日益讓他們感到失望。在戰爭的後期，政府不僅無力團結動員各方力量以抵抗日軍，上層人士卻依然還過著鋪張浪費的奢侈生活，「閉戶自停千里足，隔山人起半閒堂」〔註33〕，社會嚴重的貧富差異和不公平一點點吞噬著人們對政府的信任。知識分子為貧困、疾病和死亡所包圍，抗戰八年，他們經歷著身邊朋友的去世、家人的去世，自身更被疾病困擾。幾乎沒有哪個作家擁有一個健康正常的身體。握慣了筆的手，寫出膾炙人口的小說、詩歌的大腦，不得不耗費到日常生活的瑣碎之中。

　　戰爭造成了作家所賴以生存的稿酬制度和版稅制度的破壞。經濟形勢的惡化導致作家的稿酬不斷縮水，並引發了整個社會的關注。版稅和稿費制度無法保障作家收入，作家不得不靠多寫來掙得稿費。一個獨立作家要依靠稿費生存下去困難重重。陪都文藝界為保障作家權益，先後發起了多次的討論。1940 年 1 月《新蜀報》副刊《蜀道》舉行座談會，討論「如何保障作家戰時生活」；同年 2 月《新華日報》發表社論《給文藝作家以實際幫助》，《中央日報》社論題目為《保障作家生活》，《大公報》發表題為《一年報告與自白》，均呼籲政府和社會為作家提供安定的生活。作家的貧窮引起了廣泛文藝界和社會各界人士的廣泛討論，1942 年 2 月，在國家總動員文化宣傳周文藝日上，作家們希望政府重視文藝更要重視作家生活困難；同時，作家提升稿酬、維護版權的呼聲也日趨增大。1943 年 9 月 17 日文協召集文藝界和出版界人士商談釐定作家稿酬；對 1943 年《抗戰文藝》發表文協《保障作家稿費版權版稅意見書》；1944 年文協發起籌募援助貧病作家基金。而國民政府為應對作家的生活困難，設立文藝獎助金，並不斷調整規定稿酬標準。然而這些措施無法在整體上改善作家的生活，貧困和疾病是擺在每一位知識分子面前活生生的現實。

　　討論戰時重慶文學，不能忽略的還有重慶濃鬱的政治氛圍。作為國家戰時政治中心，國民政府中樞機構、共產黨領導下的南方局、各民族黨派的核心人物均匯聚在重慶。在作家們中間，無論有無明確的政治傾向，都不可避免的和政府以及政治人物打交道。在戰爭的初期，文藝界和政府在抗戰的大

〔註33〕張伍編：《寫作生涯回憶》，《張恨水自述》，鄭州：河南人民出版社，2006 年版，第 122 頁。

旗下合作無間。作家們的創作配合政府的抗日宣傳，不少作家在政府機構任職，或者在一些機構中擔任顧問、委員等虛職。政治人物也常常參與文藝界的集會、座談會等。以致文藝界集會參與者眾多，不分黨派，大家彙集一堂，頗有一呼百應的氣勢。

隨著國共兩黨關係的緊張，文藝界的集會漸漸演變成不同群體政治主張的宣講臺。文藝界座談會的文學功能減弱，政治功能則逐步增加。在文化管理者看來，座談會是重要的輿論陣地，中央文委曾在其工作總結中提及座談會的功效：「座談會最能聯絡文化界人士感情，溝通文化界意見，俾集思廣益，表見輿論之效。本會歷次舉辦均能把握時機，發揮效用。」〔註34〕陽翰笙也在回憶錄中談到文工會舉行的座談會等學術活動是聯繫群眾，推動民主運動的有效方式。通過座談會的方式，既起到了溝通作用，又能將政府的文藝政策傳達給文藝界，引導戰時文藝的前進方向。中蘇文化協會將座談會、紀念會視爲和刊物同等重要的活動形式。〔註35〕到了抗戰後期，國民黨的輿論控制愈加嚴密，對文藝界的監管無處不在。演講集會有專門的警察監督彙報，圖書報紙的出版則有嚴格的審查制度。報紙開天窗、書刊被禁時有發生，無疑就給本來就艱難的文學添加了更多壓力。正是在這樣的境況下，知識分子對政府的信任逐漸削弱，不滿日漸增加，要求民主的呼聲越來越高。

戰時重慶是一座富於魅力，充滿矛盾的城市，壓抑的政治氛圍，捉襟見肘的經濟條件，亢奮的抗戰激情，交織在一起，構成了重慶生活的底色。「下江人」對山城並無多少好感，卻有越來越多的人選擇在此居住。街頭巷尾閃爍著的招牌顯示著重慶經濟的繁榮，但繁榮中充滿淒涼。重慶文化事業發達，報館、書店林立，作家們忙於應付各方的索稿，「但在白布纏、涼轎、老鼠沒有完全消滅以前，重慶還是重慶……」〔註36〕矛盾和魅力同時存在戰時重慶文學之中，這一切無不來自「下江人」生存中眞實而細微的感受，更能令我們對戰時重慶歲月有了更貼近和富於生命力的體會。但因我們的關注點常常在「抗戰」，往往忽略了重慶文學中充滿生活色彩的一面，而這一面恰恰是幾十萬「下江人」在重慶喜怒哀樂的直接體現。尤其是知識分子群體，他們從懷揣理想，到抑鬱低沉、理想破滅的過程，同樣是戰時重慶文學的主題。

〔註34〕中央文化運動委員會編，《四年來之中央文化運動委員會》，第4頁。
〔註35〕蘇建紅：《中蘇文化協會在重慶》，《巴渝文化》第二輯，重慶：重慶出版社，1991年，第141頁。
〔註36〕司馬訏：《重慶之魅力》，《重慶客》，重慶：重慶出版社，1983年，第137頁。

　　巨大的生活壓力造成知識分子的分化，文學作品中的書寫為我們深入瞭解戰時重慶知識分子提供豐富而生動的素材。一部分知識分子抵抗不住生活的壓力和誘惑進行了重新抉擇，將追逐物質生活放在了第一位，改變後的他們衣食無憂，有人對轉變頗為自得。更多的知識分子仍然未能忘懷自己所持的理想，默默的承受著生活帶來的巨大壓力，等待著戰爭勝利的到來。戰爭年代知識分子是生活環境改變最大的群體，經濟收入降低得最明顯，怎樣養活自己和家人成了生活中的主題。但同樣是這個群體，是國家抗戰最堅定的支持者。當他們在貧病中掙扎時，從未失去過對戰爭勝利的信心，仍然絃歌不綴，默默著述，在最艱難的時刻顯示了中國知識分子令人敬重的氣節和情操。

　　除了下江作家在重慶的體驗和感受，我們還應注意到的一個群體是「下江人」中的川籍作家，如郭沫若、巴金、陽翰笙、沙汀、陳銓、艾蕪、沈起予、章泯、王集叢、柳倩等。他們都是四川人，又都因戰爭回到了四川，他們中有的在重慶住的時間較長，如郭沫若、陽翰笙幾乎是在重慶度過了整個抗戰時期。有的在重慶和大後方其他城市之間來來回回，如巴金、沙汀等。這些川籍作家有不少是在闊別故鄉多年後第一次回到四川，他們對四川既留戀又感陌生。回到四川後的他們，再一次迎來了文學創作的收穫期，郭沫若的歷史劇，巴金的小說，陽翰笙的劇本、沙汀的小說等等，都成為戰時文學具有代表性的作品。而這與他們重回故鄉是否構成某種聯繫？

三、學術綜述

　　在現有的研究中，「下江人」這一話題無論在歷史還是文學範疇都曾獲得過研究。張瑾是目前對「下江人」研究得最為深入的學者，她的著作《權力、衝突與變革：1926～1937年重慶城市現代化研究》著力描述1926～1937年間重慶在軍閥混戰之中，在傳統和現代的激烈衝突中，如何一步一步走向現代。文章對「下江人」做了詳細的論述，從社會學的角度分析了「下江人」群體的形成，以及「下江人」給重慶帶來的觀念衝擊和改變。上世紀20年代重慶進入穩定的發展期，長江航運日漸繁忙，重慶和下江商業往來增多，重慶漸漸形成了蘇貨幫，「儘管有『揚子江人』之說，這一時期跨省籍的「下江人」概念尚未形成。「下江人」內涵發生轉變主要在30年代，這一時期的四川問題引發外界關注，在人們的描述中，重慶和下江之間的差異愈加明顯，下江

逐漸成為內陸和東南沿海文明差距的指稱。更大規模的「下江人」入川後，兩者間的差距在抗戰時期尤為凸顯。該論著主要的關注點是重慶如何逐步靠近「現代」，對「下江人」的討論主要置於社會變遷和城市生活的層面。同時，該文討論的時間範疇在 1926 年～1937 年間，此時重慶尚在劉湘的統治之下，其所管轄的 21 軍的影響力遠遠超過了當時的國民政府。至於「下江人」到重慶後，生活環境、社會環境變化所引發的情感、文化、觀念等方方面面的改變，則並不是該文所關注範圍。

從文學的角度文學探討「下江人」的論著並不多。陳廣根《路翎小說中的「下江人」》從路翎小說人物入手，解析了「下江人」的生活場景及其和重慶文化的相互影響。趙文靜的碩士論文《陪都小說「重慶人」性格研究》中曾有專章討論「下江人」和重慶本地人的融合過程。這些研究，都說明「下江人」是一個值得關注的課題。但目前從文學角度對「下江人」的研究主要圍繞日常生活方式的變化展開，缺乏更深入的討論。尤其是對重慶人和「下江人」在環境和時代變化中的不同反應，以及對彼此文化方式從陌生到接納的過程，尤其是「下江人」在重慶生活期間面臨的情感和生活上的挑戰未能做詳細的剖析。

從文學的角度來看，生活在重慶的下江作家，面臨的變化除了來自生活層面，還來自文學創作環境的巨變。戰前對巴蜀文化持遠「距離比較」的下江作家們，如今開始「近距離的領悟」〔註 37〕。下江作家對巴蜀文化不再僅僅停留於概念上的認知，而是身在其中的現實體驗。每一個下江作家到重慶後首先就置身於巴蜀文化的奇特感受之中。李怡的《現代四川文學的巴蜀文化闡釋》從「謎之國」、「霧之都」、「人之魂」從不同層面分析了外省作家對巴蜀文化的認知和感受，尤其指出戰時入蜀作家儘管創作了大量以四川、重慶社會為背景的作品，但對巴蜀文化關注，對四川社會的潛心剖析仍然寥寥無幾。文中指出「抗戰入蜀的外省作家仍然還是較多地保存了他們固有的文化觀念，與他們所耳聞目睹的四川社會不無理性的『間距』。」〔註 38〕正是這一「間距」阻礙了他們對巴蜀文化更深層次的體驗。該文以巴蜀文化為中心，在對入蜀的外省作家的研究中，焦點聚集在他們對巴蜀文化的接受和感知層面。入蜀的外省作家已經相對固定的文化經驗在面對戰時重慶這一具體現實環境時所作出的選擇，及其面對的生存壓力則不在該文的討論範圍之內。

〔註 37〕 李怡：《現代四川文學的巴蜀文化闡釋》，長沙：湖南教育出版社，1995 年，第 264 頁。
〔註 38〕 同上，第 270 頁。

　　從另一個角度，對知識分子群體的研究也是近年來學界研究的熱點。
2007 年上海人民出版社推出了「都市空間與知識群體研究書系」，從交往網
絡、都市生活、報刊等從知識分子的生存領域來解讀他們的心態和思想。許
紀霖的《近代中國知識分子的公共交往》是這一書系的代表作，通過「近代
地方性士紳與城市的管理型公共領域的關係」和「現代全國型知識分子與都
市批判型公共領域的關係」〔註39〕兩條路徑，以傳統的茶館、會館和士紳團
體，現代的咖啡館、期刊雜誌、學術沙龍等空間爲考察對象，通過對知識分
子在這樣一個公共空間網絡中的關係考察，在具體空間中呈現出文化社會的
關係。

　　以抗戰時期知識分子生活和精神狀態爲研究對象的論著並不少見。其中
尤其以西南聯大知識分子群體獲得的關注最多，謝泳的《西南聯大與中國現
代知識分子》、姚丹的《西南聯大歷史情境中的文學活動》、易社強《戰爭與
革命中的西南聯大》、李光榮的《西南聯大與中國校園文學》、《民國文學觀
念：西南聯大文學例論》等，都以西南聯大爲中心，從知識分子、校園文學、
聯大在昆明的紮根、發展等角度探究了位於大後方昆明的這所臨時大學所取
得的在文學和教育上的突出成就。許紀霖的著作時間跨度從 1895 年～1949
年，涵蓋了從清末至抗戰後不同時期知識分子群體，其中對抗戰時期知識分
子的描述則選擇以西南聯大知識分子共同體爲其考察對象。其他關於戰時知
識分子考察的還有李書磊的《1942：走向民間》，該文多聚焦文人的生活，
陳獨秀之死、郭沫若的「青春」、昆明文人等都是從生活透視學者文人的思
想情感。《延安日常生活中的歷史：1937 至 1947》（朱鴻召著）從飲食、人
文、男女交往、風物等生活細節入手，用知識考古學的方式，就戰時延安的
歷史關鍵問題和趣味敏感話題做了全新的解讀。董平的博士論文《四十年代
國統區與淪陷區小說中的知識分子形象研究》同樣通過小說文本的細讀，觀
察和審視四十年代知識分子，以求「重新解讀知識分子形象的深層文化意
蘊」。不過這一系列的著作和研究成果都更關注的是整個抗戰時期的大後
方，其中，昆明因爲西南聯大知識分子群體的存在而獲得了更多的關注，由
此呈現出研究對象範圍的不平衡。

〔註39〕許紀霖：《近代中國知識分子的公共交往（1895～1949）》，上海：上海人民出
　　　　版社，2008 年，第 8 頁。

　　作爲陪都的重慶，偏重於戰時重慶知識分子研究並未能深入展開。儘管早已有學者指出這一話題重要意義，如秦弓提出，研究抗戰前後的重慶文學，應該注意幾個方面的問題，其中之一即是「重慶戰時的文人生活」，「文人生活同文學作品及其接受效應一樣，也是文學史的重要組成部分。」「從重慶文學研究來說，應該給予戰時重慶文人生活比較多的關照。」〔註40〕錢理群關於《四十年代文學史》的構想中，一個重要部分就是「文人身心錄」，即戰爭中的衣、食、住，生活方式的變化戰爭對於人的基本存在方式的影響，「生存和精神的雙重危機」。〔註41〕

　　近年來，致力於抗戰文學研究的學者對抗戰時期重慶文學做了大量的史料挖掘、整理工作，不少研究生將抗戰時期重慶文學做爲其論文選題。其中，尹瑩的博士論文《小說中的重慶——國統區小說研究的一個視角》，通過文本細讀的方式，「對作品中的重慶進行細緻入微的分析，從各個角度全面地揭示小說中的重慶形象，並表達出自己對文學重慶的理解。」因此，該文對歷史文本、文學文本和抗戰時期文學中的重慶形象，不同作家筆下的重慶等做了細緻的分析。張武軍的碩士論文《四十年代渝派文學論》通過作家對重慶日常生活的描寫，分析生存狀態引發的作家文學風格變化，並提出陪都重慶所體現的頑強的生存生命力正是「渝派文學」的精神核心。該文和本文所研究的對象有所交錯，日常生活所包括的在衣食住行之外，還有他們的職業、交往網絡，在抗戰時期的重慶，因戰爭、生存、政治等諸種因素，這一切顯得更爲複雜，也正是這些日常的行爲構建了一個生動的戰時重慶文學圈。陳剛的博士論文《北碚文化圈與 40 年代文學》和本書的選題有相近之處，該文更側重在重慶北碚鄉村建設實驗的背景中探討北碚文化圈的文學與文化。

　　綜上所述，無論是抗戰時期重慶文學的研究還是對大後方知識分子思想史的研究都已經有了豐碩的成果，然而，抗戰是中國現代歷史上最爲動盪不安的時代，中原板蕩，無數人流離失所。「下江人」被拋擲在一個完全陌生的城市，置身於迥然不同的生存環境之中，其複雜的情感、動盪不安的經歷，並未能獲得充分的闡釋的。

〔註40〕秦弓：《重慶抗戰文學研究要有個性》，《涪陵師專學報》1994 年第 4 期，第15 頁。

〔註41〕錢理群：《關於 20 世紀 40 年代大文學史的斷想》，《中國現代文學研究叢刊》2005 年第 1 期，第 1 頁。

　　也即是說，抗戰時期重慶的文學環境不是一個北平、上海文學環境的整體遷移，即使來到重慶的媒體、出版機構，要面對變化的環境；遷移到重慶的人們，更要面對和戰前完全不一樣的環境；即使從未離開過的重慶人，也因戰爭而改變了生活狀態。這期間重慶文化和下江文化的交融、隔閡、接受，下江作家對重慶、對戰爭的不同感受，他們的生存和精神上所發生的變化，都值得深入的挖掘和考察。如此，方能開拓我們對抗戰時期重慶文學的認知視野，從而讓這段文學活動的豐富性和生命力得以呈現。

第一編　隔閡與陌生：下江文化和
　　　　重慶文化

第一章　戰前的重慶形象和文學環境

　　重慶陪都的地位並不是抗戰一開始就確定的，即使在國民政府遷入重慶後，重慶的城市地位仍發生過幾次變化。首先是 1937 年 11 月 20 日，國民政府正式發表了《國民政府移駐重慶宣言》，宣告爲堅持長期抗戰，政府將移駐重慶。緊接著，1939 年 5 月 3 日、4 日，日軍對重慶進行了猛烈瘋狂的大轟炸，重慶市區遭到了前所未有的浩劫。爲了穩定人心，表明政府抗日的決心，鼓勵前方將士抗戰的士氣，國民政府於大轟炸的次日，明令將重慶市由四川省所管轄的乙種市升格爲由行政院直接管轄的甲種市，同時改組市政府，於 5 月 11 日任命原重慶行營代主任賀國光爲重慶市政府市長。

　　大轟炸期間，爲堅定軍民抗戰的信心和決心，1940 年 8 月 15 日，國防最高委員會通過決議，定重慶永爲陪都。同年 9 月 6 日，國民政府發佈命令，定重慶爲中華民國陪都，政府明令稱：「四川古稱天府，山川雄偉，民物豐殷，而重慶縮轂西南，控扼江漢，尤爲國家重鎮。政府於抗戰之始，首定大計，移駐辦公。風雨綢繆，瞬經三載。川省人民，同仇敵愾，竭誠紓難，矢志不移，樹抗戰之基局，贊建國之大業。今行都形勢，益臻鞏固。戰時蔚成軍事政治經濟之樞紐，此後更爲西南建設之中心。恢弘建制，民意僉同。茲特明定重慶爲陪都，著由行政院督飭主管機關，參酌西京之體制，妥籌久遠之規模，借慰輿情，而彰懋典。」〔註 1〕

〔註 1〕重慶市檔案館、重慶師範大學合編：《遷都定都還都》，重慶：重慶出版社，2014 年，第 87 頁。

重慶地位逐步提升，「下江人」源源不斷湧入重慶，開始了他們在重慶或長或短的戰時生活。重慶從始至終扮演著中國抗日戰爭指揮中心的角色，一直到抗戰勝利。那麼，當國民政府宣佈移駐重慶時，重慶擁有一個怎樣的社會文化環境？重慶人、「下江人」、「旅外川人」對重慶的認知存在什麼樣的差異？

一、從「魔窟」到「陪都」：抗戰前的重慶形象

抗戰之前重慶民智未開，文化落後，幾乎是所有人的共識。無論是本地有識之士，還是外地人，提及重慶，提及四川，最常用的詞彙就是：「文化落後」、「兵禍災荒」。軍閥的混戰加上天災，令這個天府之國陷入民不聊生的境地。

然而，在相似的印象背後，本地人，外省人對四川問題產生的根源和解決辦法卻有不一樣的理解。外省人對四川問題的態度包含著對四川落後景象的驚歎和批判。四川人則一方面不滿意外省人對四川問題的批判，認為含有地域上的偏見，另一方面，他們比誰都更急切的想改變四川的現狀，並且認為四川問題的產生，不僅僅歸咎於軍閥，更應該反思四川老百姓落後不思進取的觀念。

1. 外省人的四川印象

自古以來，四川就有天府之國的美譽，家給戶足，民康物阜。到了民國，四川的形象似乎一下子被顛覆了，用四川老百姓的話說，是從「了不得」變成「不得了」〔註2〕。即從富足舒服的「了不得」，轉變成如今災害不斷、人禍不斷的「不得了」，從天堂一下子演變成地獄。外省人描繪四川的詞彙幾乎都是固定的，「戰亂頻仍」、「落後保守」。四川老百姓則是「川耗子」，如老鼠般機靈，也如老鼠般鼠目寸光……總之，無論是四川的地方形象還是個人形象都是負面的。

戰前外省人心目中的四川印象來自於兩個渠道，一個是入川遊歷之後，親身經歷而形成；一種則是並未入川，僅僅是通過朋友間的口耳相傳或者報紙、雜誌上關於四川的討論，從而獲得對四川的感受。

女作家陳衡哲 1936 年在《獨立評論》第 195 期發表的《川行瑣記》，引

〔註2〕傅葆琛：《四川的病根究竟在哪裏？》，《蜀鐸》2卷2期，1936年，第1頁。

述朋友的話，將四川文化稱爲是一個退化的文化，是「鴉片文化與軍閥文化的產品」。〔註3〕杜重遠對重慶的奇特印象，第一是街頭無處不在的軍人，「軍人之多，敝衣赤足，到處都是」；第二是發達的鴉片行業，重慶六十萬人口中，「吸食鴉片者要占十分之三」〔註4〕。無論是陳衡哲還是杜重遠，筆下的「軍閥」、「鴉片」、還有「匪」都實實在在戳中了阻滯民國初期四川社會發展的關鍵要素。無論是入川的外省人還是出川的四川人，無不對此印象深刻，以致於提起四川，就和這三者有著密不可分的關聯。

薛紹銘1935年經貴州、雲南到四川，足跡遍及西南。他在《黔滇川旅行紀》中對重慶的印象是「暗娼多、歌妓多、叫花子多」。重慶的叫花子和其他城市的叫花子相比，很有毅力，「他向你討錢總能半里一里的跟著跑，跑著在你前面攔路磕響頭。」他們很會選擇討錢的對象，多選擇外省人，「只要聽到你的口音不是四川腔，總要和你麻煩。他們大約以爲外省人來四川的多半是有錢，而且出錢上也要比四川人慷慨些。」〔註5〕

美國醫生貝爾西如此描述他到達重慶之後的第一印象：人們的臉上或身上，「帶著營養不良、殘廢，或者疾病的行跡。挑污水的人，他們那沉重的桶子將水濺滴在細長的階石上，發出臭氣」「滿身芥蘚和瘡毒的癩狗，攔住我們的去路。偶而在一家門口，還可看見一隻烏黑而蒼蠅滿身的母豬，在喂著她的瘦瘠的小豬；到處都有拖泥帶水的嬰孩，在他們的圈桶中昏昏欲睡的眨著眼睛。」這樣一個毫無生命力的群體，色彩灰暗的社會，似乎完全印證了他在路途中聽到的人們對重慶的形容：「一個『垃圾堆』」和「文明的終止點」。〔註6〕

生活在重慶的人們對外面的世界並不關注，「在他們的孤立生活中頗爲自尊自大，無求於人，因此一聽到和南京國民政府發生密切聯繫的主張，竟會加以嘲笑。對於本省他們也不過口頭上的效忠；對於它疆界以外的任何勢力，他們就公開而叫囂地表示敵意了。」人們在古老的生活模式中安然度日，對於現代化的東西並不感興趣，「（1932年）公用事業還沒有存在，只除了新設的自來水廠。可是大多數的居民，都拒絕使用；他們寧願用老方法，雇水夫從長江的泥水中挑了滿桶的水送到他們的門前。」至於交通工具，依然依賴步行或者乘坐

〔註3〕陳衡哲：《川行瑣記》，《獨立評論》，第195期，第14頁。
〔註4〕杜重遠：《從上海到重慶》，《獄中雜感》，上海：上海書店出版社，1983年，第182～183頁。
〔註5〕薛紹銘：《黔滇川旅行紀》，重慶：重慶出版社，1986年，第134頁。
〔註6〕貝西爾：《重慶雜譚》，上海：文通書局，1946年，第18頁。

轎子，「上上下下，和數千年來他們的祖先一樣。」貝西爾醫生感覺簡直無法把眼前的重慶和他所熟悉的現代社會關聯在一起，「要將我所認識的這個古城和現代生活聯結起來，似乎近於幻想，彷彿要描寫火星上的生活一樣。」〔註7〕

未曾到過四川的人們，正是通過上述親歷者的描述，獲取了關於四川的想像。他們的想像顯然延續著親歷者的感受，對四川的印象並無好感，軍閥、鴉片、天災人禍幾乎是大家的共識。

《新蜀報》發行四千號紀念特刊時，張恨水應邀做紀念文，感歎「二十一年無個事，都將史乘紀干戈。」民國以來戰爭就從未離開過四川，這樣混亂的環境，「放翁若使生今日，未必詩心在劍南。」〔註8〕

茅盾的小說《虹》1929年寫於日本，那時作者尚未到過四川，卻將筆下的女主人公梅行素放在四川，這位從四川來的女孩子在離開四川的時候有一種脫離樊籠，獲得新生的喜悅，「她覺得凡屬於四川的都是狹小而曲折，正像當前的江流一般。」「現在這艱辛地掙扎著穿出巫峽的長江，就好像是她的過去生活的象徵而她的將來生活也該像夔門以下的長江那樣的浩蕩奔放罷！」〔註9〕借梅女士的感慨，可知茅盾的四川印象，在他的筆下，人生以夔門爲界，夔門以上的世界狹小曲折，夔門以下則浩蕩奔放。茅盾當時並未到過四川，他對四川的描寫帶有一定的想像色彩，但卻依然準確抓住了四川問題的所在，即年青的一代都想衝出夔門，走出封閉落後的四川。

事實上，在二三十年代，重慶已經將上海作爲城市發展的參考目標，代表現代生活方式的公園、電影院、戲園、商業場等在重慶已經出現。只是市面的繁華僅停留在表面，人們的思想仍處於保守狀態，觀念上和上海等現代化城市相比仍有差異。以重慶的電影院爲例，電影院的建築和設備仿照上海修建，甚至演出的模式也比照上海電影院，在中場休息的時候演奏音樂，「而這音樂也不是姆亞娜也不是梵婀鈴，而是拉二簧。」〔註10〕西洋來的電影和四川唱川戲所用的樂器組合在一起，聽上去顯得很不倫不類，但在重慶就一切顯得那麼自然。重慶的學生也懂得新詞彙，考試寫答卷，也會寫出將來的志願都是「打倒帝國主義」，「至於什麼是帝國主義，中國如何受帝國主義壓

〔註7〕貝西爾：《重慶雜譚》，上海：文通書局，1946年，第18頁。

〔註8〕張恨水：《新蜀報紀念索文詠詩三絕獻之》，《新蜀報》四千號紀念特刊。

〔註9〕茅盾：《虹》，《茅盾全集》第二卷，北京：人民文學出版社，1984年，第6頁、13頁。

〔註10〕流水：《川遊心影錄》，《燕大月刊》，第5卷第3期，1929年，第93頁。

迫，如何去『打倒帝國主義』，則一個人都未提到。」〔註11〕這和陳衡哲的
感受是一致的，她也曾說過在重慶居住的宿舍設備齊全，「自衣櫃到浴盆，
都是外洋最近流行的式樣」，但在陳衡哲看來徒有現代化的外表，重慶在骨
子裏仍是落後的，最好能夠「把現代化的精神加到那現代化的房間與傢具中
去。」〔註12〕

2.「旅外川人」筆下的四川

　　民國時期的四川成為了一個問題，一個特殊的世界。《如何解決四川問
題》、《四川問題的又一面》、《解決四川問題的一個辦法》、《四川問題》等一
系列文章從不同的角度剖析四川，並認定四川軍閥是四川之亂的根本。人們
在思考怎樣拯救這個「兵多匪多，群雄割據，橫征暴斂，民不聊生的特別世
界」〔註13〕？在這中間，最猛烈的批判並非來是自下江的遊客，而是非常熟
悉四川的「旅外川人」。四川大學校長任鴻儁毫不客氣的撰文批評「四川古稱
天府，今號魔窟」；〔註14〕長期生活在四川的作家田倬之則說「如果世間有地
獄的話，那麼四川老百姓所居的，便是地獄的十八層。如果人類真有吸血鬼
時，那麼四川軍閥便是比四大天王還偉大的吸血鬼。」〔註15〕《大公報》胡
政之失望的認為四川的現象非常的糟，「四川一切都是畸形的。」〔註16〕擔任
《新蜀報》和《新民報》駐滬特派記者的鄭用之三十年代回川後，驚訝於四
川的報業的不過是「留聲機的留聲機」，新聞的來源不過是聽人家口耳相傳省
外報紙上登載的信息。為此，鄭用之憂慮四川人「都要學成聾子和瞎子，在
黑暗的角落裏，只此度著摸覺的生活了。」〔註17〕

　　可能沒有誰比「旅外川人」更清楚四川問題的癥結所在，也沒有誰比旅
外川人更關注四川的未來和發展。走出夔門的四川人在接受下江現代文明洗
禮的同時，更感受到了外省人對四川人的種種歧視，以及對四川的偏見。正
是這群「旅外川人」更急切的開始了對各種問題的思考和討論。

　　讓四川人民從天府之國墮落到地獄十八層的罪魁禍首是四川軍閥，那麼

〔註11〕流水：《川遊心影錄》，《燕大月刊》，第5卷第3期，1929年，第93頁。
〔註12〕陳衡哲：《川行瑣記》，《獨立評論》第190期，第16頁。
〔註13〕叔永：《如何解決四川問題》，《獨立評論》第26期，1932年，第2頁。
〔註14〕叔永：《四川問題的又一面》，《獨立評論》第214期，1936年，第2頁。
〔註15〕田倬之：《四川問題》，《國聞週報》第11卷29期，1934年，第13頁。
〔註16〕傅襄謨：《大公報參觀訪問紀》，《新蜀報》四千號紀念特刊。
〔註17〕鄭用之，《川報與留聲機的留聲機的留聲機》，《新蜀報》四千號紀念特刊。

如何解決，如何拯救呢？一些「旅外川人」一度把希望寄託在了中央政府那裏。周開慶的《解決四川問題的一個辦法》寫於國民黨中央第五次全委會開會前夕，他希望國民黨高層和關心四川的人士對四川問題多留意；任叔永提醒中央政府對四川的局面，「應該負一種特別的責任」；田倬之認為解除四川危機的關鍵在「中央是否有徹底拯救川民的決心」。至此，可以看出，大家都不約而同對四川的統治者徹底失去希望，認定四川人自己是無法拯救四川。

而在一部分「旅外川人」看來，四川的問題不能僅僅歸結於軍閥的混戰，更在於的四川老百姓。四川歷來經濟富裕，老百姓衣食不愁，「男子沉於嗜好，女子競尚華麗」。傅葆琛認為，恰恰是優裕的生活環境養成了四川人「驕」和「惰」的性情。同時也形成了四川人自給自足的天府之國的思維，可以「關起門來過他們優游快樂的生活。他們素來不去管外邊的閒事。外邊的人也非到了萬不得已的時候不去管四川的事。」〔註18〕四川就成了和外界不同的「異鄉」。

在對四川人性格的分析中，「旅外川人」的看法非常相似。周開慶指出四川人的短處也很明顯，「團結力薄弱」，一個四川人能夠的單獨去奮奮鬥，較多的四川人聚合在一起就會產生內部爭鬥；「缺乏毅力」，四川人可以發起一項運動，但卻往往有始無終；「缺乏遠大的眼光」，多圖謀眼前利益。無獨有偶，王謨也認為四川人不團結，在外的四川人開同鄉會，「每逢開同鄉會，不是打架，便是吵架，一哄而散」。他也認為四川人缺乏毅力，「開始出頭的人，大都是四川人，然而成其功，收其利的，往往不是四川人。」〔註19〕

「旅外川人」的討論非常激烈，對四川問題的批評沒有絲毫的委婉，一方面固然是由於對家鄉問題的關注，但另一方面，「旅外川人」在外省所受到的歧視也是激發他們改造四川的重要動力之一。

四川儘管僻處西南，但號稱天府之國，文物之盛從來未嘗輸於中原。唯有在民國初期，四川一下子變成了大家心中蠻荒僻遠之地。四川人被人稱之為「川耗子」，在外省備受歧視。四川人王謨曾擔任北平某大學的招生委員會委員，有一個學生成績極好，但錄取名額已滿。委員們認為該生成績優良，

〔註18〕傅葆琛：《四川的病根究竟在哪裏？》，《蜀鐸》第2卷第2期，1935年，第1頁。

〔註19〕王謨：《四川人的特性與教育上應注意的幾點》，《蜀鐸》第2卷第2期，1935年，第3頁。

不忍心將其剔除，準備破額錄取。但一查該學生爲四川人，於是主張錄取的
委員們紛紛改口。同爲四川人的王謨表示抗議，力爭將該生錄取。本來，以
學生籍貫來評判優劣，是帶有很大的偏見的。王謨的抗議具有相當正當的理
由，可是事後卻仍在同事間落了個「四川人不好惹」的名聲。在大學尚且如
此，一般老百姓對對四川人的偏見可想而知是有多深厚。這樣的經歷無疑更
加激發了「旅外川人」的反思，四川到底怎麼了？

3. 1937 年重慶社會境況

當四川即將承擔起民族復興的重任時，尤其是在 1937 年前後，四川正在
承受幾十年未遇的旱災。前一年夏季的饑荒，發展到 1937 年年初，已經餓殍
遍野，受災人數達到 3000 萬。農業顆粒無收，嚴重影響了重慶的貿易。這一
年重慶稻米進口相比往年增加 60236 公擔，這些稻米從下江的蕪湖、南昌、
漢口、長沙運來，主要就是爲了救濟災民。人們大概沒想到，這些接受賑濟
的四川人，將在緊接著的八年裏接納來自下江的人們，爲國家的抗戰提供人
力和財力的保障。

翻開重慶本地最具影響力的報紙《新蜀報》，1937 年最醒目的字眼之一是
「川災」。「天府之國」再次淪爲「地獄四川」，「七千萬的男女大眾中，硬是
有三千多萬飢餓線上過著嚼草根刮樹皮煮觀音米的生活。」〔註 20〕在農村，
飢餓的情景更觸目驚心，「斷炊、絕食、餓死、自盡的，在農村已是司空見慣。
太陽的蒸燒正和南風蕭瑟的狂吹，春葉凋殘在片片飛舞。村中只充塞著婦女，
孩子飢餓的悲啼，慘狀的哀嚎！幾不知在人間，抑或是在愁雲慘霧的地獄！」
〔註21〕人們已經到了無法生存的境地，災難造成大量的災民湧入城市，「有的
靈活著他那表示還有生命的眼，張著嘴巴向街上走的人們討錢；有的眼嘴緊
閉，蜷縮著身體不時的地微微的動著；有的完全不顧一切的四肢長伸著，表
示脫離了人的苦海，一個一個地被投入了公安局和慈善家們的收屍的木框裏」
〔註22〕。

四川爲此成立了四川省賑濟會和川災救濟協會，文化界也發起了賑災活
動。1937 年 5 月春雲社話劇組應重慶綏靖署賑災募捐會邀請，出演了《飢餓
之鄉》。劇本由春雲社成員黎晴撰寫，朱芝菲作曲。劇本講述佃農因天災爲活

〔註20〕《萬語千言從何説起》，《新蜀報》，1937 年 6 月 2 日。

〔註21〕《農村一角》，周文序，《新蜀報》，1937 年 6 月 25 日。

〔註22〕誠痕：《重慶一日》，《春雲》第 2 卷第 1 期，1937 年 6 月 1 日。

命而掙扎，富人們還沉醉在美麗的春光中。劇中穿插有三首歌曲，《青春之歌》、《時代的悲哀》、《飢餓之鄉》。《春雲》第二卷第二期的《川災視察紀實》記錄了受災後農民流離失所，求乞為生的慘象。依靠各種方式為災害募捐或者呼籲對於緩解災情無疑是杯水車薪，人們不得不呼籲全國民眾和中央政府關注四川的災難。可是，全面抗日戰爭已經拉開帷幕，東南大片國土處於危機之中，連中央政府所在的都城南京都岌岌可危，又如何有餘力顧及到四川的災害？

比天災的毒害更具有破壞力的是四川的鴉片。直到進入民國，鴉片在四川仍然流行，蔚為壯觀，以致成為民國初期四川的獨有景象。鴉片是軍閥收入的重要來源，大部分的農民不得不將種植糧食的土地改種鴉片。

吸食鴉片則是社會普遍現象，不分貴賤，不分男女，有錢人、無錢人都沉浸在吞雲吐霧帶來的快感之中。初到四川的人，無不驚訝於滿街的數量眾多的煙館。走在重慶街上，觸目皆是「南鄉」、「西鄉」、「傲霞」、「臥龍」，要不就是洋氣十足的「卡爾登」、「維也納」、「倫敦」，這些中西混雜的名字其實都是各種類型的煙館。「四川人有此嗜好的恐怕百分之五十以上，而公務員、商人、苦力等可說百分之九十是有煙癖的。」〔註23〕不少煙館裝修精緻，環境和煙具都非常考究，舒適宜人。煙館不僅是一個過鴉片癮的地方，還是社會交往的公共場合，是人們的聚會地、談心處、社交場。朋友相見，必定約到煙館去，躺在煙榻上談心。

吸食鴉片帶來的直接後果就是造成人的精神萎靡不振。那些煙癮大的人，人們稱之為「煙哥」。躺在煙榻上的煙哥們，悠然自得過著鴉片癮，「其癮大者，則橫陳榻上，瞑目不語，連動也不動。如蜷伏著的死蛇一般，倘仰面朝天，則又與僵屍無異。至癮過足者，其辭鋒勁健，論古談今，有類語堂先生的話，上至宇宙之大，下至蒼蠅之細，無所不談，談無不盡。更有精神煥發時，叫幾名裝束入時之女郎，點一曲，十二杯酒，唱幾句。」〔註24〕從死蛇一樣一動不動，到精神煥發，鴉片成了拯救肉體的良藥。也難怪往來皆煙哥的重慶，就是靠體力吃飯的轎夫都個個滿面煙容，就像一具具「枯皮包著瘦骨的行屍走肉」。〔註25〕重慶街頭滿街是鴉片煙館和無處不在的面黃肌瘦

〔註23〕蜀樵：《重慶漫話》，《申報月刊》，第 3 卷 9 號，1934 年。

〔註24〕羽翎：《重慶的煙哥》，《論語》，第 68 期，1935 年，第 987 頁。

〔註25〕陳衡哲：《川行瑣記》，《獨立評論》，第 195 號，1935 年，第 14 頁。

的癮君子，即使最底層的苦力，如轎夫等，也願意將自己辛苦掙得的血汗錢用於吸食鴉片，讓人見了感到痛心可憐：「他們每日用一滴汗一滴血換來三四毛的工資，多半消耗於芙蓉城裏，所以更弄得衣不蔽體，食不充饑，而青臉長髮，酷似城隍廟中的鬼卒！」〔註26〕

四川鴉片的盛行，川籍作家無不對此有生動的描繪。李劼人筆下的天回鎮，最早開門的是客棧、鴉片煙館、賣湯圓與醪糟的擔子。鴉片煙館和吃、住同樣重要的必需品。郭沫若的丈人要抽大煙，款待從縣城請來差班，也是請他們在內堂安心的抽大煙。下層的販夫走卒沉溺於過煙癮，四川的轎夫差不多全是要抽鴉片的，甚至到了只要有煙抽，甚至於連飯都可以不吃。上層的官吏們樂此不疲，抽鴉片甚至成為一種身份地位的象徵，「成都的官場抽大煙當於在吸『三炮臺』！」〔註27〕軍隊的人更要吸鴉片，排長抽、連長抽、營長也抽，士兵們瘦得只有一層皮子包著突出來的骨頭，個個臉上籠罩著慘白的煙灰色〔註28〕。

此種景象一直延續到國民政府遷都重慶，行政院開始在重慶實行禁煙，設立煙民勒戒所強行在重慶全市範圍內禁煙，甚至採用連坐法和檢舉法，「店主保其店員，房主保其房客，保甲長保其一區域內之居民。」〔註29〕重慶市警察局制定《肅清陪都附近煙毒的計劃》，內政部發佈了禁種煙苗的訓令，種種措施推出以確保禁煙得以徹底貫徹。但是，因煙毒流行積習太深，在禁煙令推行之後，直到1943年，重慶市煙民人數仍舊多，煙館也尚未絕跡，可知禁煙在重慶是一件異常艱難的事情。

當國民政府遷都之前，重慶作為四川的一部分，無論是在外省人還是四川人自己的心目中，都並非一個理想化、現代化的社會，而是積弊深重的落後世界。遊歷重慶的人，皆感到此處，正由於這樣的負面觀念不斷累積，最終在未到過四川的外省人心目中留下了軍閥、鴉片、內亂等等關於四川的關鍵詞，形成了四川在外省人心目中落後、封閉的印象。外省人看四川，「多以

〔註26〕杜重遠：《從上海到重慶》，《獄中雜感》，上海：上海書店出版社，1983年，
　　　　第182～183頁。
〔註27〕郭沫若：《黑貓》，《郭沫若全集》第十一編，北京：人民文學出版社，1992
　　　　年，第301頁。
〔註28〕周文：《第三生命》，《周文文集》（下卷），北京：人民文學出版社，1980年，
　　　　第365頁。
〔註29〕《關於重慶市禁煙現狀的報告》，《大公報》1940年3月28日。

新聞消息爲根據，其隔膜情形，與外國人士視吾國情形相同。」〔註30〕正是在這個難以改變，固守傳統的地方，令人難以想像的在戰爭中成了整個國家的首都，爲來自長江下游、沿海區域乃至華北的龐大的」下江人」群體提供了戰時的庇護。

二、抗戰爆發前後的重慶地方文化

重慶文化基礎薄弱，是整個巴蜀文化的板塊中一個相對滯後的區域。巴山蜀水緊密相連，都處於四川盆地之中，但巴和蜀卻也有各自不同的文化特色。晉代常璩的《華陽國志》中就有「巴出將，蜀出相」的說法，以成都爲中心的川西地區和以重慶爲中心的川東地區，因地緣的不同，其文化也有鮮明的特色。巴地山高水深，三峽地區更是崎嶇難行。這個地區不僅山高坡陡，夏季酷熱難忍，冬季陰冷潮濕，和「水旱從人，不知飢饉」的成都平原相比，自然生存條件相對惡劣。「蜀江水碧蜀山青」，成都平原優越的自然環境造就富裕的天府之國，豐衣足食的人們有充足的時間和精力來從事文化活動。自古以來，成都就是四川地區的政治文化中心，文史哲名家輩出，著名的「漢賦四大家」，司馬相如、嚴君平、王褒、揚雄，都是「以文辭顯於世」；五代時期的花間詞派，柔媚旖旎的詞風給北宋詞壇帶去深遠的影響；宋代的三蘇，更是一個時代文學的代表。除了文學，蜀人在學術上毫不遜色，並形成了著名的「蜀學」，「蜀學之盛，冠天下而垂無窮」。晚清時期，張之洞在成都創辦「尊經書院」，爲成都培養了一大批學通新舊的人才。「華陽流通處」出售來自北京上海的期刊雜誌，傳播現代新思想，給郭沫若、巴金、李劼人等現代文學作家帶去最早的啓蒙。

無論是地理環境還是氣候環境，重慶均較成都惡劣，造成民風彪悍，「巴人尚勇」，近代四川發生的教案、保路運動，都和重慶有密切的關聯。眾多的河流縱橫穿過巴地，沿江碼頭眾多，不少的城鎮都因河運而興旺。內河航運的發達帶來重慶商業經濟的發展，重慶開埠以來，西方各國順江而入，將重慶作爲進入中國西南腹地的起點。洋貨的進入，嚴重影響了本地手工業和商業的生產，本地人士和外國商人之間本就存在著矛盾。外國傳教士則在重慶開辦學堂，傳播宗教，但「蓋教之入蜀，民皆不喜，而奸宄無賴之徒，爭竄

〔註30〕陳慧一：《川遊見聞》，《生活》第6卷11期，第3頁。

於教會，恃勢橫暴，民益惡之」〔註31〕；「光緒庚子、辛丑間氣焰尤熾……人民愈切齒」，於是重慶掀起了激烈的反教活動，近代四川教案頻發，教案的發生次數居全國之最，其中第一次及最大的一次反教活動就發生在重慶。重慶是四川同盟會的中心，保路運動發生時，重慶人參與的熱情高漲。這些都從一個側面說明了重慶城市的性格中激烈、火爆的一面。

　　長久以來，四川形成了政治文化中心在成都，商業中心在重慶的格局。重慶商業氛圍濃厚，文化氛圍就薄弱很多。在中國現代文學史上，重慶和成都相比較，擁有的作家數量差異很大，據《中國現代文學大辭典》收錄有巴蜀作家共 51 人，其中屬於成都範圍的作家有 39 人，重慶地區的作家 12 人，郭沫若、巴金、李劼人等著名四川作家，均在成都平原成長起來，深受蜀文化的薰陶。縱觀抗戰之前的重慶，其文化無論是和上海、北平等文化中心城市比較，還是和相鄰的成都比較，都有相當的差距。其原因是多方面的，其中既有重慶城市文化的因素，也有重慶發展滯後，印刷技術等落後帶來的影響。

1. 戰前重慶文學期刊和報紙副刊發展概況

　　近代重慶商業發展速度較快，但是印刷技術等現代出版業所必須的條件還是非常的不具備。《重慶日報》創刊的時候，其創辦人卞小吾帶著最新的印刷機、鉛字以及出版用的新聞紙上海沿長江辛辛苦苦運送到重慶。而當時的重慶尚還處於原始的木板印刷時代。到了民國時期，重慶的印刷技術仍然非常有限，1933 年《新蜀報》迎來了發行 4000 號的紀念，紀念特刊卻遲至一年以後的 1934 年才出版，原因之一是四川印刷水平有限，稿子徵集好之後要由重慶運到上海出版，出版後又從上海再運回重慶，往返的時間延遲了紀念刊的發行。

　　1897 年到 1936 年這短短的幾十年中，重慶地區的報刊先後出版近 300 餘種〔註32〕。四川的第一份報紙《渝報》就是首先在重慶誕生的，緊接著有《廣益叢報》。《渝報》和《廣益叢報》都受康有為梁啟超等維新派的影響，提倡新學。重慶總商會有《商會公報》，由周文欽主辦，不到三年就停刊了。卞小吾主辦的《重慶日報》始於光緒卅一年，卞小吾是重慶江津人，為同盟會會

〔註31〕四川省巴縣志編修委員會編：《巴縣志》第十六卷，重慶：重慶出版社，1994
　　　年，第 5 頁。
〔註32〕薛新力主編：《重慶文化史》，重慶：重慶出版社，2001 年，第 230 頁。

員，在上海時喜歡讀《醒世鐘》、《蘇報紀事》等宣傳維新革命思想的報刊，後回到重慶，和日本人竹川藤太郎合辦《重慶日報》。《重慶日報》係重慶的第一份日報。辛亥革命爆發後，重慶宣告獨立，這個時期出版的報紙有《光復報》、《大清皇事紀》、《國民報》等，又有國民黨人辦的《新中華報》、共和黨的《正論報》、統一黨的《益報》，各報代表不同的政治立場，論戰不休，但存在的時間都不長。

民國三年後，重慶的新聞媒體愈加繁榮，前後發行的計有《商務日報》、《新蜀報》、袁薇生辦的《民蘇日報》、廖仲和辦的《民信日報》、王樹棻辦的《民治日報》、謝而農辦的《軍事日報》、羅士忱辦的《天府日報》、吳自偉辦的《四川日報》、盧作孚辦的《長江日報》、李春雅辦的《江州日報》、石青陽辦的《中山日報》、毛百年辦的《渝江日報》、林昇安辦的《新四川日報》、羅成烈辦的《新社會日報》、王鼇溪辦的《團悟日報》、謝明霄辦的《大中華日報》、李子謙辦的《國民快報》、李雅鬌辦的《川康日報》、《巴蜀報》、《濟川公報》、《新民報》、《大江報》、《大聲報》、《四川晨報》、《西蜀晚報》、《權輿報》、《民強報》、《重慶晚報》、《新中華報晚報》、《四川晚報》、《西蜀晚報》、《渝江晚報》等。這些報紙的大多數都因經費不濟或其他因素停刊關門，存在十年以上的只有《商務日報》和《新蜀報》。但在當時，各報在重慶都還是有各自的價值，「迄今婦人孩子猶有能津津樂道者，其精神未可磨滅也。」〔註33〕

除了這幾十家的報館，重慶還有幾十家通信社，從數量上來說算是非常龐大的，但卻談不上什麼質量。大多數報紙都像剪報，內容以剪貼為主。如成都消息來自成都的報紙，重慶消息剪貼自重慶。更有甚者，在報紙上散播謠言，顛倒是非，將報紙淪為宣洩個人恩怨的工具。《大公報》胡政之評論重慶的新聞界完全不專業，他形容重慶的新聞界為「畸形」，「只要有一架鋼板油印機，再加上一個人，就可以掛一個通信社招牌發稿子，而且兩天三天出一次稿，也沒有一定的。這種打破世界報業史的怪現象，恐怕只有我們四川才會有吧！〔註34〕」

辛亥前後的重慶報紙，其主題往往和政治革新緊密相連，內容涵蓋言論自由、民主政治、社會經濟、新式教育、女性解放等各個方面，為重慶從農

〔註33〕楊丙牝：《重慶報紙小史》，《新蜀報・四千號紀念特刊》。
〔註34〕傅襄謨：《大公報參觀訪問記》，《新蜀報・四千號紀念特刊》。

業文明向現代文明轉變提供了支撐。現代傳媒的興起爲重慶市民帶去了來自歐洲、來自國內的最新訊息，帶去了科學知識，人們開始接觸到現代化知識和思想，開啓了重慶「由鄉村化城市向近代化城市轉化」〔註35〕的開端。

　　此時的媒體，更多的是政黨團體用來宣傳自己政治主張的手段，對文化關注甚少，文學作品的登載極其有限。晚清時期小說空前繁榮，這自然是有賴於新聞傳媒這一載體的發達。尤其是梁啓超的《論小說與群治》將小說的功能推至可「新一國之民」、「新人心」的高度，使得以小說來普及宣傳新思想成爲潮流。作爲這股潮流中的一部分，《廣益叢報》從光緒 29 年開始刊載小說，以近代最有名的政治小說《新中國未來記》開篇，政治色彩濃厚。《廣益叢報》登載的小說不可謂不多，據統計有 87 種，僅次於名列第一的上海的《月月小說》。〔註36〕但眞正意義上的現代白話文學要等到《新蜀報》時期才在重慶出現。

2. 戰前重慶的書店和書業

　　1926 年～1936 年間，重慶的書坊並不多，書店集中在城內的售珠市街，其中大型的書店如商務印書館、中華書局在重慶開設了分局，開明書店、北新書局、神州國光社分社的新新書局、上海現代書局、大東書局等均在重慶設有分店。

　　北新書局在重慶的分店由重慶人羅文輝開設。羅文輝和上海北新書局老闆李曉峰是朋友，曾將北新書局出版的雜誌、教科書、魯迅的《徬徨》、《吶喊》等從上海運到重慶。羅文輝於 1926 年正式創辦重慶「北新書局」，並有了固定門面。「北新書局」在重慶主要經銷上海北新書局出版的書籍，各種新文學書籍銷售良好，魯迅的著作、冰心的著作都很受歡迎。不斷引進上海書刊的同時，北新書局還擴大了市場，經營中小學教科書，在重慶周邊的北碚、合川都開了分店。

　　上海現代書局則以「川省爲中國新文化所被之重要巨埠，本局爲四川青年盡文化之服務起見」〔註37〕，在重慶設立分店，銷售現代書局出版的各類

〔註35〕蔡尚偉：《百年「雙城記」——成都‧重慶的城市文化與傳媒》，成都：四川大學出版社，2005 年，第 6 頁。

〔註36〕陳大康：《中國近代小說編年》，上海：華東師範大學出版社，2002 年，第 5 ～6 頁。

〔註37〕見《新蜀報‧四千號紀念特刊》廣告。

書籍和上海各新書店的文學、社會科學名著。開明書店三十年代初在重慶設立特約經銷點，以「重慶開明書店是上海各大出版家的陳列所」〔註38〕為口號吸引讀者，同時開設「代辦部」，代辦各類出版教材和圖書雜誌。無論是現代書局還是開明書店，都將銷售上海的出版物作為招攬顧客的手段，可見上海在當時中國出版界中所處的重要地位，同時也顯示了「上海出版」在重慶的號召力。

戰前重慶規模最大的書店當屬商務印書館和中華書局。商務印書館1906年就在重慶白象街設置了分館，1937年遷至督郵街。中華書局1931年在白象街設特約經銷處，1934年在經銷處的基礎上建立重慶分局。1937年8月，中華書局遷至都郵街，毗鄰商務印書館。新建的書局大樓非常氣派，「店堂很大很漂亮，中間是正方形的新玻璃文具櫃，兩邊一長排新玻璃書櫃，左右兩側及後面是新的三排書架，店堂後面一小巷是收款機，交款時用手推送款器輸送。店堂地板安的瓷磚，三方書架上面各裝了幾十個小電燈泡，中間是幾個大電燈泡，門面兩邊各一道門，中間是一個大櫥窗，門面左上端安裝有中華書局有限公司八個霓虹燈大字。『中華書局重慶分局』招牌是克羅米做的，很發亮。入夜，店內店外電燈齊開，光彩奪目，明亮非常，真是漂亮之至。」〔註39〕霓虹燈映照著中華書局的門楣，重慶出現了充滿現代感的新書店。

儘管如此，和上海、南京、北平等城市比起來，重慶書業的規模和實力都是極其有限的。抗戰初期，遊歷重慶的」下江人」認為重慶書業不堪一提，數量上固然可觀，但經營手法和書店運營環境卻乏善可陳。散落在米亭子、蒼坪街、天主堂、舊珠市、南紀門等街道小書攤形制簡陋，採用門前設攤的形式，陳列著書籍、雜誌、月報之類，大抵以單行本為多。較有價值的中西書籍置放在店中，卻「往往不加整理，任其縱橫雜沓，塵封滿面，以故愛清潔者，多裹足不前」。《新都見聞錄》的作者吳濟生感到疑惑，書儘管有新有舊，為何不能改變經營環境，收拾得清爽點，使顧客樂於涉足呢？同時，這種小書攤，所經營的業務除了售書之外，還經營著收購碑帖字畫、善本的業務，不僅售書而且租書，「出租新舊小說，藉取租費。」「代客徵收書籍，以

〔註38〕見《新蜀報‧四千號紀念特刊》廣告。
〔註39〕李介藩：《回憶中華書局重慶分局》，《重慶出版紀實》第1輯，重慶出版志編纂委員會，1988年版。

取相當回傭。」〔註40〕這類書攤，顯然以賺錢爲目的，自己既不策劃出版新書，其經營的手法也非常的滯後，和現代意義上的書店業相比有著相當大的差距。

至於重慶的報紙，在」下江人」看來也缺乏現代傳媒應有的獨立性和個性。葉聖陶比較了自上海到重慶沿途各個地方的報紙，只覺得漢口的報紙尚可，其餘地方的報紙「均不過癮」。至於重慶的地方雜誌，多爲「文摘」，其內容選來選去，彼此重複，「自編自譯稿簡直一篇都沒有。」〔註41〕言語中透出對重慶報刊的失望，顯然，重慶的報紙和雜誌無論從數量上還是內容上都存在相當的局限，未能滿足這位下江作家的閱讀期待。

三、戰前重慶的文學園地

抗戰之前重慶本地文學刊物非常有限。重慶商業氣息濃厚，而文學文化觀念相對淡薄。出版文藝刊物很難賺錢，除非有實力自掏腰包，或者對文藝抱有強烈的愛好，否則很難找到人來投資文藝刊物。同時，刊物稿費低廉，作家不可能完全依靠稿費生存，加上重慶的印刷設施落後，整個的社會環境都並不利於文學期刊的生存。因此，當現代文學期刊在 20 年代就在北平、上海等繁榮起來了，而重慶出現專業的文藝刊物則是到 30 年代左右。其中比較有名的有《沙龍》、《西風》、《山城》、《人力》、《黑畫》、《春雲》等。

1. 戰前重慶文學期刊

《沙龍》由「沙龍旬刊社」出版，是一份三十二開本的十日刊，其作者以青年文藝工作者和川籍作家爲主，除出版刊物《沙龍》外，還出版了沙龍叢書。《沙龍》的內容囊括了論文、翻譯、小說、散文、小品、詩歌、隨筆、雜感、童話、書評、速寫、作家介紹、本地文壇報導等等，內容豐富，文學種類齊全。《黑畫》的內容則在關注文學的同時，版畫也是其重要的組成部分。在 1937 年前後，大多數的刊物都因爲經費或者人員流動等原因堅持不下而停刊，仍然活躍在重慶文壇的寥寥可數，《春雲》就是其中之一。

《春雲》和同時期重慶其他文學刊物相比，發行時間最長，從 1936 年 12 月創刊號出版，到 1939 年 4 月第五卷第 1 期停刊，共出版 25 期。《春雲》能

〔註40〕吳濟生：《新都見聞錄》，上海：光明書局，1940 年，第 22 頁。
〔註41〕葉聖陶：《葉聖陶抗戰時期文集》第 1 卷，北京：人民教育出版社，2005 年，第 28 頁。

堅持那麼久，是因爲其出版得到當時重慶銀行總經理潘昌猷的支持，除了廣告收入外，凡有不足的部分，就全部由重慶銀行予以補助。有著如此優厚的資本條件，《春雲》的發行完全沒有後顧之憂，這也是這份雜誌能夠一直正常出版的重要保證。

《春雲》的創辦者致力於發展重慶地方文學，封面上印著「四川唯一文藝刊物」顯示著他們的信心和決心，他們要「在落寞的四川，播下文藝種子」〔註42〕。《春雲》的明確稿件有「三不登」，即：「過於空泛之文字不登。攻訐誇大，或無病呻吟頹廢肉麻之文字不登。涉及黨派政治之文字不登」，強調作品的文學趣味。而《投稿規約》第一條的「不拘文言白話。」〔註43〕也說明了在重慶文言創作仍然是主要的力量之一，早期《春雲》登載的文章就有不少文言創作的作品。呈現出白話文學和文言作品共存的態勢。

創刊之初，《春雲》曾被稱爲「四川的禮拜六」〔註44〕，因爲其文字偏於閒適，不脫離情愛等消遣內容。其實這樣的評價未必貼切。初期的《春雲》內容比較蕪雜，既有一些寫年輕人戀愛煩惱的作品，也有寫現實的作品。因作者群體主要以留日學生爲主，從創刊號開始，幾乎每期都有留日學生的作品，或是寫留日學生在日本的生活或者感受，如《除夕》（茵子），《TROIKA》（李華飛），《千代子》（茵子）；或是翻譯的日本作家的作品，如作家片岡鐵兵的作品《青春的貞操》，小泉八雲的《致友人書》，藤井俊的《葉加德麗娜》等等。

發行了五期以後，《春雲》的主編們意識到要進一步擴大刊物影響力，不能只面對四川一個地域，因此思考從刊物內容、作者陣容上做一些改變。就內容上而言，「不單希望只在落寞的四川，播下文藝的種子，作爲文藝黎明期的啓蒙運動，還想再救亡線上，和其他實際的工作，也獻助一些力量。」同時他們也意識到重慶現代文學力量的薄弱，盼望著和有力作者的聯合，「並且不一定限於四川一隅，能推動到省內外，以致國內外有力作者的攜手，更是值得注意的事，在可能範圍內，我們很想試試這個工作，雖然我們的實力，還差得遠，但毫不稍餒，仍照此目標幹去。」〔註45〕改變的第一步，就是邀請從日本歸來的李華飛接手主編《春雲》。

〔註42〕《編後記》，《春雲》2 卷 1 期，1937 年 7 月 1 日。

〔註43〕《春雲投稿規約》，《春雲》1 卷 2 期，1937 年 1 月 23 日。

〔註44〕夜炭：《論〈春雲〉與〈禮拜六〉》，《新蜀報》，1937 年 3 月 2 日。

〔註45〕《編後記》，《春雲》2 卷 1 期，1937 年 7 月 1 日出版。

　　李華飛擔任主編後，《春雲》第二卷第一期開始，風格有了較為明顯的變化。首先是撰稿者的變化，早期《春雲》的作者群體主要是重慶本地文人，此後作者隊伍逐漸擴大，雜誌的視野不再局限於重慶四川。這和刊物主編的個人經歷有著必然的聯繫，李華飛就讀於早稻田大學，在日本留學期間即積極參與各種文學活動，長於寫詩。在東京時，他參加了任白戈、林林、雷石榆等主持的「左聯」東京分會詩歌社，與許多友人合辦《詩歌》。此後，又與覃子豪，余頒，李虹霓等創辦《文海文藝月刊》，並曾受聘於《國民公報》，為其主編《海外》旬刊。這些經歷和活動讓李華飛對新文學的創作、刊物的編輯都非常熟悉，且不少新文學作家也是他的朋友，因此他主編《春雲》之後，能夠邀請到留學日本的郭沫若、覃子豪、沈起予等為《春雲》提供稿件。

　　改版後的《春雲》逐步向專業的現代文學期刊轉變，從第二卷第一期開始，文言作品消失，編目上有了「論文」、「小說」、「詩歌」、「雜文」、「文化報導」等分類。隨著作者群體範圍的拓展，小說和詩歌的質量均有所改觀。以第二卷第一期為例，小說就有李輝英的《變故》，詩歌則有劉白羽的《無語》、袁勃的《在俏岩》以及蒲風翻譯的普希金詩歌等。不僅如此，改版後每一期都有對文學理論、創作的探討，對當時流行的文學口號或者文學思潮的介紹，這些討論無疑拉近了重慶文壇和全國文壇之間的距離。《論抗戰時期的文學》（潘車，第二卷第三期）《非常時期中戲劇工作者的任務》（趙銘彝）、《再談朗誦詩》（李華飛）、《今後劇運的動向》（余上沅）等無緊密結合了戰時最受關注的文藝主題。不僅如此，雜誌也非常關注國外文藝動向，無論是日本作家作品還是蘇聯作家作品以及文藝動向，《春雲》均有文章予以分析和報導，先後發表了翻譯不少翻譯作品，如高爾基的《意大利故事》、《論偉大作家與「青年作家」》，發表了關於蘇聯文學的《蘇聯文學新動向》，有關高爾基的評論《高爾基詩歌中表現的內容》（李春潮）等等。

　　隨著國民政府遷都重慶，到重慶的文藝家日漸增多，《春雲》的作者群體更加壯大，除了年輕的作家們李輝英、覃子豪、蒲風、袁勃等在上面發表多篇作品之外，已經成名的作家，如葉聖陶、陳白塵、徐盈、穆木天、白朗、梁實秋、老舍、蓬子、冰瑩、魏猛克、田漢等也都在《春雲》上發表文章。

2.《新蜀報》的副刊

　　1921 年 2 月 1 日《新蜀報》創刊號發行，由陳愚生、劉泗英創辦。創辦者的初衷，是想以此報為改建新四川的利器。和《新蜀報》同時成立的還有

附設的新文化叢書社和新文化印刷社。後來因《新蜀報》介入重慶學生抵制
日貨事件，被重慶政府查封，1921 年 5 月 29 日在出版了 102 號後就被迫停刊。
同年，《新蜀報》改組，由沈與白任社長，宋南軒任編輯部主任。1922 年，留
學法國歸來的周欽嶽被聘為《新蜀報》編輯，添設國內外各地通信，增加了
副刊，並添加「金剛鑽」專欄，發表諷刺短文，整頓印刷，《新蜀報》的局面
一下子打開，日銷售量很快就從 1922 年 2 月的 1800 餘份增加到年底的 4180
餘份，達到創刊以來的最高紀錄。

隨後，《新蜀報》曾度過了一段艱難時期。因擁護北伐，《新蜀報》被視
為過激主義，還曾被認為是接受了國民政府的錢，也曾被稱為「盧布蟲」。1927
年 3 月主筆漆南熏因參與反英市民大會而遭到殺害，總編輯周欽嶽，經理宋
南軒出走，《新蜀報》再次處於低迷狀態。幸而當時的社長鮮英聘請了比較穩
健的楊丙初擔任總編輯，度過了艱難的幾年。直到 1935 年夏，周欽嶽重返《新
蜀報》，再次出任《新蜀報》總經理，並和他留學法國時的同學，時任《新蜀
報》編輯的金滿成一起，再度改革《新蜀報》，使這份報紙再次煥發活力，並
一直延續到抗戰期間，成為抗戰時期重慶一份著名的報紙。

提起《新蜀報》就不能不提及它的副刊，抗戰時期這份報紙因副刊《蜀
道》而備受關注，是重慶最具影響力的副刊之一。近年來，《新蜀報》副刊成
為研究者關注的對象。從 1921 年創刊時開始，新蜀副刊就誕生了，曾陸續推
出「金剛鑽」，金滿成主編的《新副》、沈起予主編的《新光》、趙銘彝、陳白
塵主編的《新光戲劇週刊》，還有《新副兒童》等等，副刊主題多樣化。「金
剛鑽」體裁短小，以對時政和社會現象的諷刺為主；新蜀副刊以新文學為主，
涵蓋詩歌、小說、散文等類型，作者則以本地人士居多，寫的以本地故事為
主，很少有名家作品；《新副兒童》則是重慶小學生的作品選登。

新蜀副刊是新文學在重慶的重要園地，其編輯採用稿件的幾種原則中，
有這樣兩條，即在文言文，或加了夾雜著文言的半白話，洋八股、純然現時
流行的白話中，則首選採用純白話；在水平相當的前提下，在新作者和舊作
者中，選擇新作者的稿件。這兩條原則體現了新蜀副刊看重新文學，注重青
年作者的特色。

新蜀副刊中的作者以重慶本地人為主，內容多反映重慶的社會景象，尤
其是對於當時農民和普通市民在軍閥、鴉片和重稅等重重壓力之下的艱難生
活多有所表現。短篇小說《酒店裏》寫三個農夫在場鎮上的小酒店，相互訴

苦，老王說他的一點土，種鴉片的時候里公所要他交「窩捐」，把鴉片賣了連交捐的錢都不夠。於是老王就不種了，不種則要交「懶人捐」。老王沒得法，只有把土地荒廢了，出來幫人家種地。老張更可憐，家裏有十多畝地，一年的糧稅，這樣捐，那樣稅，很快就把十幾畝地賠光了。故事情節很簡單，卻實實在在是川省農民沉重的生活壓力，稅負之重的真實寫照。四川當時稅收之嚴重，全國聞名，甚至傳說把幾十年後的稅都是收光了的。

同時，作者將農民憤怒而膽怯的心理描繪得很精彩。老王說到憤怒處，拍著桌子，把桌子上的酒打翻了。一起喝酒的老劉連忙伏在桌子上，用舌頭去刮。堂倌來擦桌子，老張攔住堂倌：「不要揩，可惜了，盡他喝個乾淨就是。」三個人聊到憤怒處，認為這一切都是里長逼出來的，里長為了巴結縣長，就不顧老百姓死活大肆收稅。三人嚷嚷著去把里長打死，「要得！我們這就去把這個壞東西揪出來打死，為一鎮的人除害！」所有的激動，都被堂倌一席話撲滅，堂倌只說了句「不要吼，何里長來了！」老張、老王、老劉「都呆了，都閉了嘴，氣都不敢出，一待何里長走了過去，才會了帳，荷著鋤頭匆匆出店。」〔註46〕

白梅居士的一首小詩《風送雨》同樣反映苛捐雜稅逼迫下農民的凄慘生活，「風送雨，／雨送風，／苛捐雜稅逼人窮；／稻麥包穀和豆子，／樣樣穀糧都賣空。」名目眾多的各類稅捐將窮人完全掏空。靠土地吃飯的農民，面對土地不但不能有所收穫，土地反而成為負擔。風調雨順帶來的不是豐收，因為所有的收成都最終都被搜刮一空，「田土出產被擠盡，／泥巴不能當飯充，／未必餓了喝西風？」〔註47〕這一句反問裏充滿了無奈。

反映軍閥戰爭的作品在《新蜀報》副刊也佔據了重要篇幅。1932年冬，四川境內的二十四軍和二十一軍混戰，《新蜀報》、《嘉陵江日報》、西部科學院和駐平（北平）記者戰區視察團等組織了一支「平渝戰區視察團」到戰區瞭解戰爭情況。後由金滿成寫成《戰區視察的一般印象》發表在《新蜀報》四千號紀念特刊上。視察團一路經過隆昌、楠木鎮、內江、容縣、眉州、威遠、嘉定、犍為、敘府、瀘州等地，所到之處見證了兵荒馬亂中各種荒誕離奇的事情，以及老百姓無不深受軍閥和戰爭之苦。整個四川社會秩序混亂，在四川老百姓眼中，軍隊是巨大的災難，因此稱之為「兵災」。視察團路過隆昌，隆昌就是一個

〔註46〕李樵逸：《酒店裏》，《新蜀報》，1932年7月3日。
〔註47〕白梅居士：《風送雨》，《新蜀報四千號紀念特刊》，1934年。

兵的世界，商店關門，唯有客棧中最熱鬧，「樓上樓下有打牌聲，有唱戲聲，連長、營長、勤務兵不斷地如此稱呼著」〔註48〕僅榮縣一地，有記載的因此次軍閥戰爭死亡老百姓2000人左右，另有被拉夫的有2000～3000人，怕兵災而逃亡的又是好幾千，更有凍餓而死的老弱婦孺則不計其數。軍閥四處拉夫抓壯丁，連十一歲的小孩都不放過，在老百姓的心裏，「畏兵如畏虎」。

《春雲》和《新蜀報》副刊的存在說明戰前重慶的新文學並非一片空白，天災、兵患等等四川人民生活中苦難遭遇都在作家的筆下得到了真實的記錄。與此同時，《新蜀報》和《春雲》均有意識的推進新文學在重慶的發展，《新蜀報》不定期組織各種文藝講習班，《春雲》則計劃出版系列作品集。

從《新蜀報》1932年夏「青年文藝暑期講習會」招生廣告中可看出，組織講習會目的是「乘暑期之暇為便利文藝愛好及研究者起見」。課程內容則包括了文藝思潮、藝術心理、小說做法、詩歌講座、現代戲曲、中國文學、日本文學、英國文學、法國文學、西書研究等。從文學類型上看，講課內容囊括了小說、詩歌、戲曲；從地域文化上講，則涉及中國、日本、英法等多個國家。僅就課程安排而言，這樣的講習會無疑內容豐富，也具備了開闊的文學視野。

《春雲》改版以後，其辦刊理念顯示了重慶地方文學與當時京滬等地新文學保持一致的追求。《春雲》對作品的要求提高了，「技巧和內容都得研究一下」〔註49〕，作品的題材與意識和現實貼得更緊密。此外，主辦者拓展了雜誌的內容，開闢了「文化報導」專欄，介紹北平、天津、上海乃至蘇聯等國內外地方的文學動態，將最新的文藝信息傳達給重慶的讀者。

不僅如此，《春雲》的主辦者們策劃了系列叢書的出版。1937年12月，「春雲叢書第一種」推出了《一九三七年春雲短篇小說選集》。選集選編了了十篇小說：《浮屍》（芝菲）、《淚》（林娜）、《博士的悲哀》（李華飛）、《激流》（李斯琪）、《中日關係的另一角》（金滿成）、《前線去》（廖翔農）、《靈魂的堅定》（陳靜波）、《雪夜》（章頒）、《咯血》（陳君冶）、《變故》（李輝英）。除了《雪夜》和《咯血》是未登稿外，其餘的都曾在《春雲》發表過，是《春雲》雜誌小說創作的整體展現。而叢書的作者以重慶人為主，更有東北籍作家李輝

〔註48〕 金滿成：《戰區視察的一般印象》，《新蜀報四千號紀念特刊》，1934年。
〔註49〕 《編後記》，《春雲》第2卷第1期，1937年7月1日。

英的作品。

在重慶本地的期刊中，唯有《春雲》稱得上嚴格意義上文學期刊，從編輯的理念、對作品的要求、對文學自身的關注等等，都透露出編者努力接近國內文學發展水平的努力。從《春雲》開始，儘管力量微弱，重慶現代文學仍融入到國內現代文學發展潮流中，開始有了對話和交流。

小　結

民國初期的四川和重慶尙處於軍閥割據，連年征戰，民不聊生的社會狀態。因此，在「下江人」認知裏面，四川是與世隔絕的蠻荒之地。國民政府宣佈重慶成爲陪都之前，外省人、旅外川人、四川人對四川問題皆有各自的看法和認知。總體上說來，四川經濟落後，文化也無法與下江相比。在文學方面的體現就是，文學期刊和報紙文學園地非常有限，書店和書業並不興旺。

《春雲》和《新蜀報》副刊的編輯是從海外留學歸來的「旅外川人」，他們對中國新文學的發展有所瞭解，其中部分還曾在日本和上海參與過新文學刊物的創辦，或是從事新文學作品的創作。因此，當他們回到重慶後，對《新蜀報》副刊和《春雲》進行改變，努力將其辦成具有代表性的四川新文學園地。《新蜀報》副刊和《春雲》改版後，在編輯理念，作品選用等方面有了很大的改善。作者隊伍不再局限於重慶，內容反應四川現實，同時也傳遞四川外的文學信息。除此之外，《新蜀報》還創辦了文藝培訓班，《春雲》推出了「春雲叢書第一種」，在重慶開始有意識的推動新文學的發展。

然而，當重慶新文學水平還處於努力發展的階段時，迎來了一大批國內最優秀的作家、詩人，最優秀的編輯和出版家。隨「下江人」而來的報紙設立了重慶版，雜誌重新復刊，在重慶開始了他們新的發展。重慶的文學實力得到壯大，成爲大後方文學中心之一。然而，這一位置的獲取，不是因爲重慶本身新文學基礎良好，而是因爲突然新文學優勢資源的集中。在如此優秀的文學群體面前，重慶本地文學園地毫無競爭優勢可言，《春雲》在抗戰爆發後不久就停刊了，《新蜀報》的副刊則邀請更多的作家爲副刊撰稿，從而繼續在戰時重慶文學中扮演著重要的角色。

第二章 衝突、隔閡、包容：「下江人」和本地人的相互認知

　　抗戰時期，在大後方的幾座重要城市，重慶、昆明、成都、桂林、貴陽都存在類似的一個問題，即外地人和本地人的衝突和融合。在昆明，外來者稱本地老百姓為「老滇票」。「滇票」用於形容貶值的貨物，以此借指當地人的落後和不合時宜。由此可見，社會文化的巨大差距引發兩個群體摩擦幾乎是不可避免的。

　　生活在重慶的「下江人」，以公務員、教師、文化人士為主，無論這個群體以前居住在上海、南京、北平還是其他地方，他們的共同點是都擁有較高的社會地位、文化素養和經濟實力。重慶是一座遠離國家中心區域的城市，思想上保守，文化上落後，新文學的氛圍更是稀薄。接受過新式教育的「下江人」，他們可以和大使館裏的外交官談論戰爭走向，世界局勢，可以在沙龍中談論中外哲學思想，探討文學藝術，但卻對重慶完全陌生。

　　對重慶人而言，「下江人」的到來無疑徹底改變了他們的生活方式，物價、居住環境、言行舉止，甚至多年延續的風俗習慣都在發生改變。重慶人有白布纏頭的風俗，「下江人」來了以後，將此視為野蠻民族的裝飾，認為妨礙的城市的觀瞻必須予以取締。更有人提出要根除重慶人的民間風俗，加深他們對戰爭的理解，以達到主動摒棄舊俗的目的。〔註1〕

〔註1〕思明：《重慶人的白布包頭》，《中央日報》，1938 年 11 月 26 日。

　　「下江人」和重慶人之間衝突不斷，在戰爭的初期，隔閡顯得尤其突出，並在較大範圍內影響了「下江人」和重慶人對彼此的看法。兩個群體差異是中國現代文明發展不平衡的表現。

　　當然，我們不是要過份誇大這種衝突，重慶人對「下江人」的態度不能一概而論，站在不同角度，重慶人對「下江人」的觀感存在差異。對商人而言，「下江人」是無限的商機，是「有錢人」，可以從中謀取巨大的利益；對普通市民而言，「下江人」是破壞者，抬高了生活物價，還對他們的生活指指點點，大加批判；對那些在下江受過良好教育的重慶精英看來，「下江人」的到來無疑是變革重慶的良機。眾多的文藝家匯聚重慶，在部分重慶文化人眼中無疑是振興重慶地方文學的巨大良機。他們友好的接納來自「下江」的文藝界朋友，為作家個人或文化機構、雜誌在重慶立足提供及時的幫助，邀請「下江」作家擔任本地報刊的編輯。從這個角度看，重慶對「下江」展現出了包容的一面。

一、抗戰初期「下江人」和重慶人的對視

　　當「下江人」已經被戰爭驅趕上了逃亡之路的時候，重慶對抗戰的認知尚處於不甚了然的階段，很多重慶人對戰爭並不瞭解。在《新蜀報》、《春雲》等本地報紙雜誌上，較早掀起了對抗戰的宣傳。重慶文藝工作者們以小說、詩歌、紀實等各種形式向老百姓講述抗日戰爭是怎麼一回事兒，告訴他們如何去適應戰爭。他們批判大眾漠不關心的態度，並為重慶人的言行和重慶陪都形象之間的差距而感到焦慮。

　　而在「下江人」眼中，四川就是未開化之地。他們帶有強烈的優越感，下江的商品、下江的教育、下江的人都是要優於四川重慶。要在四川定居，遠離熟悉的北平、上海，從文明之地到未開化的地區，並非一件舒心的事情。陳衡哲就曾在《川行瑣記》中自稱為「放逐之人」，將在四川的日子視為過的「充軍生活」，表現了她對四川環境的不滿。在長期居住北平、上海的人們心目中，重慶、四川不僅隔著遙遠的蜀道，兇險的三峽，更隔著一個時代。和「下江人」曾經生活過的環境相比，重慶是一切物質文明和精神文明都需要「數回一百年或是二百年」〔註2〕的地方。

〔註2〕靳以：《憶上海》，《靳以選集》第五卷，成都：四川人民出版社，1984年，第287頁。

1. 重慶人心目中遙遠的抗戰

1937 年，生活在天災人禍中的四川人尚在爲生存掙扎，對於即將席捲全國的抗日戰爭並沒有多少認識。至於重慶成爲陪都，將給他們的生活帶來什麼樣的影響和變化，重慶人更是毫無意識。七七事變後，重慶的報刊雜誌都在談論抗戰。但重慶人的反應並不熱烈，不少人還抱著「國事管他娘」的態度。以致於不少重慶精英在報上爲重慶人面對戰爭的冷漠態度而感到焦急。金滿成告誡重慶人：「他們的炸彈會炸破你的茶館，飛機會威脅你的跳舞場了……在弱小民族抵抗帝國主義的前提下，那弱小民族中的每一份子，無論小到怎樣小的一份子，都有可以使用的地方。不能因自己沒有直接當兵或帶兵，直接做官或做公務人員就不管的。」〔註3〕

城裏的市民尚且如此，廣大的四川鄉村老百姓更不曉得抗戰爲何物。文化的滯後，信息的閉塞讓居住鄉鎮的人們對抗戰的認知更是少之又少。城市與鄉村幾乎是兩個世界，鄉間沒有什麼信息渠道，處於封閉的狀態。有的鄉鎮，整個場鎮上只有聯保辦公處才有兩份報紙，並且要等到「公事人」看夠了才拿出來。一般人看到報紙都已經是六七天以後，且還是零零落落的。有人感概，「即使有閒隨時到場上看報的人，能夠知道日本和他們有何切身關係的莫有幾個。更不用說，心甘情願參加抗敵工作的是少之又少了。」〔註4〕不僅老百姓如此，連受過中等教育的公務員對戰爭中丟失一座座城市都表示懵然不知，聽人說丟失北平，只問：「你們談論什麼呢？那兒失了又有什麼關係，又沒有打到這裡來。你們這是『杞人憂天』。」〔註5〕公務員尚且如此，廣大農村中未受過教育的農民更是可想而知。

爲此，作爲重慶本土報業代表的《新蜀報》不斷的發文，勸誡民眾不要再沉醉在戰爭遙遠的夢想中。有人疾呼「蠢牛還未醒」，試圖能努力的讓鄉村的人們覺醒，不但關心國家事情，且能努力救亡。《重慶市民，尚在夢中乎》批評當國人皆以準備犧牲生命和金錢共赴國難，唯獨重慶人不見有任何行動，呼籲重慶市民「請勿入夢中，覺醒之時機至矣！」〔註6〕陳靜波的《刺破醜惡的嘴臉》批評四川報紙副刊，從前未能負起抗敵救亡的重任，如今能搖旗吶喊的仍然很少，寫文章還在講求瀟灑閒適，字句力求雕琢漂亮，在作者

〔註3〕金滿成：《國事管他娘》，《新蜀報》1937 年 7 月 18 日。

〔註4〕菌：《抗戰文化該找往鄉村的路了》，《新蜀報》1937 年 8 月 23 日。

〔註5〕張碧天：《蠢牛還未醒》，《新蜀報》1937 年 8 月 28 日。

〔註6〕金滿成：《尚在夢中乎》，《新蜀報》1937 年 9 月 3 日。

看來，這樣的寫作簡直是「亡國奴的帽子一頂」，〔註7〕是將人引到墮落的道路上去。《不見棺材不掉淚》則更直截了當的批評四川人「向來都是眼睛近視，火燒眉毛顧眼睛」。〔註8〕

國民政府移駐重慶，重慶本土報紙雜誌開始不斷的討論該如何去建設成為國家中心城市的重慶，重慶市民又應以如何的行為去適應抗戰，建設怎樣的抗戰文化等等。《新蜀報》最先提出問題：重慶該怎麼樣才能適應戰時文化中心這一地位？1938年1月6日發表的《文化重心運動》，提出要使抗戰的上層建築強化，就必須重新建設文化重心。重慶極適宜於成為「臨時文化重心」〔註9〕，文章作者金滿成號召留居重慶的各地文化人，要積極承擔起建設新的文化重心的責任。2月10日發表的《重慶應該有怎樣一種新的青年運動》強調「重慶不僅是持久抗戰與民族復興基礎的四川的軍政經濟的重鎮，它還將是中國的文化中心。」在這樣的背景下，「重慶已不是四川的重慶，而是中國的了。」〔註10〕至此，在重慶文化人的意識中已經自覺地將重慶從區域性的地方城市提升到國家核心城市的重要程度。《重慶，請拿出自己的身份來》自豪於重慶「不是一個文化落後建設不全的山城，而是堂堂的國民政府移駐地」，同時呼籲重慶市民從行動到言論，都應該適應重慶作為國民政府移駐地的城市身份，「過去你那種土軍閥夜郎自大，兩個弁兵就可以橫行世界的那種思想，在此刻的重慶，似乎就行不通了。」〔註11〕

這些關注重慶在抗戰環境中的思想文化建設的文章，體現了受過良好教育的那一批重慶人的欣喜和焦慮。欣喜的是重慶地位的提升，作為戰時文化重心成為現實，重慶迎來大批文化精英。但在這個現實的背後，是重慶人深深的擔憂，甚至是自卑。因為這個群體比其他任何重慶人都對重慶的歷史和現狀有著清晰的瞭解，重慶是一座充斥著軍閥、鴉片的城市，落後保守，和現代文明有著相當大的差距。而「下江人」中的精英分子經歷過歐風美雨的洗禮，對中國乃至世界有充分認識和理解，並正在主導著戰時中國的發展。他們的生活中有電影、咖啡、交誼舞、崑曲，充分體現著中西方文化的交融。這中間的差距，無異於封建社會和現代社會之間的差距。為此，重慶的有識

〔註7〕 陳靜波：《刺破醜惡的臉》，《新蜀報》，1937年10月8日。

〔註8〕 自豪：《不見棺材不掉淚》，《新蜀報》，1937年11月8日。

〔註9〕 金滿成：《文化中心運動》，《新蜀報》，1938年1月6日。

〔註10〕 偉前：《重慶應該有怎樣一種新的青年運動》，《新蜀報》，1938年2月10日。

〔註11〕 金滿成：《重慶，請拿出自己的身份來》，《新蜀報》，1938年11月23日。

之士呼籲自己的同鄉，在語言、行動、思想上一定要趕上這個時代的步伐，
無論是保持重慶市容的整潔還是行動起來抗戰救亡，都必須和重慶新的城市
地位相匹配。

2.「下江人」對重慶的第一印象

　　差不多的「下江人」對重慶的第一印象都不好，無論是自然環境、城市
環境甚至氣候，處處都讓人不適應。首先是城市環境帶給人們感受並不愉悅。
老舍給胡風的信中說：「生活程度高，天氣壞，……重慶之惡劣爲未曾見！」
〔註12〕這封信寫於 1939 年的 10 月，距離老舍到重慶不過短短兩月。費正清
對重慶的第一感覺是「此地並不適合人類居住，因爲沒有平坦的陸地。人們
簡直成了力圖找到安身之地的山羊。」〔註13〕

　　重慶簡陋糟糕的環境甚至帶給「下江人」「可怕」、「驚恐」的印象。1940
年秋天楊憲益從英國回到重慶，夏季大轟炸剛剛結束，城裏到處是無家可歸
的乞丐和流民，夜裏「巨大無比的老鼠從陰溝裏鑽出來到處找食吃。」〔註14〕
一幕幕景象讓楊憲益感到「可怕」。

　　徐遲到重慶只覺得「驚恐」，因爲他看見了「比貓還大的老鼠，又白又胖
的，堂而皇之地在街道上竄來竄去。」徐遲眼中的重慶，是「一座灰暗的城，
一座眞是烏煙瘴氣的重慶市的市區。」「這是中國最落後，最愚昧、最閉塞、
最衰老的，一個不像樣子的內地城市。」〔註15〕一連四個「最」字，傳遞出
作家對重慶的糟糕的第一印象。

　　重慶老鼠無論是數量還是體積以及膽量，都讓「下江人」感到駭然。易
君左形容重慶的過街老鼠比過江的名士還多：「假如耗子可以打日本人的話，
只要動員重慶全城的耗子，便可組成百萬雄師。」〔註16〕田仲濟將重慶的臭
蟲和老鼠稱爲他最憎恨的東西：「今夜，雖已是隆冬時節，臭蟲仍在猖獗，躺
在床上，輾轉反側不能入夢；電燈一息，耗子由時而潛行遊逛變爲恣意滿地
馳騁，且忽而如萬馬奔騰，忽而如群猿攀樹，更使人意緒煩亂了。我最憎恨

〔註12〕老舍：《致胡風》，《老舍全集》第十五卷，北京：人民文學出版社，2008 年，
　　　　第 523 頁。
〔註13〕費正清：《費正清中國回憶錄》，北京：中信出版社，2013 年，第 203 頁。
〔註14〕楊憲益：《楊憲益自傳》，北京：人民日報出版社，2010 年，第 114 頁。
〔註15〕徐遲：《我的文學生涯》，天津：百花文藝出版社，2007 年，第 271 頁。
〔註16〕易君左：《我過了四個不平凡的舊年》，《易君左自選集》，香港：黎明文化事
　　　　業公司，1975 年，第 258～259 頁。

這兩種污穢卑鄙的東西的。吸人血或醫食書籍及衣物，還遺下一些污漬。早上疊被，飽漲得紅珠子似的躺在那裏，走都不能走了，給人一個很大的諷刺。耗子更好了，把洗臉的拖走，皮鞋咬去邊緣，當我穿著被咬壞的鞋子洗臉時，它們又結伴從床下探頭縮腦地出來了。什麼『膽小如鼠』，『晝伏夜出』一類語詞，在此地完全不適用。」〔註17〕

不過，感到「驚恐」的並不僅是「下江人」，「驚恐」的還有重慶市民：「當地老百姓無不用驚恐的眼睛，觀看他們的『腳底下人』，說著不同的口音，穿著不同的衣服，有著不同的人情舉止，帶來了闊氣的資金，提高了所有的物價，改變了他們素來的生活。」〔註18〕彼此對視帶來了相同的「驚恐」，不同的是「驚恐」的根源，是現代和閉塞兩種生活方式走到一起所引發的衝擊。

除了碩大的老鼠、陡峭狹窄的道路、令人難以適應的氣候等外在因素之外，重慶城市環境同樣令「下江人」不滿。初來乍到的「下江人」頻頻的抨擊重慶人，從城市建設、個體行爲、語言等各個方面指出重慶的不足。《中央日報》發表一系列的《對重慶說些話》，「下江人」眼中的重慶多的是缺點，「你若問他們對於重慶的印象怎樣，他們很容易迭起幾個指頭，述說八九個重慶的缺點」〔註19〕。這一系列的文章從治安、社會管理、個人衛生、物價等等各個方面展開了對重慶的批評。《要增加些警察權力》說的是重慶警察形同虛設，遇到攔路搶劫，警察會不聞不問；《慈善機關到哪裏去》講的是缺乏慈善機構，倒斃在路上的屍體無人過問；《應對爲生注意些罷》直言衛生狀況糟糕導致重慶成爲萬病之源秩序混亂；《不合理的高抬物價》痛斥重慶高抬物價的人，「很有點世界末日將至的神氣，拼命賺錢，不顧一切」；《秩序似乎太亂》則批評人們不遵守秩序導致重慶交通混亂……

風俗習慣帶來的差異感經過一段時間的相處後，總會逐漸淡化，在「下江人」心中，更不能接受的，是本地人對抗戰的認知尚處於一種懵懂的狀態，總覺得戰爭尚很遙遠。人們依舊按部就班的過日子，在距離重慶不遠的成都，人們照樣坐茶館，往茶館舉目望去：「盡是黑壓壓的頭，有的慢條斯理

〔註17〕田仲濟：《〈夜間相〉後記》，《田仲濟序跋集》，濟南：山東教育出版社，1991年，第6頁。

〔註18〕徐遲：《我的文學生涯》，天津：百花文藝出版社，2007年，第272頁。

〔註19〕陳公博：《對重慶說些話》，《中央日報》，1938年10月2日。

的吃紙煙，有的咕嚕嚕的吃水煙，煙霧彌漫在人們的頭頂上。有的紙煙水煙都不吃，但是交頭接耳擺龍門陣，從天氣擺到女人，從女人，擺到鬼，無窮無盡地，有的自然不擺龍門陣，單是坐著，翹起二郎腿，把脊樑靠在椅背上，張著瞌睡的眼睛望來望去，時不時又掬起茶盅喝一口。」〔註20〕總之，戰爭這個話題，在茶餘飯後提起來，也不是多大一個不得了的話題。老百姓對戰爭存在僥倖心理，認為抗戰自然有前線戰士，戰爭「大概不會打到我們這兒來了。〔註21〕」這雖是寫的成都，但在大後方的城市中，無論是成都還是重慶，有這種想法的普通老百姓卻還是占不少比例的。

　　無論從外在形象，還是到重慶人的精神狀態，重慶似乎真的是無法匹配國家「陪都」的地位。來自江蘇的青年詩人莊湧在《春雲》上發表詩歌《吶喊——給重慶青年》〔註22〕。詩中形容「重慶是長江身上一塊瘡」，「貧窮、破亂、淒慘、黑暗⋯⋯／休想用完整的句子形容你的全面／鴉片、麻將、盜賊、娼妓⋯⋯／是一隻罪惡的黑手／三十年工夫／把你管教得這樣暴亂貧血病」。這個貧窮、混亂城市「現在又來了一大批下江技師，給你化妝」可是，作者卻擔憂，即使有技藝高超的「下江技師」的化裝，重慶城市骨子裏的東西並未改變，「鄰院裏仍然是紅粉青山／大街上／煤群的鴉片鬼子抬竹轎／七歲的小孩背上五塊磚／小販的叫賣／像垂死人的嘶喊／下坡的車夫白了臉／像角色的勇士衝上前線」。重慶仍然是往日的重慶，不得不引發人們對重慶的疑問，「你衰弱身子，／怎樣挑得起抗戰的重擔來？」重慶如何挑起抗戰的重擔，不僅是「下江人」的懷疑，同時也是重慶人的疑問。

3. 重慶人和「下江人」之爭

　　當重慶的物價、生活方式、乃至街道的名稱都因「下江人」的到來而紛紛發生改變的時候，「下江人」和重慶人，兩個原本生活在不同環境中的群體，開始不斷發生摩擦。於是從「重慶人」的角度，看到的是蜂擁而至的「下江人」，以及「下江人」強行要求他們遵守的諸多規章制度，他們的生活節奏被打亂，生活習慣和生活觀念也被迫發生改變，由此引發重慶人的不滿：本地人卻把「下江人」當做闖入者和外國人，應該加以處罰，榨取和譏笑，外江

〔註20〕周文：《恭等最後勝利降臨》，《周文文集》第三卷，北京：作家出版社，2011年，第288頁。

〔註21〕同上。

〔註22〕莊湧：《吶喊——給重慶青年》，《春雲》4卷。

人來得多，物價高漲，這激怒了他們。重慶過去受西方影響很少，它留戀著舊習慣，結婚依然是由父母做主的，丈夫是第一次遇見妻子，是在結婚的那一天。重慶不贊成下江女孩子唇上的口紅，它不喜歡捲髮，青年男女在街上飯館裏一起吃飯，使它大爲震驚。」和政府一起到長江上游的「下江人」，把四川人當作特別種類的次等角色。「可是一般四川人，頭纏骯髒的白布，說話時圓滑如啼聲，唱歌似的，態度是沒精打采，甚至和沿海最落後的人比起來，都似乎落後些，沿海的人至少是見過電車的。〔註23〕」

1938 年重慶警察局將重慶街道名稱予以訂正，原因是原有的街道門牌破損較多，無法辨別；再加上新建道路房屋日漸增多，沒有門牌，以致清查人口，發送郵件非常不便，於是重慶市警察局將全市門牌重新編訂。這次門牌的更正，引起社會人士的關注，有人認爲警局將門牌的更換以「打倒封建意識」作爲理由，殊不恰當，因此而對警局的此項行動加以責備。《中央日報》發表警局負責人的談話，一面澄清門牌號碼和「打倒封建意識」沒有關聯，一面仍批評「對封建意識，吾人固應廓清、惟決不在此種淺薄的形式的舉動，應求潛在意識的剷除。」〔註24〕這番話既像是解釋，更像是批評，批評的對象，自然是「下江人」眼中充滿封建意識的重慶人。

至於重慶人，則認爲「下江人」擾亂了他們的生活。他們發現，政府連如何走路、怎樣乘車、坐轎都進行了規範，不斷的更改他們的生活習慣，如「行人車轎一律靠左」、「禁止車馬飛跑並行」、「取締當街晾曬衣服」、「取締白巾纏頭」〔註25〕等等。同時，一些重慶人將「下江人」視爲不祥之物，將日軍的轟炸歸結爲「下江人」入川，甚至夏季重慶氣溫增高，也歸咎於「下江人」來得太多，引發氣溫的增高。〔註26〕顯然，對於戰爭的認識，就本地老百姓而言，是非常有限的。

「下江人」眼中重慶人頭上纏著白布停留在中世紀的落後群體，兩者彼此無法對接，相互貼標籤。四川人不管外省人來自東北還是華東還是廣東，只要口音不同，一律叫「下江人」。外省人則稱本地人爲「四川人」或「本地人」。在這個固定稱呼的後面，緊跟著的是對彼此的偏見。「大抵『本地人』

〔註23〕白修德：《中國的驚雷》，北京：新華出版社，1988 年，第 8 頁。
〔註24〕《訂正街道名稱》，《中央日報》，1938 年 12 月 29 日。
〔註25〕《渝警局嚴定辦法，取締乞丐流娼鴇母活動》，《大公報》，1938 年 12 月 9 日。
〔註26〕陳加：《重慶人》，《益世報》，1945 年 12 月 20 日。

都是『壞』、『狡猾』、『敲竹槓』的，『下江人』大都是『摩登』、『闊綽』，並且帶一些傻氣的。」〔註 27〕四川人覺得「下江人」和洋人差不多的，浪漫不檢點，男的女的挽著手在大街上毫不害羞；「下江人」則以廚子、老媽子為本地人的代表，認定語言粗魯、不懂規矩都是四川人的特點。

重慶是商業城市，商人重利，「下江人」到來後重慶物價迅速上漲，直接影響了人們的生活質量。「下江人」對重慶商人肆意太高物價極為不滿。重慶房租上漲，以致於重慶報紙不斷呼籲重慶市民要優待避難人，「嚴禁所屬人民，於招租時，太高租價，或徑予為難，並禁售賣日需品商人，抬高物價。」〔註 28〕除了生活物資，連雜誌的價格都不停上漲。在四五篇轉印的雜誌上，每本定價五分或一角大洋。而同樣的刊物在上海僅售二三枚當十銅板。要看雜誌就得付出比上海更昂貴的價錢，「如果硬要說是在後方服務文化支持抗戰，然則吾輩窮小子們就不配享受這樣優厚的待遇。」〔註 29〕

「下江人」和重慶人的衝突不斷，最終需要政府介入來調停。1937 年 11 月 26 日，《大公報》上登載警察局的一條禁令，原文如下「警察局長徐中齊，近據中城分局長鄧介雄呈請，昨通令各局所查禁長警呼喊『下江人』口頭語，原令云：四川因昔年積習，致有川省人與『下江人』之分，此雖為一幼稚之語，然而引起無謂糾紛，實屬不少，因此往往起因甚微，反致事態擴大，均由於『下江人』三字所致。警察為人民導師，責任在糾正人民錯誤，乃長警中亦頗有此等語氣，致外省人之反感，殊屬不合。合行令仰切實查禁。徐局長並表示，希望一般市民共同努力抗戰建國工作，不必顯分地域，而引起無謂之糾紛。」〔註 30〕

地域之爭始終在一定程度上存在，不過如果說四川人和「下江人」見面就要臉紅脖子粗，那是不客觀的。這就反應在不同階層的本地人，在接納「下江人」到重慶這一事件表現出的態度是不一樣的。前面講過，重慶成為陪都，《新蜀報》上不斷發文希望重慶老百姓能夠在行動和語言上符合重慶陪都的城市身份，並請重慶人要善待外來人。顯然，已經到重慶的「下江人」們在重慶的經歷肯定不愉快。但對重慶人而言，突然來了一群外省人，並且對他

〔註 27〕董時進：《回鄉雜感》，《新民報》，1938 年 5 月 4 日。
〔註 28〕《優待避難人》，《新蜀報》，1937 年 8 月 28 日。
〔註 29〕奚若：《「抗戰有利」別論》，《新蜀報》，1938 年 10 月 3 日。
〔註 30〕《下江人警局通令查禁呼喊》，《大公報》，1937 年 11 月 26 日。

們歷來已久的生活方式指手畫腳，那種感覺必然也是不好受的。

不少川籍知識分子們也捲入了這場爭論。他們大多對爭論持客觀的態度。沈起予認為「下江人」和重慶人之爭純屬意氣之爭，但他依然批評自己的老鄉，覺得多年天府之國的稱謂導致了四川人自大的思想，認為關起夔門，鎖上劍門關，四川依然可以是獨立王國，不需要依靠外界的交往。「下江人」到來後，四川人動不動就說「「老子四川人團結起來把你們趕出去」，秉持「四川快要變成外省人的殖民地了」這樣的觀念。沈起予認為，在國家民族危亡之際，不去想著搶救民族生命，還鬧著四川人如何、「下江人」如何實在不應該。〔註31〕

何其芳的觀念更偏激，作為四川人的他顯然目睹了「下江人」對四川人的種種不屑，並為此寫道：「在重慶的舞臺上，四川話只能被戲中的老爺們、太太們用來和聽差，和老媽子會話，以引起觀眾們的哄笑的。然而在重慶的街道上，高貴的下江話卻又不受歡迎。下江佬在這時候也就學說起四川話來了，說得有些怪聲怪氣。我想，洋車夫之流的四川人還是分得清楚的。」〔註32〕何其芳說自己講的也是「下賤」的四川話，言語間對「下江人」高高在上的姿態是很不以為然的。何其芳還談到了中國人對外國人的誤解，指出中國的老百姓分不清洋人有兩種，「下江人」也有兩種。不是所有的外國人都是壞人，也不是所有的「下江人」都是壞人。但是，何其芳提出一個問題，這不能怪老百姓，因為他們的經驗只有一種。

撇開地域成見，有人認為將生活中的衝突誇大為一個群體共性，並將此貼上標籤，是有失偏頗的。沙汀曾參與一場「下江人」和四川人之爭，在一個偶然聊天過程中，他聽到隔壁的外省人相互傾吐到重慶後種種遭遇，把不滿都歸結到四川人身上。沙汀認為，無論是四川人將苦難歸罪於來川避難的外省人，還是外省人因個人際遇對一切四川人進行責難，都是極不客觀。曾在美國留學的農業專家董時進是重慶人，他認為在中國，受過較高教育程度的人們都無法擺脫孤陋的地域成見，「下江人」和四川人有衝突，同在下江，南方人和北方人相互生活習慣、人文風俗也有不同。放大到整個中國，中國人看洋人也有類似的毛病，對洋人同樣存在誤解。這其實是反映的國人的一個根深蒂固的毛病，不同地域文化中生活的人們彼此間認識的差距實在太過

〔註31〕沈起予：《四川人，下江人》，《新民報》，1938年5月4日。

〔註32〕何其芳：《下江人及其他》，《何其芳文集》第二卷，北京：人民文學出版社，1982年，第324頁。

遙遠。董時進的文章顯然超越了四川人和「下江人」這個範疇，提出的這個問題存在更深層的緣由。

二、發展地方文藝的期待

在重慶人和「下江人」不斷引發爭論的同時，重慶地方文化人士對「下江人」的到來充滿了喜悅和期待。在他們看來，當那些最優秀的文學家、文藝期刊、出版機構隨中央政府遷移重慶，不啻是改變地方文化的絕佳機會。因此，當重慶逐步成爲大後方文人、學者聚集的中心時，重慶地方文化人帶著欣喜，盼望著他們能共同推動地方文藝的發展，並試圖就推動重慶地方文藝和外地的作家們對話。只是這番對話和期待未能獲得更廣泛的回應和關注，就匯入了抗戰救亡的宏大主題之中。

《春雲》首先發動了這場關於地方文藝建設的對話，連續刊發了的幾篇文章，圍繞地方文藝建設、外來作家的責任，外來作家和地方作家對抗戰文藝的不同見解，相互期待等問題，討論重慶地方文藝在抗戰這一大的歷史語境中所作的調整和融合。

1. 《春雲》的欣喜和期待

《春雲》作爲一份地方文藝刊物，在成立之初就立志要「將它編成一個地方色彩濃重的刊物」〔註33〕。豐富地方文學，宣傳地方文化是他們奮鬥的目標，但它的視野並不局限在四川。當重慶的大部分民眾還對抗戰不甚了了時，宣傳抗戰成爲《春雲》的有一個努力的方向，「不單希望只在落寞的四川，播下文藝的種子，作爲文藝黎明期的啓蒙運動，還想再救亡線上，和其他實際的工作，也獻助一些力量。」他們的目光投向了四川之外更廣闊的地方，「並且不一定限於四川一隅，能推動到省內外，以致國內外有力作者的攜手，更是值得注意的事，在可能範圍內，我們很想試試這個工作，雖然我們的實力，還差得遠，但毫不稍餒，仍照此目標幹去。」〔註34〕在努力朝著目標前進的同時，《春雲》的編者清楚的明白自身的局限和不足。隨著政府的西遷，隨著大量優秀文藝界人士來到重慶，要彌補不足，實現目標似乎已經觸手可及。

爲此，不少的重慶文人對於下江文藝家的到來，表達了各種各樣的欣喜：爲重慶迎來這些「千載難逢的作家」而感歎「眞是重慶文壇的福氣！」〔註35〕

〔註33〕《編後記》，《春雲》2卷1期，1937年7月1日出版。
〔註34〕同上。
〔註35〕佳禾：《希望於文藝作家們》，《春雲》4卷4、5期合刊。

將其視爲擁有強大的力量，能夠用「楊枝灑下甘露，以加速文藝嫩苗的復活」，讓重慶文藝界「頓然放出了一點異彩」。他們認爲在一股更成熟的文學思想的薰陶下，重慶薄弱的文學基礎是可以逐漸改善的，他們很樂觀的相信：「在新來的與舊有的文藝工作者共同努力下，一定會出現一個從來未有的奇偉的姿態。」類似的情緒在重慶地方文藝家們中間具有一定的代表性。

在重慶的文化人們看來，那些因逃難來到重慶的作家們，來到重慶肩負著的不僅僅是抗戰文藝的建設，也肩負著推動地方文藝的重任：「外來作家來川的動機是負有推行後方文藝運動的使命。」「落後的要努力學習，進步的不要停頓，喚醒全川七千萬群眾，這重擔已架在文藝家的肩上。」〔註36〕1938 年 2 月，上海業餘劇人協會在重慶首次公演話劇，引起社會關注。因是第一次演出話劇《民族萬歲》，重慶媒體予以了充分的報導，《新民報》推出「業餘劇社公演特刊」，宋之的、沈起予等紛紛撰文，介紹業餘劇社的公演、介紹業餘劇社的歷史等等，前後歷時數日。應該說，這一次的公演在重慶獲得了成功。但李華飛在報紙上撰文，提出了一點「小意見」，他覺得，以業餘劇社在全國負有盛名，薈萃了戲劇界的精英，除了在重慶公演之外，還應該起到更廣泛的動員作用，並爲四川的劇運培養人才。只有本地劇運人才的產生，才能真正起到激發民眾的作用，「劇運使命的迅速完成都要靠這批基本細胞的活躍，四川這個落後地方，也才能從死寂中誕生。在個人看來，要能使四川七千萬同胞都有此種機會，那，劇人協會來四川的任務，才算成功圓滿。」〔註37〕

儘管這些期待和表述不一，但總結起來，最根本的問題就是希望重慶地方文藝能夠以此爲契機獲得充足的發展。尤其是李華飛，是對這一認知的堅定支持者，他認爲不僅作家，一切的文藝界人士都應該對重慶地方文化建設盡力，彌補重慶和上海、北平等城市文化上的差距。

不少重慶籍的作家都意識應該利用抗戰帶來的機會，發掘地方資源，發展地方文化。沈起予的《從全國統一的文藝作家組織談到地方文藝的建立》，就是其中有代表性的一篇。文協籌備之初，馮乃超將文協綱領的草稿發給了沈起予。針對綱領的第四條提出「積極發動地方的文藝組織，並統一參加全國作家的組織」，沈起予給予了補充。他認爲「中國各區域文化水準，歷來發展得極不平均，而在這文化人的大移動中，正是促進平衡發展的好機會；」

〔註36〕李華飛：《保衛大武漢聲中文藝家的任務》，《春雲》4 卷 4、5 期合刊。
〔註37〕李華飛：《小意見》，《新民報》，1938 年 2 月 18 日。

其次，「中國各區域都有其特殊的生活環境，也應促成發展其帶特殊性之文化並不妨礙於抗戰中的文化運動。」也即是發展地方文化也應該被視爲抗戰文化運動的一部分，應該消除擔心地方文化發展會衝擊抗戰文化建設的疑慮。爲此，沈起予提出了抗戰文化的雙重使命，即「當然地是應幫助著抗戰這一軸心以求我們的最後勝利，但同時也必然地要建設期中國本身的堅實正確的文化來。這樣，『發展地方的文化』一面是抗戰上的要求，一面也是建設中國本身文化上的一層要求。」〔註38〕這番話無疑讓作爲地方刊物的《春雲》極大的鼓勵，因此這一期的編後，編者表示沈起予的文章給了重慶文藝作家很大的啓發，並積極的呼籲在後方發展地方文學，「是極其重要的」。

2. 認知的差異導致隔閡

然而，建設地方文化的倡議並未能獲得熱烈的響應，即使「下江」作家們到來以後，重慶文學環境的現實和期待之間仍然存在一定的落差，從而引發了不少本地作家的抱怨和感歎。本土作家渴盼「下江人」用他們的經驗和智慧，改變重慶文學落後的狀態，並更進一步通過文藝的作用，達到啓迪普通老百姓的目的。

戰前的重慶文壇的實際情況是，在重慶的文藝家，儘管很努力的幹著，但人少力弱缺少聯繫，談不上對文學技巧、內容的研討，形成「重慶文壇無壇，而只剩下些文桌、文椅、文墨、文稿」的局面，也即是有文壇的形式而缺乏有實力的內容。抗戰後到重慶的作家，使重慶的文藝界「頓時放出了異彩」，但這異彩很快消失，聽到的是歎息和抱怨，因爲「他們對重慶美滿的希望像輕氣的一樣破滅了。」

爲此，李華飛號召文藝家們消除隔閡。作爲《春雲》的主編，他不但在雜誌上鼓吹下江作家對重慶文壇建設的責任，也在報紙上宣傳他的觀念。李華飛的觀念得到謝冰瑩的回應，《春雲》上登載了她給李華飛的一封信，信中她對《春雲》的出版所提出的意見，即是「應多載地方性的作品，多等事蹟材料的文章，空的理論和太平凡的文藝作品，可以少載。」〔註39〕

有重慶作家認爲外來作家「坐視不救」、「沉默寡言」，其原因在於外來作家對重慶作家的輕視和偏見，「由於過去是四川政治的黑暗，文化的落後，

〔註38〕沈起予：《從全國統一的文藝作家組織談到地方文藝的建立》，《春雲》3卷3期，1938年3月出版。

〔註39〕冰瑩：《一封信》，《春雲》第3卷第3期，1938年3月出版。

官僚軍閥的無恥與殘暴，便無條件地認爲全四川人民都一般的『愚』、一般地『壞』，這種庸俗淺識的觀念不幸在一部分外來的文藝工作者的心裏也存在著相當的分量。」〔註40〕

這樣的評論有些偏激，雖然在「下江」作家眼中，重慶的文藝氛圍稀薄幾乎是一個共識，但還談不上「偏見」。「下江」作家們大多是從上海、北平、南京等地來到重慶，他們日常所熟知的文化環境和重慶一比較，重慶的貧乏是直接可感的，而不是臆想和偏見。葉聖陶到重慶就去逛書店，得出的結論是第一感覺是：「此間書攤頭看看，薄薄的雜誌很多，皆匆促寫成，語多一律，毫無看頭。」〔註41〕王平陵到達重慶的第二天就急急的遍訪重慶的新書業，得出的印象是「不勝頹喪的樣子」。〔註42〕宋之的比較了重慶、成都兩地的文化活動，認爲「抗戰以後，因爲工作的關係，兩地都來了許多文化人。但重慶的文化人，對於當地的文化運動，似乎卻盡力很少。雖然就環境說，重慶較成都還明朗些。」〔註43〕

1938年6月出版的《抗戰文藝》第1卷第10期發表了徐中玉的《文藝活動在重慶》，這篇文章把當時重慶的報紙副刊和期刊逐一點評了一番。徐中玉批評重慶稀薄的文藝空氣和重慶陪都的繁華喧鬧不相匹配，「稀薄到只有幾家報紙的副刊在這裡支撐著熱鬧。」他從兩個方面分析了導致重慶這一文學局面的主要原因。首先是重慶自身的基礎太壞：「不僅一般人因爲只是缺乏而無從對它感覺興趣，即少數知識分子也很少與文藝有緣。」在重慶這座商業城市，人們對商業的興趣超越了對文藝的興趣。其次，抗戰之後雖有不少的文化人、作家到重慶，「但各因事業或生計關係，奔逐無暇日，很難有經歷時間顧及此事。」

其實，儘管來了很多文化人，但重慶的文藝活動並未馬上就有所起色，這並不是重慶文人的感受，同樣也是下江來的文藝家的感受。徐中玉的言論是很中肯和客觀的，剛到重慶的下江作家，一切都要從頭開始，找住處、覓

〔註40〕 戈浪：《重慶文藝工作者聯合起來》，《春雲》4卷4、5期合刊

〔註41〕 葉聖陶：《葉聖陶抗戰時期文集》第一卷，北京：人民教育出版社，2005年，第28頁。

〔註42〕 王平陵：《重慶，美麗的山城》，《抗戰文藝》第2卷2期，1938年7月23日，第10頁。

〔註43〕 宋之的：《四川的文化動態》，《抗戰文藝》第1卷8期，1938年6月11日，第88頁。

職業，安頓家室，現實中首先要解決的是個人的生活問題，當這一問題未解決時，又何嘗顧得上發展重慶地方文化？

徐中玉的話觸動了《春雲》主編李華飛，他很快在 1938 年 7 月的《春雲》第四卷第一期中撰文《論重慶藝文活動兼致徐中玉先生》。李華飛的在文中表達了爭取幫助的急切願望，「我就很想將重慶文壇荒蕪的狀況報告給全國努力文藝的友人，希望能給我們一些幫助，用楊枝灑下甘露，以加速文藝嫩苗的復活。」在文中，李華飛明確道出了重慶文藝活動所承受的委屈，認為外來的作家們帶有「地方刊物，沒有好東西」偏見。正因為有如此的偏見，所以作品寫好不願拿到地方刊物發表。其次，他批評外來的作家們，「在抗戰前，從沒有聽得『推動地方文藝運動』的吶喊，更沒有實踐家」，「到後方才看見，地方文藝的落後得如何可憐，有的只是貪心，有的還加以鄙棄。不客氣說，來重慶的文藝家沒有一個是為抱著推行後方文藝運動使命來的。不信，為什麼在重慶的作家們不聲不響呢？」李華飛說是自己「忍受不住」了，要站出來補充幾句，可見他所感受到的偏見和失落已經不是一日兩日了。在他的《保衛大武漢聲中文藝家的任務》也談到相同的問題，「由各處來重慶的文藝家由一個加到一班，一排，重慶的文藝界頓然放出了一點異彩，可是，不知是英雄無用武之地，或重慶比西伯利亞還苦寒，比撒哈拉大沙漠還荒涼，惹得遍山歎息、抱怨，因為，他們對重慶美滿的希望像輕氣的一樣破裂了。」〔註44〕

在關於振興地方文學這個話題上，參與討論的文章還有《談重慶文化界救聯會》（白射年）、《希望於文藝作家們》（佳禾）、《重慶文藝工作者聯合起來》（戈浪），文章的作者都是重慶本土作家，表達了本地作家借抗戰的機會振興重慶地方文藝的強烈願望。

1938 年 8 月，老舍等抵達重慶，文協正式在重慶落腳。本土作家對文協的到來表現出了歡迎的態度，李華飛所盼望的文藝家組織變成了現實，他很積極的寫文章號召大家加入文協。1939 年 8 月 29 日《新民報》副刊主編沈起予發表《歡迎文協移渝》的文章，文中寫道，對於文協移渝，「這消息使我們興奮」。「文協」成立後，雖有在渝文人被選為文協理事，但重慶一直未成立文協分會。沈起予曾經聯絡趙銘彝、潘子農、謝六逸等在渝文人商討組織分會，但無人出面領頭而只好算了。沈起予分析重慶文協分會未能成立的原因：「第一是在渝的文化人似乎各個都忙於自身的職業，沒有人出來跑腿，同時

〔註44〕李華飛：《保衛大武漢聲中文藝家的任務》，《春雲》第 4 卷第 4、5 期合刊。

這也說明在渝的文人雖也不少，但人手仍嫌不夠；第二，是當時尚有『重慶市抗敵後援會文化支會』存在，這與『文協』的工作也許不同，但似也有重複之處；第三，因對工作無預感著非做不可之需，因之許多人對空洞的組織也就不大感覺興趣。」以沈起予幾次和朋友們的討論協商，最後均不了了之，「無人」是客觀原因，「不大感覺興趣」恐怕道出了未能組織成功的根本因素。

隨著時間的推移，關於地方文化建設的討論，並沒有因為重慶下江文人的增多而獲得更廣泛的討論，反倒是連重慶籍文人都不再提及。原因肯定是由多重，但其中最重要的一層原因在於，建設抗戰文藝才是重慶文壇最重要的當務之急。連曾經為地方文化呼籲過的沈起予，在文協來渝後都表示，「今後已不是分會的組織，而是大家如何參加到總會裏去共同工作。」〔註 45〕這裡肯定的是文協總會對文藝工作的統領，他更進一步說，「今後的文化工作得分散到各地，並擴大到廣大的鄉村內去，但從精神上說，我們仍得有一個文化的中心組織，從這組織上討論一切，研究一切，決定一切，然後將所討論的、所決定的一切分散和傳達到各處去，這適意的中心地，在目前，無疑地便是重慶。」〔註 46〕言下之意，服從文協這個文藝中心組織的安排，將文藝活動納入到總會活動之中，成為了新的共識。

關於重慶地方文化建設的討論、對重慶文藝的輕視的爭論等也變得極少了。1938 年《春雲》發行了第四卷第六期之後宣告結束。終刊的原因，據李華飛的回憶主要有三點：第一，是由於文協總會遷到重慶，沈起予曾和李華飛談到是否將《春雲》繼續下去，結果「我們自知力量薄弱，沒有再辦的必要。」第二，是京津漢各報副刊在重慶副刊，文藝景象盛極一時，「我們是地方性刊物，自然相形見絀。」第三，寫作隊伍發生了變化，「一部分青年奔赴延安，一部分青年遠去前線。這就大大影響了稿源，很難提高質量辦出特色。」〔註 47〕分析這幾條理由，最主要的原因還是在外部因素，即重慶的文藝環境發生了變化，大量文藝刊物移到重慶發行，新的刊物不斷湧現，無論是從辦刊還是拉稿，地方刊物缺乏與之競爭的實力。因此，積極呼籲關注地方文化的《春雲》也不得不終刊，這並非是「相形見絀」，曾經不斷發文埋怨外來作家不給地方刊物投稿，指責外來作家輕視重慶文壇的刊物，大概是不會「相形見絀」的，唯一的原因只能是外部的壓力促使其只有放棄。

〔註 45〕沈起予：《歡迎文協移渝》，《新蜀報》，1938 年 8 月 29 日。
〔註 46〕同上。
〔註 47〕李華飛：《〈春雲〉文藝始末》，《抗戰文藝研究》，1983 年第 2 期。

　　來到重慶的「下江」作家中不少在抗戰爆發前就非常有名，他們所帶來的理念無一不是當時中國最精英的部分。重慶地方文化與此相比較，自然沒有與之相當的實力，甚至連對話的可能都非常微弱。因此，儘管重慶文化人對重慶文學的更生和發展有著美好的期待，希望能夠將京滬等地繁榮的文學和文化移植到重慶（有意思的是，呼籲重視地方文藝的本土作家都曾在上海等地從事過文藝工作，也就是說，他們參與了京滬等地文藝活動，並對文藝思想、文學機制等都有深入的瞭解。他們的期待，即是作為重慶人對家鄉文藝活動發展的嚮往，同時清楚的看明白「下江人」入川這個千載難逢的好時機對重慶地方文化將帶來的無限機遇。）但是，當進入的文化群體擁有強有力的文化優勢時，地方文化此時必然處於弱勢，根本就無法獲得對話的可能。因此，期待外來作家推行地方文藝，頗有一些理想色彩。

　　對於「下江人」而言，重慶是一個陌生的地方，他們來的時候，並不是充滿閒情雅致，不是旅行而是逃難。他們都才經過了驚險而艱難的逃難的過程，在武漢冒著日軍的轟炸，在長江航道上忍受著敵人的轟炸，還有航船上令人窒息的混亂而糟糕的氛圍。在這個過程中，重慶是他們的目的地，到重慶是為了躲避戰爭，是為了追隨政府宣傳抗戰。至於重慶的種種現實，尚不在他們思考的範疇之中。他們也並未想著要在重慶紮根，移民並不是他們初衷，回到下江是才他們從未忘記過的目標。

三、地方精英對下江文化人的包容和支持

　　如此龐大的外來者進入西南地區，要順利的在本地生活下來，必然需要獲得本地人士的支持。無論是雲南還是四川，當外來者到來時時，本地人都經過了從疑慮到接納的過程。以高校的內遷為例，無論是西南聯大還是中央大學，遷校的過程並非一帆風順。當國民政府批准聯大搬遷到昆明的消息傳到雲南時，雲南省政府主席龍雲還是有所猶豫，曾對前來接洽的南開大學政治學家王贛愚表示，本地人不喜歡難民。然而，雲南教育廳廳長龔自知等人卻告訴龍雲，應該歡迎聯大來昆明，理由之一是大學教師可以提高當地人的文化和教育水平。龍雲聽從了這一建議，雲南欣然接納了聯大師生的到來。

　　中央大學遷至重慶，曾在徵地建校問題上遭到地方勢力的為難。在國民政府尚未宣佈遷都重慶前，校長羅家倫就已經決定要將學校遷至重慶，並選定了位於重慶沙坪壩的松林坡作為新校址。四川省主席劉湘在覆中央大學的

信函中曾表示了對遷校的歡迎,「查貴校為首都最高學府,茲因避地來渝建築臨時校舍,於川省文化裨益實多,無任歡迎。」〔註48〕即使如此中央大學仍抵不過地方勢力的詰難。重慶傳言「下江人」入川會損害本地人的利益,迫使提供土地的重慶大學收回松林坡,使中央大學的遷建一度陷入困境。這一插曲被說成是中央軍和四川地方政府之間複雜利益糾葛,但事實上,這表明重慶社會實力派人物掌握強有力的話語權,雖是省主席也可以罔顧。更透露出重慶地方人士對「下江人」到來所持的警惕態度,以及對自身利益的維護。

但另一方面,重慶文化人士對「下江人」的到來所表示出的卻是歡迎和包容的態度。尤其是以《新民報》、《新蜀報》、《國民公報》等川系報紙為代表的四川精英,對「下江人」的態度並無絲毫的擔憂,他們似乎並不憂心實力雄厚社會聲望高的「下江」報系會衝擊他們的地位,反倒在抗戰時期充分利用「下江人」聚集重慶的機會,吸納優秀人才參與辦報,使得這些地方報系獲得「下江人」和地方人士一致的支持。

1. 《新民報》復刊

《新民報》是最早遷到重慶的「下江」報,但卻是不折不扣的四川報。《新民報》的創辦人陳銘德和鄧季惺都是重慶人,當該報在南京創刊的時候,四川軍閥劉湘就曾出資支持。《新民報》遷到重慶,陳銘德和鄧季惺利用自己在家鄉良好的人脈基礎,受到四川工商企業和銀行的資金支持,民生實業公司、四川畜產公司、寶源煤礦公司、四川絲業公司、華西興業公司、華懋公司、重慶電力公司、自來水公司、輪渡公司、重慶牛奶場、和成銀行、美豐銀行、川康銀行、川鹽銀行、華康銀行、和通銀行、成都濟康銀行、怡益銀號等重慶、成都比較著名的企業和銀行都曾投資入股《新民報》。得到四川重慶本地企業的大力支助,《新民報》很快就在重慶站穩腳跟,恢復出版。

應該說《新民報》的老闆因為是重慶人,更清楚明白該如何在「下江人」和重慶人中尋求支持。《新民報》總主筆羅成烈遷渝後的《本刊發刊詞》中,談到《新民報》的辦刊思想時是這樣說的:「目前之任何工作,莫急於救亡圖存,任何意見,莫先於一致對外;凡無背於此原則者,皆應相諒相助,協力以赴。本報以南京之舊姿態,出重慶之地方版,相信抗戰既無前方後方之分,

〔註48〕 《劉湘覆中央大學函》,《南大百年實錄·上卷》,南京:南京大學出版社,2002年,第388頁。

救亡安有地方中央之別。」〔註49〕這番話強調了救亡的重要性，在抗戰的背景下，任何爭議都應「相諒相助」。其次，談到了《新民報》特殊的身份，「以南京的舊姿態，出重慶之地方版」，這既強調了報紙源出下江，又突出了報紙老闆重慶人的身份。因此《新民報》的雙重身份，讓「下江人」和重慶人都有好感，一復刊預訂者就絡繹不絕，很快成為重慶市內最暢銷的報紙之一。

在《新民報》的作者群中，則囊括了到重慶後的不少知名人士。其副刊的主筆和編輯先後就有夏衍、鳳子、沈起予、張恨水、張慧劍、吳祖光、孫伏園、王憨元、施白蕪、黃苗子、郁風、陳白塵、陳邇冬、聶紺弩、李蘭等，既有本地的文化界人士又有來川的「下江人」。著名的「三張一趙」(張友鸞、張慧劍、張恨水、趙超構) 更是組成了《新民報》在重慶時期最重要的力量。

副刊編輯寬廣的人脈關係，也為這份新到重慶的報紙網絡了不少文化界的知名人士。葉聖陶對《新民報》印象非常深刻，初到重慶時，他就在給朋友信中談及重慶市面上的報紙中，唯有《新民報》「倒還可以看看。」〔註50〕當時，謝冰瑩正在主編《新民報》副刊《血潮》時，曾邀約時在重慶的葉聖陶寫稿。1938 年葉聖陶先後在《新民報》上發表了《向著簡練方面努力》、《自己練習和給別人看》、《寫那的確屬於自己的東西》、《動手寫作以前》、《求其「達」》、《語言和文章》、《生命和小皮箱》、《受言》等不少文章。

2. 《新蜀報》和下江文人良好的關係

抗戰爆發，《新蜀報》鼓勵重慶市民行動起來為抗戰出力，向重慶人宣傳抗日。這份充滿濃鬱地方色彩的報紙在陪都時期依然保持著旺盛的生命力，且獲得了一大批下江文人的好感，其副刊《蜀道》在戰時重慶報紙副刊中並不容小覷。在當時陪都大報林立的新聞環境中，一份地方報紙要維持生存且還不斷壯大，其中一個重要的原因既是《新蜀報》和下江文人良好的互動關係。

儘管《新蜀報》是地方報紙，從創辦之日起，其投資者和主辦者都是四川人。到了國民政府遷都重慶時，《新蜀報》的總經理是周欽嶽，副刊編輯金滿成。周欽嶽是重慶巴縣人，金滿成是峨眉人，二人都是在巴蜀之外的世界

〔註49〕楊雪梅：《陳銘德、鄧季惺與〈新民報〉》，北京：中華書局，2008 年，第 79 頁。

〔註50〕葉聖陶：《葉聖陶抗戰時期文集》第一卷，北京：人民教育出版社，2005 年，第 29 頁。

中遊歷多年才返回四川。

《新蜀報》在陪都時期成爲抗戰文藝界最活躍的媒體之一，和全國文藝界抗敵協會保持著密切的關係，聚集了一大批優秀的作家在報紙副刊的周圍。不僅如此，《新蜀報》還關注大後方戰時文人的生活，最早提出如何保障戰時作家生活問題，並就此進行了討論。1941 年 2 月陪都文化界開展出錢勞軍運動，文協在 2 月 14 日即在《新蜀報》的《蜀道》發佈重要啓事，呼籲文藝作家將稿費贈與前線將士。2 月 21 日文協在《新蜀報》營業部義賣會員字畫，爲勞軍籌款。

這固然因爲文協研究部副主任姚蓬子同時也是《蜀道》的主編，同時也得益於《新蜀報》社長周欽嶽的支持。周欽嶽慷慨好客，有孟嘗君的雅號，好擺龍門陣，經常邀約新聞界和文藝界人士聚會。1940 年 10 月 2 日，黃芝岡赴《新蜀報》晚餐約，「用報社廚工所辦川菜宴客，有可口之小菜喝豐盛之大肉。」〔註 51〕聚會賓主盡歡，黃芝岡在日記中稱讚歎「此月來可紀之事也。」陽翰笙曾在日記中記錄了 1941、1942 年兩次參加周欽嶽新年聚會的場景。1941 年的元旦宴飲非常熱鬧，「還真像個過新年的樣兒。到了五十餘人，猜拳、叫嚷、勸酒，鬧得一塌糊塗。」〔註 52〕1942 年的新年的聚會，由於在「皖南事變」之後，儘管郭沫若、馮乃超、陽翰笙、老舍、何容都參加了，較之於前一年元旦宴飲的熱鬧，因不少文化人離開重慶，「大家都有些愴然，都覺得今年今日實在令人太寂寞。」〔註 53〕此外，《新蜀報》還將其在白象街的報館騰出房屋供老舍、何容等作家居住，使得《新蜀報》報館一度成爲陪都文藝界人士聚會之所。

《新蜀報》副刊編輯金滿成也和不少「下江」作家是朋友。金滿成留學法國，後在北平的中法大學讀書，是一名優秀的法國文學翻譯家，同時也是一位小說家，他的著作《我的女朋友們》曾一度暢銷，在不到三年的時間裏再版過三次。1927 年金滿成在好友王崑崙創辦的《民眾日報》擔任副刊編輯。1929 年加盟南京《新民報》，主編副刊《葫蘆》。在南京時，他加入了中國文藝社，還和好友聶紺弩組織了「甚麼詩社」。1932 年因《新民報》副刊《葫蘆》發表了很多言辭激烈的文章，導致《新民報》受到勒令停刊一日的處分，金

〔註 51〕范正明校錄：《黃芝岡日記選錄（一）》，《藝海》，2014 年第 1 期。
〔註 52〕胡風：《胡風回憶錄》，北京：人民文學出版社，1993 年，第 213 頁。
〔註 53〕陽翰笙：《陽翰笙日記選》，成都：四川文藝出版社，1985 年，第 4 頁.

滿成就帶著家人回到四川，開始在重慶《新蜀報》擔任副刊編輯。金滿成擔任副刊編輯期間，《新蜀報》副刊《金剛鑽》同樣繼續了《葫蘆》的辛辣風格，對重慶和四川的種種痼疾予以猛烈的抨擊。1937 年 5 月 16 日，重慶成立了「全國文化界救國聯合會」，金滿成被推舉爲主席，積極從事抗日宣傳活動。有過在北平、上海、南京三座城市讀書、辦報的經歷，金滿成主持下的《新蜀報》副刊在國民政府遷都重慶、「下江人」入川過程中表現出了積極的態度。

1940 年《新蜀報》改版，推出了文藝副刊《蜀道》，先後邀請姚蓬子、梅林、王亞平等擔任主編。尤其是姚蓬子擔任《蜀道》編輯期間，以其文協出版部主任的身份，兼職《新蜀報》副刊主編，爲《蜀道》吸引了無數優質的稿源。1940 年 1 月 27 日《蜀道》召開第一次座談會，主題是「如何保障作家戰時生活」，此話題立刻獲得了大後方文藝界人士的關注，並引發了熱烈的討論。如此種種，無不使得《新蜀報》以地方報紙的身份在「下江」報系林立的陪都保持了其重要地位，並在戰時重慶文學版圖上成就突出。而這一成就的取得，顯然是「下江」作家和本地文化人相互融合的結果。

3. 《國民公報》和「下江人」的合作

《國民公報》和《新蜀報》一樣是徹頭徹尾的地方報，創辦於 1936 年 8 月 1 日，由四川民主資本家康心之和康心如兄弟出資籌辦。康氏兄弟在重慶財政金融界有相當高的資望和地位，《國民公報》特有的經濟版很受工商界人士歡迎。抗戰爆發後，《國民公報》及時進行抗日救國宣傳，並邀請下江文人主持專欄和副刊，成爲文藝界人士各抒己見的園地。

《國民公報》《星期增刊》的主編姜公偉是中國戲劇學會會員，戰時由天津來到重慶，對戲劇的愛好和其「下江人」的身份，使其能結交下江文人。尤其是戲劇，陪都上演的多次劇演，《星期增刊》都爲之出過特刊。

關注入川文化人士的動態也是其特色之一。1938 年 1 月刊有《馬寅初會見記》，並請馬寅初題寫了「利用上海遊資，開發四川富源」的題詞；同年 2 月鄒韜奮來渝，《星期增刊》發表了訪問記；1941 年以《文化圈中的苦力》、《第二期抗戰文化工作的瞻望》爲總題，邀請在渝文化人發表新年希望的筆談，郭沫若、潘梓年、宋之的、吳祖光、余上沅、應雲衛、史東山、傅抱石、彭子岡、謝冰瑩、白楊、胡風、徐盈、陳紀瀅、靳以、羅蓀等人皆寄來稿件，抒寫對新年的願望和個人生活的辛酸；1944 年湘桂大撤退，登出從桂黔等地大撤退來渝的文化人訪問記。

　　《國民公報》文藝副刊有多種，「國民副刊」、「國民文苑」、「文學副頁」、「山城」、「海外」、「文群」等，除「國民文苑」主要刊發舊體詩文外，其餘副刊都以新文學爲主。在這些副刊中，時間跨度最長的是靳以主編的「文群」。「文群」從 1939 年 1 月創刊，一直持續到 1943 年 5 月，共出版了 516 期。在「文群」第 500 期獻詞中，靳以寫道：「爲了多數而受苦，編者是心甘情願的。既然不願意把幸福建築在別人的不幸上，而自己就只有擔起那過份不幸的擔子。這樣說著也並不是有抱怨的心，只要對他人有一星子的好，千辛萬苦我也願意承受的。現在想不到這個小小的刊物，原是在苦難中生長，活過了幾年艱辛的時日，仍在這苦難的時代中，完成了他的五百期，只是在這一點，編者也該微笑著喘一口長氣，稍稍露了一點滿意，等著無數的讀者和作者的歡欣。」〔註 54〕這番話道盡了靳以爲「文群」所耗費的心血，他主編「文群」，心甘情願爲的是文學理想。以當時的情況，編輯「文群」並不能帶來多大的收益，報社給予他的編輯費和稿費總共每月 200 元包幹。同時稿件三天就得送一次，每月十期，住在北碚復旦大學的靳以，時常爲副刊送稿在重慶北碚間往來。後來即使離開重慶，在遙遠的福建，仍然繼續維持著「文群」。不僅如此，年輕的復旦大學校園詩人們很多最早就是從《文群》開始他們的文學之路的。靳以在《文群》上專門開闢了一塊空間，讓與復旦學子們組織的「詩墾地詩社」，給予了年輕詩人們極大的鼓勵和支持。因此，對《國民公報》「文群」的堅持，惟有出於編輯對文學強烈的責任感和自身的理想。而《國民公報》邀請靳以作爲副刊主編，也使得這份報紙副刊在抗戰文學陣容中不能忽視的一員。

小　結

　　當「下江人」和重慶人之爭在市井間爲房價、衣著等瑣事鬧得不可開交之時，重慶文化人卻以熱情和包容的姿態歡迎來到重慶的下江文人。重慶歷來商業文化氛圍濃厚，在大西南地域廣闊的諸多城市中，扮演著經濟核心的角色，從而形成了重慶人務實的性格。同時，重慶人性格熱情，性情猛烈，同處巴蜀，就有「巴出將，蜀出相」的古老說法。這在文化上形成了重慶人既自信的一面，又有樂於學習，易於接受新生事物的一面。「下江人」和重慶

〔註54〕南南：《從遠天的冰雪中走來——靳以紀傳》，太原：山西人民出版社，1999年，第 106 頁。

人的隔閡，在具體的日常生活細節上表現明顯，這是不同生活方式的協調和適應。但在文化的層面，卻並未形成激烈的衝突。固然「下江人」始終用挑剔的、充滿優越感的目光注視重慶，但重慶人非常明確自身在現代文化和文明上與下江的巨大差距。下江文人來到重慶，帶來的是重慶所未曾有過的現代文明和文化，在重慶本地的文化精英眼中，不但不構成對重慶文化的威脅，反而有帶動地方文學和文化發展的可能，從而縮小重慶和長江下游城市之間在現代文明方面的差距。因此，重慶人自信而又熱情的接納著源源不斷而來的文化人，爲他們的落地重慶提供幫助，並對他們的到來充滿期待。

對陌生的「重慶客」而言，來自本地人的接洽和幫助顯得異常的珍貴。因此，當《彈花》在重慶復刊的第一期《編後》中，趙清閣特意感謝了金滿成，因爲金滿成「不以新相識而隔閡，予本刊以誠意的協助，及有益的指示。實在是編者在這陌生環境中最感到快慰的。」〔註 55〕在重慶人和「下江人」的合作下，《新民報》、《新蜀報》在陪都重慶時期進入了各自生命中的旺盛期。

隨著時間的深入，「下江人」和重慶人之間的爭論逐漸的少了，思想上的鴻溝仍然存在，只是大家都認爲沒有必要再爲這類事兒爭執。本地人對於自海岸西來的「下江人」的種種看法未必認同。但「下江人」來後對於重慶經濟、文化各種革新工作的貢獻，同樣讓本地人心生敬佩。「下江人」逐漸適應了重慶的生活，明白他們在重慶不過是暫時居住，是「重慶客」，因此一般也不再那麼猛烈的批評。再加上連續不斷的大轟炸，無論是「下江人」還是重慶人，都要去面對戰爭威脅。人們疏散到重慶周邊的鄉間，「下江人」徹底融入到本地人生活之中。

〔註55〕《編後》，《彈花》第 6 期，1938 年 10 月 1 日。

第三章　介入和疏離：抗敵宣傳中的下江作家

　　抗戰爆發後，大批報刊遷渝復刊，重慶文學園地日漸擴大。據統計，整個抗戰時期在重慶出版的大小報刊有近 1000 種，刊物則達到 900 種以上。〔註1〕無論從數量還是形式內容上看，重慶的報刊業在當時都達到了全國首屈一指的狀態。同時，隨著出版機構的設施設備和專業人員的到來，重慶新生的出版社也數量眾多，達到 120 家左右。〔註2〕重慶戰時大後方文學中心的地位逐步形成。越來越多的作家投奔重慶，他們延續了抗戰初期在武漢時的充沛旺盛的情緒，報紙、雜誌為創作提供了豐富的機會，作家們則以創作和參與社會活動等等多種方式，投入到抗戰救亡的潮流之中。

　　抗戰初期，重慶本地已經有了很多的抗敵組織，做了不少的宣傳動員工作。但其規模仍然非常有限，主要依靠青年學生團體和一些社會組織進行，影響力僅限於重慶周邊鄉村場鎮。下江作家來到重慶後，掀起了範圍更廣的抗敵宣傳，他們積極介入各種社會活動之中，作家們和民眾的接觸前所未有的頻繁和密集。作家成為各種座談會、集會、講演上的重要角色，他們動員民眾，鼓舞士氣，文藝界成為陪都社會公共活動中的重要角色之一。

　　「繁忙」是不少在重慶的作家們的共同感受。這種「繁忙」甚至連初來乍到的人們都印象深刻。李劼人從成都到重慶，覺得最使人驚異的，倒不是

〔註1〕鍾樹梁主編：《抗戰時期西南的文化事業》，成都：成都出版社，1990 年，第359頁。
〔註2〕周曉風：《20世紀重慶文學史》，重慶：重慶出版社，2009 年版，第87頁。

爬坡上坎，而是「一般人的動態，何以會那麼急遽？」〔註3〕同處大後方，成都人是閒散的，所以和成都相比，能明顯的感受到重慶人的快節奏。從昆明到重慶的冰心對重慶的第一印象是「忙」和「擠」。「忙」也是朱自清的感受，他僅僅路過重慶，就已經不由自主的被忙的氣象所包圍，「好比在旋風裏轉」。〔註4〕時間不夠用成為大家的同感。尤其是在多季，日軍不來轟炸，人們從四面八方彙集到重慶，各種活動都異常活躍。胡風自歎時間都被佔據了，「文協由於外地來人，開歡迎會、座談會、晚會之類的事業多了起來。我因為是負責研究部的，所以主持召開了『詩歌晚會』、『戲劇晚會』和『戰地文藝工作座談會』等，討論對推行詩歌運動和當前戲劇工作的意見和想法等。這類會一向都開得很熱鬧，時間也較長。」〔註5〕開會、會客、訪朋友，在霧季時期佔據了作家的主要時間。

可以用「亢奮」來形容這一時期的重慶文學界，作家們急於在重慶找到用武之地，投入到抗戰的潮流中。在這激烈緊張又充滿希望的氛圍中，人們急切的想加入重慶這個「大熔爐」，達到「忘卻一己的存在與厲害，大熔爐裏自可鎔鑄出一種新的品格，新的生命，新的人出來。」〔註6〕作家們熱烈的討論著如何將宣傳深入到民眾，如何將作品的形式和地方文學形式、方言相結合，並不斷的在創作上進行嘗試。

在這過程中，通俗文學成為作家們關注和討論的熱點，各種相關的理論和創作都層出不窮。在關於通俗文學的討論中，身居重慶的下江作家們自然而然接觸到了四川方言。四川方言進入了下江作家們的創作視野，成為創作過程中有意識的嘗試。然而嘗試出自宣傳的需要，距離專門的潛心研究和實踐用四川方言創作尚有一定距離。下江作家關注方言和地方戲的改良，首先是為了抗敵宣傳獲得應有的效果，一旦回歸到各自的文學創作，他們依靠的仍然是熟悉的語言方式。對四川方言的運用和四川地方戲劇的變革，認識得最透徹的仍然是川籍作家。

從這一層面，下江作家和本地文化表現出某種疏離，四川戲最終沒有獲

〔註3〕 李劼人：《從吃茶漫談重慶的忙》，《李劼人全集》第七卷，成都：四川文藝出版社，2011年，第313頁。

〔註4〕 朱自清：《重慶行記》，《朱自清全集》第四卷，南京：江蘇教育出版社，1990年，第438頁。

〔註5〕 胡風：《胡風回憶錄》，北京：人民文學出版社，1997年，第184頁。

〔註6〕 鳳子：《在重慶》，《旅途的宿站》，香港：三聯書店，1985年，第16頁。

得更深入的發展，崑曲、京戲才是「下江人」津津樂道、難以忘懷的劇種。「下江人」的到來帶來了重慶娛樂場所的繁華，可是川戲館卻越來越少。

一、文藝界和抗戰宣傳

　　下江作家追隨政府西遷到武漢，又從武漢到重慶。對於作家在戰時的責任，他們都非常認可「文章下鄉，文章入伍」的號召，也即是認同作家在戰爭時期應該用文字來做抗戰的宣傳，創作反映抗戰的文學作品。作家的角色不僅僅是書齋中的書生，更是筆部隊的戰士，創作的作品必須肩負起抗戰的任務，盡到宣傳和寫作的義務。文藝家對政府也表現出了極大的支持和包容，文藝組織成為文化宣傳的主要力量，「我們只知道盡力於抗戰和與政府合作，是我們的天職」，「因我們與政府有這種關係，所以政府才信任我們，關切我們。」〔註7〕從某種程度上說，責任感和信任感成為了作家參與公共活動最大的推動力之一。作家活動範圍跨出了文藝界，介入到公共事務，在各種社會活動中都充當了重要的角色。作家們創作，演講，參與抗日救亡的社會活動。尤其是在重慶，因重慶陪都的城市地位，和同在大後方的昆明、成都相比，重慶作家們的社會活動更加的活躍，和政府之間的關係更為複雜。

1. 抗戰初期重慶的街頭抗日宣傳

　　七七事變之後，重慶就掀起抗日救亡活動熱潮，先後成立了重慶婦女抗敵後援會，重慶市救亡歌詠協會、重慶文化界救亡協會。這些抗敵組織走上街頭，走入鄉間，在民眾間起到了一定的宣傳作用。街頭宣傳主要包括壁報、演講、教唱、粉筆運動等，而最吸引大眾，效果最好的則是話劇表演。當時的重慶擁有怒吼劇社、怒潮劇社、吼聲劇社、青白劇社、戈興劇社、民族劇團、南友劇社、七七劇團、移動演劇隊、兒童演劇隊等20多個演劇隊。1938年10月10日～10月31日重慶的「戲劇節」上，各種戲劇每天都在劇院、街頭和鄉村上演，形成了重慶市全體劇人的總動員。〔註8〕

　　1937年9月，怒吼劇社在重慶成立，該社由從華北流亡到重慶的劇人和重慶電力公司、成渝鐵路局的業餘戲劇愛好者組成，趙銘彝、章功敘、徐潤

〔註7〕老舍：《五年來的文協》，《老舍全集》第十八卷，北京：人民文學出版社，2008年，第326頁
〔註8〕《關於渝市青年抗敵救亡運動的報導》，《新華日報》1938年12月3日。

甫、余克稷、陳朗等為該社的執行委員。〔註9〕同年 10 月 1 日怒吼劇社在國泰大戲院公演《保衛盧溝橋》，演出後，不少青年要求參加「怒吼社」，為抗日救亡出力。由於很多青年只會講四川方言，於是「怒吼社」組織了「怒吼社街村演劇隊」，深入到街道和鄉村，用方言表演戲劇和曲藝，做抗日救亡的宣傳。1937 年 11 月～12 期間，「怒吼社」先後在重慶南岸、江北等地演出街頭劇，並成立「鄉村游擊戲劇隊」深入到鄉場中出演。怒吼劇社的演出以街頭劇為主，劇目有《放下你的鞭子》、《長城月》、《當壯丁去》，《張家店》、《黑地獄》、《難民曲》、《大家一條心》等。

另一支由四川旅外劇人組成的抗敵演劇隊在吳雪的帶領下，1938 年 5 月從成都出發巡迴演出，經樂山、宜賓、瀘州、重慶、永川、內江、資陽等 19 個城鎮，歷時 7 個月，行程 1500 多公里，用四川方言演出話劇 10 餘齣。演劇隊所到之處，說的都是四川方言，「鄉土味很濃，演出效果很好，深受群眾歡迎。」〔註10〕其中他們創作的《亮眼瞎子》就是流傳至今的《抓壯丁》的首演本。

演劇之外，街頭抗敵宣傳是主要的宣傳手法。青年學生是街頭抗敵宣傳的主力，重慶大學、川東師範以及市內各中學的學生們都用自己的方式去向大眾進行宣傳。1938 年重慶大學抗敵後援會開展寒假鄉村宣傳工作，足跡遍及四川的永川、榮昌、隆昌、內江、自流井、富順、瀘縣、江津等地。宣傳的模式以文字宣傳、口頭宣傳、化裝宣傳、歌詠宣傳為主。其中文字宣傳以壁報的方式，用通俗、簡短、精確的文字，加上有刺激力的圖畫，傳遞最新的抗戰消息。口頭宣傳則利用街頭、學校、民眾教育館等公共區域，做抗戰的演講。化裝則主要是演出話劇，演出的話劇有《放下你的鞭子》、《張家店》、《難民曲》、《如此皇軍》、《東北小景》、《九一八以來》及《警號》。〔註11〕

最能吸引大眾和鼓舞士氣的除了演劇還有歌詠。歌詠隊的規模和演劇隊的規模不相上下。抗戰初期的重慶擁有民眾歌詠會、青年歌詠研究社、中航歌詠隊等多個組織。歌詠的方式常常能調動起參與者亢奮的情緒，「唱聲一發，會場立即肅靜，唱聲一竭，掌聲雷動」。〔註12〕重慶救亡歌詠隊在鄉鎮演出時，「全鎮充滿救亡歌聲，群眾為之興奮，並於當時學會簡單之救亡歌曲。」

〔註9〕蘇光文：《抗戰文學紀程》，重慶：西南師範大學出版社，1986 年，第 8 頁。

〔註10〕金青禾：《吳雪與四川旅外劇人抗敵演出隊》，《四川統一戰線》，2005 年第 5 期。

〔註11〕《重慶大學抗敵後援會開展鄉村宣傳的工作報告》，《戰時動員》，重慶：重慶出版社，2014 年，第 26 頁。

〔註12〕同上，第 30 頁。

除了自己唱，教歌也是歌詠隊的主要內容。重慶大學抗敵後援會在鄉村宣傳中教觀眾唱歌，所教之歌曲以「義勇軍進行曲」、「打走日本人」、「認清敵人」、「救國軍歌」、「犧牲已到最後關頭」等抗日歌曲為主。學唱的以兒童為最多，「許多小朋友排成了隊伍在街上唱著『抗戰到底』、『犧牲已到最後關頭』、『救國山歌』、『光明歌』，又喊口號，他們都說要打倒日本帝國主義，救中國呢！」〔註13〕

壁報也是重慶抗敵救亡宣傳中的重要方式。各個團隊都出版自己的壁報，大街小巷和村頭都貼滿壁報。為了充實壁報內容，重慶戰時書報供應所將時事、抗戰知識、日軍暴行、英勇故事等整理成「壁報資料」，定期發行，為壁報工作者提供辦報的資料。而且，他們還很注重壁報質量，曾由戰時書報供應所召開座談會，討論壁報在出版份數、日期、張貼地點等問題。除了壁報之外，不少團隊還組織粉筆隊，將抗戰的標語口號寫在個街巷。

1937～1938年初期，大規模的「下江人」尚未來到重慶，重慶的抗敵救亡運動在形式上體現出了強烈的地方色彩。地方色彩濃厚首先表現在演出的地點，既有舞臺的公演，也有街頭或近郊農村表演街頭劇，尤其是茶館、鄉場等民眾集中的地方，是演劇隊表演的最佳場所。鄉村「趕場」的時候，附近的村民都彙集在場上，很容易達到宣傳的效果。往往在「趕場」天，不約而同好幾支隊伍在同一鄉場上表演。根據劇情，演員們化裝成漢奸、日本軍官、中國兵等，混入人群之中。一路走在鄉場上，邊走邊講演，唱詞根據演出的情形，自行選撰，內容必須以抗戰為主。這樣的情景表演往往吸引吸引農民和小孩，讓他們信以為真，「都嚷著打漢奸」〔註14〕。其次，重慶的抗敵宣傳也充分利用老百姓所喜愛的民間形式，利用舊形式和調子，如蓮花落、金錢板、雙簧、花鼓等，都為重慶老百姓所熟悉。因此，演劇隊一到鄉場，往往能夠吸引老百姓的注意力，趕場的鄉民，「他們都停止了講生意，把視線集中在我們身上」；在表演還沒開始的時候，「檯子下面就有很多農民等著了」。〔註15〕

儘管重慶街頭的抗敵宣傳活動非常活躍，仍處於宣傳的最粗淺的階段。第一，表演的劇目重複，情節簡單。幾乎所有的演劇隊，演來演去的都是那幾幕話劇。不少話劇的臺詞完全就是宣傳口號，演《漢奸與鬼子》就高呼：「凡是漢奸，都要殺光」，演《打回老家去》就大喊「東北是我們的，我們要打回

〔註13〕《課餘農村宣傳隊在寸灘演出的報導》，《新蜀報》1938年6月20日。
〔註14〕《巴縣中學開展鄉村宣傳的工作報告》，《戰時動員》，重慶：重慶出版社，2014年，第36頁。
〔註15〕同上。

去啊！」這樣的演出在一時間可以振奮人心，但卻很難起到持久的效果，顯得比較浮面。第二，雖然組織眾多，但人員重複較多，往往一個人參加幾個組織，而「廣大的青年工人、青年農民、商人子弟尚未被吸收進來一道走，就連占知識青年最大多數的學生也都還剩著絕大部分在那兒苦於救國無門。」〔註16〕

《新華日報》在報導時重慶青年抗敵救亡運動時，對重慶青年救亡運動予以了肯定，認爲「具有著充實的內容」。《新華日報》稱讚他們「在這一全國政治中心、西南唯一重鎮的地方，是在盡著他們最大的努力進行他們的良心的工作。」更重要的是，「在逃難者對重慶發生惑疑的時候，這裡的青年們卻依舊與更加起勁兒的工作著。」〔註17〕這番話是對重慶青年抗敵宣傳的鼓勵，同時傳遞出來的信息則暗示了在外來者「下江人」對重慶抗敵宣傳的感覺到某種不滿。因爲在經歷了武漢撤退之後的「下江人」，已經意識到在抗戰初期民眾不甚瞭解戰爭情形，爲了鼓勵民眾、同仇敵愾，簡單的描寫是可以的。但當抗戰已經家喻戶曉，對戰爭情形已經明瞭之後，通俗文藝需要適應民眾進一步的需求。

可是，不管怎樣，抗戰初期重慶抗敵文化宣傳中的歌詠、演劇、舊形式的利用等手法，其實和後來抗戰宣傳所倡導的方式都是相一致的。抗戰文藝中作家們所討論的舊形式利用、朗誦詩、地方戲劇、方言劇等話題，無形中和以上重慶各抗敵組織所做的是相吻合的。

2. 「下江」作家和重慶各界公共活動

「下江」作家的到來掀起了陪都社會的抗敵活動的新高潮，作家們成爲公共活動中的活躍分子。他們與社會團隊、政府合作抗敵，文協總會遷渝時就表示文學願意協助政府首宣傳抗戰。老舍說：「文協總會遷到重慶，極願幫助政府機關作這個（通俗文藝）工作。我們寫，政府給印，給送到前方與後方去，是正合出錢出力的道理。」〔註18〕抗戰期間，文協幫助國際宣傳處編撰小冊子向國外宣傳中國抗戰文藝作品，組織作家戰地訪問團，派代表參加南北慰勞團，這些都讓文協感到了自身的重要意義。

〔註16〕 《關於渝市青年抗敵救亡運動的報導》，《新華日報》1938年12月3日。
〔註17〕 同上。
〔註18〕 老舍：《答客問：文藝作家與抗戰》，《老舍全集》第十七卷，北京：人民文學出版社，2008年，第204頁。

　　文協的活動並不局限於文藝界，而是積極參與陪都街頭各類公共活動，努力履行自己作為一個社會團體在抗戰中的職責。1938 年 9 月國民政府再次發動募集寒衣活動，為前線將士和難民募集寒衣。重慶市婦慰會募集寒衣一萬件，但每件寒衣需要附一封慰勞信。文協在《抗戰文藝》第二卷第八期刊登緊急啓事，「甚盼本會會員與本刊讀者踊躍書寫」，並號召大家「事關抗戰」，希望能在一周內完成一萬封慰勞信運動。

　　1939 年 3 月 12 日國民政府公佈了《國民精神總動員綱領》，所謂「國民精神總動員」即使全體國民需以「國家至上民族之上」、「軍事第一勝利第一」、「意志集中力量集中」等三條宗旨為目標，以求國民精神的徹底改造，以達到抗戰建國的目的。綱領頒佈以後，整個重慶市開始積極響應。按規定，社會各界需定期召開國民月會，文化界同樣須遵規定。1939 年 4 月重慶市文化界精神總動員協進會，老舍被推舉為大會主席團成員。

　　1940 年重慶掀起了陪都出錢勞軍競賽運動，各行各業踊躍出錢勞軍運動，國民精神總動員會、重慶市商會、陪讀各界文化勞軍運動委員會均在各自的行業內發起了廣泛的勞軍運動。作為文藝界最大的社會組織，文協積極響應，並於 1941 年 2 月開展會員捐稿暨書畫義賣。義賣活動前後持續 18 天，參加賣字賣畫的文協會員 40 餘人，包括老舍、郭沫若、張道藩、冰心、茅盾等。這次義賣喊出了「『文協』出紙筆，作家出力，請諸公出錢」的口號，《新蜀報》連續多日對此事進行報導，使得義賣活動得到廣泛的社會關注。購買義賣作品的有普通民眾，有民間藝人，有商人，有國民政府高官。山藥蛋專門訂購老舍冊頁 4 幅，每幅 5 元；劉航琛訂購冰心、老舍的字各一幅，活動最終收入的款項全部捐獻給了勞軍委員會。〔註19〕

　　除此以外，文藝界和政府關係比較密切，定期參加政府組織的活動。例如例行的國民月會，參加者既有文藝界的作家們，也有政府官員。1940 年 8 月《中央日報》曾登載一則重慶市文化戲劇界舉行 9 月份國民月會的通知，「訂於 9 月 1 日上午八時假大樑子一園大戲院聯合舉行，凡本市各文化團體、報社、雜誌社、通訊社、及戲劇界、書店等，除屆時自行單獨集會者，應派代表參加外，均須全體出席，並請陳部長立夫主持大會，葉部長楚傖、洪主任委員蘭友蒞會演講，張秘書長岳軍出席指導云。」〔註20〕從這則通知可以看

〔註19〕　《作家賣字捐稿勞軍》，《抗戰文藝》第 7 卷第 2、3 期合刊，1941 年 3 月 20 日。
〔註20〕　《渝文化界國民月會明晨假一園舉行》，《中央日報》1940 年 8 月 31 日。

出，國民月會涵蓋的對象包括了整個文化戲劇界所有的人士，並且是除單獨集會的團隊外，其餘是「均須全體出席」。國民黨負責文化的官員陳立夫、葉楚傖、洪蘭友等也全部出席，足見國民月會絕對不是隨意形式的集會，而是非常重要的集會。

政府還召集重慶市文化界定期召開座談會，該座談會最早由國民黨中央宣傳部負責組織，後移交重慶市黨部主持。一般這樣的集會，都由國民黨負責文化宣傳的官員如潘公展、洪蘭友等出席，並做報告，內容多是勉勵文化界集中力量、精誠團結，以爭取國家民族的生存等。從《中央日報》一則「市黨部定期召開文化座談會」的通訊來看，文化座談會的內容並不局限於文藝，有時也包括由國民黨官員講演憲政問題。

1939 年 6 月，文協組織了「作家戰地訪問團」。隨後，老舍、姚蓬子分別參加了由全國慰勞總會組織的南北兩路慰勞團。「作家戰地訪問團」的組織，受到國民政府軍事委員會戰地黨政委員的支持。訪問團由王禮錫任團長，宋之的任副團長，組員包括李輝英、白朗、陳曉南、袁勃、葛一虹、羅烽、以群、張周、楊騷、楊朔、方殷等 14 人。這個由小說家、詩人、散文家和畫家構成的作家訪問團，一路的見聞無疑是他們所未曾經歷的。沿途各戰區部隊和地方政府的熱情接待作家們，給予他們的訪談提供機會，戰區司令、將軍、士兵紛紛接受作家們的訪問。路上所經歷不僅讓作家們增加了見聞，更讓他們直接面對戰爭造成的殘忍景象，親歷前方戰士的艱苦。

訪問團所到之處無不受到部隊將士的熱烈歡迎。部隊貼滿花花綠綠的標語，寫著「歡迎全國文協作家戰地訪問團給我們帶來精神的彈藥」、「歡迎全國文寫作家戰地訪問團充實中條山的抗戰壁壘」〔註 21〕，透露出前線將士對作家們的熱情。在一次座談會上，作家訪問團全體同人「幾乎是無間斷的和訪問者談話，解答者屬於小說的，戲劇的，詩歌的以及新聞的各種問題」〔註 22〕。將士官兵們更以自己的經歷的作戰情況，向作家們詳加敘述。在華北督導團所在地，作家們和當地民眾團隊深入交流，分別訪問各團隊的主持人。這些團隊包括劇團、報社、通訊社、中條文化供應社學術研究會等文藝團隊，還有政衛隊、特務隊、保安隊等政治武裝團隊；作家們還分組參加

〔註21〕廖全京編：《作家戰地訪問團史料選編》，成都：四川省社會科學院出版社，1984 年，第 72 頁。

〔註22〕同上，第 85 頁。

士兵們的小組討論會。同時，作家們也不失時機的向大家宣傳抗戰以來的文藝界發展情況，並建立了晉南區文協通訊總站。

這是一次雙方都非常熱忱的訪問經歷，作家們對生活和物質上的簡陋條件不以爲意，被戰火毀滅的環境反倒激起他們更高昂的熱忱；接受訪問的軍隊將官則對作家們熱情接待。前方精神糧食匱乏，軍隊將士對作家們抱有很高的期待，希望他們能提供更多的作品做將士們的讀物。作家們一改散漫、自由的作風，儘管是臨時的組合，卻非常的有序有組織，類似於軍事管理的小分隊。團員們身穿軍裝，定期召開小組討論會，有計劃的安排訪談的行程。他們自覺地將作家訪問團視爲一個團隊。他們輪流負責記錄每天的工作和行程，「筆游擊」是作家戰地訪問團一行的見聞記錄的集合。這樣有組織有計劃的團隊，實在很難讓人感覺這是一群作家組成的團隊。

1939 年 12 月，當慰勞團和作家戰地訪問團回到重慶後，受到了重慶文藝界的盛大歡迎。12 月 9 日北路慰勞代表團回到重慶，「各界民眾代表百餘人，郊迎於生生花園，迨代表團專車抵達時，樂聲大奏，歡迎者紛紛趨前握手言歡，情緒至爲融洽熱烈。」〔註23〕12 月 16 日，文協又設宴歡迎南北慰勞團歸來的姚蓬子、老舍和作家戰地訪問團成員，有文藝界人士 70 餘人到會。老舍、姚蓬子、宋之的分別報告了前方文藝工作的情況。12 月 23 日文協在青年會大禮堂舉行招待會，招待各界人士，並在此請參加慰勞團和作家戰地訪問團的作家做報告。這次的招待會規模較前次更大，到了文藝界和社會各界人士 140 餘人。1940 年 1 月 3 日，《新華日報》在化龍橋報館開會，邀請勞軍的作家們座談，作家們再次彙報了一路上的見聞。

這是文協第一次也是唯一的一次組織作家團隊深入到敵後，對作家們眞的「入伍」，無論社會各界還是文協都非常的重視。這從回來以後的各種歡迎會和陪都新聞界的報導中可見一斑。這不僅是一次遊歷，儘管文章入伍文章下鄉的口號耳熟能詳，但能眞正離開熟悉的生活環境，深入到戰鬥的前方，卻不啻是一次身體上和精神上的挑戰。現實永遠超越人們的想像，儘管作家們從重慶出發時已經做好了充足的吃苦的精神準備，可路途上的經歷卻仍舊出乎預料。

作家戰地訪問團一路上除了訪問、記錄之外，也不斷的在寫作，如爲《掃蕩報》的歡迎作家戰地訪問團特刊寫文章，組織戰地文藝通訊小組等。前方

的讀物匱乏和日軍實施的強大文化宣傳形成反比，作家們試圖在軍隊中建立起文藝的橋樑。訪問團回到重慶後，不僅在多次從口頭上向各界報告前方見聞，文協更制定了後續計劃，以解決訪問團在前方發現的問題。首先是在前方成立通信站，和文協互通消息，討論文藝問題；其次將訪問團的成果整理成作品，並製作成叢書，期於「六個月內寫成詩歌、戲劇、小說、報告等十二冊」，並由「中宣部商同出版部及訪問團擬定出版辦法」；第三則是在後方購置新書贈送給各方不容易看到新書的文藝工作者。文協的這些計劃如能執行，則對前方和後方文藝的交流起到積極的作用。可是，這些計劃後來未能完全貫徹，除了文協的經費問題，則是由於大轟炸擾亂了整個重慶正常的節奏。儘管如此，文協籌劃參與組織的作家戰地訪問團，依然是戰時作家的一次壯舉，文協的影響力隨著作家們的足跡擴大，以致老舍在會務報告中自信的說「我們相信了文協已經不是一塊牌匾，而是抗戰中的一個巨大的力量。」〔註24〕

3. 面向大眾的演講、講座和文藝創作指導

處於戰爭中的國家更需要有社會知名度和號召力的人士來喚起民眾對戰爭的認識，鼓勵和發動民眾參與到抗戰救國中的潮流中。參與社會演講，成為作家們參與公眾活動的主要方式之一。

抗戰時期作家演講在重慶時常可見，其中恐怕要數郭沫若的演講最為頻繁。據統計，僅 1939 年 1 月份，郭沫若就發表了近 10 次演講：1 月 7 日，在青年記者學會重慶分會作題為《暴敵無出路》的演講；8 日一天，先後在中央大學和新民報職工讀書會作了題為《二期抗戰中國青年應有之努力》和《從近衛內閣總辭職後談到日本對內對外諸問題》的演講；11 日，又在外交部招待外國記者席上作了題為《敵閣改組是帝國崩潰的前奏》的演講；17 日，在文化界座談會上作了題為《戰時文化與工作》的演講；24 日，在復旦大學作了題為《我敵青年的對比》的演講；28 日，在紀念一·二八七週年暨響應國際反侵略運動大會上作了題為《世界反侵略秩序的建設》的演講等等〔註25〕。這僅僅是郭沫若在重慶時期眾多演講中的一部分，卻可見其活躍程度。郭沫

〔註24〕老舍：《文協第二年》，《老舍全集》第 18 卷，北京：人民文學出版社，2008年，第 309 頁。

〔註25〕王興盛：《民國時期郭沫若演講及演講辭創作研究》，山東師範大學 2009 年碩士論文。

若的演講涉及內容寬泛，並不僅僅局限在文學，政治、歷史等等都是他演講的主題。

老舍受邀在重慶做過十餘次演講，其中文化工作委員會、中央文委、戰區內遷婦女輔導院、重慶市銀行界同人進修服務社、復旦大學等都曾邀請過他前去演講，還有兩次是中央廣播電臺演講。老舍演講的主題都與抗戰文藝或文學創作有關，如 1941 年 4 月 13 日在中國留法比瑞同學會演講，題爲《怎樣學習文藝》；4 月 27 日，受文工會邀請，在抗建堂做《小說創作方法》演講；1942 年 3 月 26 日，爲紀念文協成立 4 週年，在中央廣播電臺進行播講；1942 年 11 月 21 日，應邀爲戰區內遷婦女輔導院做《婦女與文藝》的講座；12 月 17 日，重慶市銀行界同人進修服務社郵政儲金匯業局支社邀請做《青年與文藝》的演講；1944 年 5 月 15 日在復旦大學講創作經驗，同年 11 月 18 日，在復旦大學做《關於文藝諸問題》的演講；1943 年 3 月 4 日，應中央文委的邀請，做《讀書與寫作》的演講。

老舍的演講題目大多和文學相關，且有不少是以講述創作經驗和技巧爲主題。老舍非常關注對青年寫作的指導，不但在演講中多次強調青年與文藝的重要關係，還曾在文協年會的總結中，指出文協對青年寫作的指導問題上做得不夠，未能更多的聯絡青年、指導青年。在對青年習作的扶助與指導方面，他不僅僅是談論，更參與實踐，親自擔任指導教師。

到重慶不久，老舍就曾應「重慶文藝界救國聯合會」的邀請，擔任青年文藝創作的指導教師。「重慶文化界救國聯合會」成立於 1937 年 5 月 16 日，是一個本土作家組織，金滿成任主席，漆魯魚、溫嗣翔（田豐）、李華飛、蕭崇素、陳鳳兮等爲理事。七七事變後，「重慶文藝界救國聯合會」開設了「暑期文藝講習班」、「戰時知識訓練班」、「自強讀書社」、「文救演劇隊」、「詩報半月刊」等，其目的就在爲宣傳抗戰，向民眾普及抗戰知識，更重要的是培養新的文藝隊伍。「暑期講習班」開設的課程有社會科學常識、近代文藝思潮、文學原理、作品研究、作品研究演劇論等〔註 26〕，其課程的重點在文學作品的創作和研究。擔任暑期講習班的教師，以重慶地方文人爲主，如金滿成、李華飛、漆魯魚等。老舍應邀爲地方青年的文藝講習班做指導，既顯示了老舍的親和力，又給予重慶青年們絕佳的機會，受到如此優秀作家的指點。

「自強讀書社」也是重慶文化人在抗戰爆發後組織的眾多戰時文學宣傳

〔註 26〕《文藝情報》，《新蜀報》，1937 年 7 月 7 日。

組織之一。1938 年 10 月 24 日，老舍應重慶地方青年團體自強社的邀請，擔任自強讀書社文藝組的指導，顯然讓自強讀書社這樣的地方文藝興趣組織有了更強有力的指導。老舍擔任了第一階段的指導，先後 5 次參加自強讀書社的活動，和年輕人一起討論小說原理和創作方法。第一階段的指導後，文藝組希望文協繼續派人指導，於是老舍仍承擔了這一指導工作。

除了老舍，曹禺所在的國立戲劇學校也曾在 1938 年 7 月舉辦「暑期戰時戲劇講座」，曹禺和余上沅分別講授編劇和導演，講座爲期半月，聽者眾多，同樣爲抗戰戲劇宣傳培養力量。

以講座的形式向大眾做抗敵宣傳，並講述新文學的發展，在陪都並不少見。在重慶，講座（或是演講會）往往能夠吸引不少的群體參加。尤其是文化工作委員會和中央文委這兩個國民政府的文化宣傳機構常常定期舉行講演會，邀請陪都各界社會名流主講，其中不少的文藝界人士常常是邀請的對象。

中央文委是國民黨的官方文化機構，講座內容覆蓋面廣，涉及文化、史學、國防科學、文化建設、憲政、守法運動、學生從軍運動、尊師重道運動、戰時社會問題等多個方面。在文化講座方面，受邀進行講演的既有作家和學者囊括了大後方各個區域，有重慶的作家和學者、有西南聯大的、也有在成都的。這些學者和作家的背景雖以國民黨文人爲主，如國民黨主管文化的官員如陳立夫、張道藩等，卻並不局限在這個領域，包括左翼的作家茅盾、胡風等都曾受邀參加講演。例如，羅家倫講《強者的哲學》（1942 年 8 月 10 日）、馬星野講《新報業與新文化》（1942 年 8 月 31 日）、陳銓講《民族文化運動》（1942 年 9 月 22 日）、楊振聲講《小說中的人物》（1942 年 10 月）、老舍講《讀與寫》（1943 年 3 月 4 日）、茅盾講《認識與學習》（1943 年 3 月 18 日）、胡風講《論對於文藝的幾種流行見解》（1943 年 7 月 29 日）、李辰冬講《浮士德的精神》（1944 年 3 月 2 日）、盧冀野《中印文學因緣》（1944 年 5 月）、葉聖陶講《談國文教學》（1944 年 9 月）等等。

中央文委顯然非常重視公共演講活動，由於 1939、1940 大轟炸，陪都缺少公眾集會的地方，於是中央文委將位於曹家庵巴縣女子中學的會址中的三間會堂加以修茸，並命名爲「文化會堂」，專用於公共講演之用。文化會堂能容納 400 人左右，但一些有吸引力的人和有吸引力的主題往往引得聽者眾多。此後，中央文委的演講活動基本都在文化會堂舉行。

自 1940 年 5 月至 1945 年底，中央文委共舉辦講座 122 次。在 122 次講

座中，聽眾人數從 100 多到 700 多，每次人數都不同。超過 500 人的僅有 14
人次，其中聽眾最多的一次講座是林語堂講《物質主義與世界和平》，到會的
有 758 人。其次是陳立夫講《中國的文化建設》，聽眾有 654 人。其他聽眾超
過 500 人的還有馮友蘭，他連續講了三天（1943 年 2 月 20、21、22 日），主
題分別是「新舊道德問題」、「道德功利問題」、「一元多元問題」，講座極受歡
迎，聽眾場場突破 500 人。從聽眾的人數可反映出主講人的受歡迎程度及其
社會影響力，在聽眾超過 500 人的 14 人次講座中，主講人包括陳立夫、馮友
蘭、老舍、茅盾、黎錦熙、梁寒操、蔣夢麟、林語堂、居正、梅汝璈、梁寒
操、潘光旦。其中陳立夫、梁寒操、居正等均是國民政府的高級官員，馮友
蘭、蔣夢麟、梅汝璈、潘光旦則是知名學者，老舍、茅盾、林語堂、黎錦熙
則是文藝界知名人士。由此可見，這個講座雖是由國民政府主管文化機構組
織的，主講人和參與者卻並不局限在國民黨範圍之內。

　　老舍講「讀與寫」，到場的聽眾計有 518 人，據《新華日報》的報導，講
演會現場「座無隙地」〔註27〕。茅盾講座也很受歡迎，聽眾人數達 532 人。
據茅盾自己回憶，這場講座是受張道藩的邀請而作，「張道藩請我爲他的部下
——文化運動委員會的工作人員做一次演講。」〔註28〕當時茅盾剛剛從桂林
到重慶，張道藩此舉或許有爭取籠絡茅盾的因素在裏面，但一方面茅盾本來
就是文委會的委員之一，請他做講座，本在情理之內。另一方面，這場講座
顯然針對的對象不止是文化工作委員會的工作人員，文委會是不可能有 500
多人的工作人員。可見這個講座並不是完全針對某一群體，且張道藩也做過
「中西文化之比較」、「文化運動綱領之意義」等兩場講座，到場人數均在 400
多～300 多，參與人雖多，但卻不是最多。因此，如果僅僅是爲文委會部下做
講座，張道藩的聽眾應該是最多的之一。

　　軍委會政治部文化工作委員會成立於 1940 年 10 月，是國民黨政治部第
三廳裁撤之後組建的文化機構，可以視爲第三廳的延續。不同之處在於，第
三廳是一個行政機構，文工委則是一個研究機構，側重於學術研究。文工委
講演會的規模同樣龐大，講演會一般都選擇在能容納大規模人群的地方，如
1940 年 12 月的第一次文藝講演會在國泰劇院，1941 年 4 月的第二次文藝講
演會就放在抗建堂。

〔註27〕《勇敢寫作，慎重發表》，《新華日報》，1943 年 3 月 4 日。
〔註28〕茅盾：《霧重慶的生活——回憶錄》，《新文學史料》，1986 年第 1 期。

文工會的座談會、講演會所請的學者、文藝家以左翼人士和民主人士為主，其內容包括史學、文藝、時政等。他們曾請郭沫若講「古代社會研究」，鄧初民的「清國政治史」、翦伯贊的「新史學講座」。文藝則有老舍講小說、田漢講戲劇、賀綠汀講音樂，宗白華講「中國藝術之寫實、傳神與造境」等。1940 年 12 月 28 日文化工作委員會在國泰大戲院舉行文藝演講會，被稱為「文藝界大檢閱」。茅盾、老舍、洪深、馬彥祥、史東山、賀綠汀、陽翰笙、胡風等出席。演講會由郭沫若主持，老舍、馬彥祥、史東山分別作了一年以來文學、戲劇、電影發展的專門報告。隨後，茅盾、洪深、陽翰笙有分別做了文學運動、戲劇運動和電影藝術三個主題的演講。演講會參與者眾多，據《新華日報》的報導，參與者將近千人，整個國泰大戲院座無虛席。參與者不僅有文藝界人士，還有許多的職業青年、青年學生等。演講深受大家歡迎，「眾皆盼第二次盛會之早日再見。」〔註29〕

無論是講演會、講座還是直接參與指導青年人的創作，無不拉近了作家和社會的距離。文學和大眾聯繫更為緊密，居住重慶的人們不但能夠有機會一睹著名學者、作家們的風采，文學更由此擴大了在社會中的影響力。

二、地方形式的利用和思考中的實踐

除了以文藝創作和演講等形式向民眾宣講抗戰之外，如何利用地方形式，讓更多的民眾瞭解抗戰，在此問題上作家們做了大量的努力。地方文學的改良幾乎成為文藝界的共識，通俗文學創作、利用舊形式等問題在各類座談會上討論得熱火朝天。《七月》舉辦了《宣傳‧文學‧舊形式的利用》座談會，文協與通俗讀物編刊社共同召開通俗文化運動座談會，各類文學雜誌上討論通俗文學的文章比比皆是。無論是「下江」作家還是本土作家，都認真的思考地方文學改良、通俗文學的創作，並不斷的嘗試。他們撰文討論通俗文學創作，在實踐中創作鼓詞、快板等老百姓容易接受的作品，深入到重慶的街道、區縣鄉鎮，發動更多的民眾關注抗戰。

1. 關於通俗文學的討論和實踐

如何做到讓地方老百姓能夠聽得懂，讓通俗文藝的製作和地方形式結合起來，以老百姓喜聞樂見的方式創作出抗戰作品，是通俗文藝倡導者們最關

〔註29〕 《用鋒刃之筆堅持抗戰，文藝界舉行大檢閱，作家分作一年總結報告》，《新華日報》，1940 年 12 月 29 日。

心的問題。通俗化問題的討論，早在武漢時期就已經開始。文協在武漢召開過座談會，討論「怎樣編製士兵通俗讀物」，包括民眾和士兵所需要的通俗讀物是否一致，是否應該利用舊形式來製作新東西。到重慶後，製作通俗文學仍然是文藝界討論的熱點。魏猛克《抗戰以來的中國文藝界》指出通俗文學這一問題的重新提出，是戰時環境的需要。顧頡剛則從如何適應抗戰需要與民眾的要求、如何選定主題與題材、什麼是舊形式以及對舊形式的運用等方面，闡釋了如何寫作通俗讀物。黃芝岡的《我對於「舊形式」的幾點意見》針對文藝界對「舊形式」不同看法，認爲抗戰文藝工作不僅是「坐而談」，更要「起而行」，「不在行動中團結起來，卻專向理論上作仔細的吹求，我以爲是很不好的。」〔註30〕

　　在這一話題上，既有理論的探討，又有創作的實踐。在通俗文學創作道路上探索最力的新文學家是老舍。老舍是通俗文藝有力的倡導者，自武漢時期起，就開始了鼓詞、相聲等民間文藝形式的創作，以配合抗戰。文協到重慶後不久，於 1938 年 10 月 31 日成立了第一期通俗文藝講習會。講習會由老舍、何容、老向、趙紀彬、蕭伯青分別擔任指導，老舍講授「通俗文藝的技巧」，何容講授通俗韻文的用字與聲韻，老向講授「文藝宣傳」，蕭伯青講授民間歌唱的譜調及通俗韻文如何與音樂配備的問題。

　　老舍最看重的是通俗文藝對民間形式的利用，他多次提到用民間藝術資源來創作抗戰時期的新的通俗文藝。他曾在《論通俗文藝》中提出，要寫好通俗文藝，「必須有熱誠，認清了爲誰寫」，即創作要忠實於觀眾，而非專門表現自己。要達到這一目的，首先是「儘量採取民間成語，寧可忠於聽眾，而使文字吃虧」；其次「不要一下子把世界大勢和政治問題等等全搬進來，因爲述說這種東西非用許多經濟的或政治的專門用語不可，使作者無法下筆。」〔註31〕也即是用老百姓所能理解的方式和詞彙來宣傳抗戰，而不僅僅是講大道理，只有這樣，才能讓抗戰的影響力及於廣大鄉村，讓更多的普通大眾瞭解抗戰。

　　抗戰期間，老舍創作了大量的通俗文藝作品，如鼓詞、拉大片等。老舍不但寫鼓詞，還很注重鼓詞的表現形式和效果。他向山藥旦（富少舫）學習

〔註30〕黃芝岡：《我對於「舊形式」的幾點意見》，《抗戰文藝》第 2 卷第 10 期，1938 年 11 月 12 日。

〔註31〕老舍：《論通俗文藝》，《老舍全集》第十七卷，北京：人民文學出版社，2008 年，第 152 頁。

京韻大鼓，琢磨鼓詞和音樂的結合。他創作的鼓詞，經藝人富貴花唱出來，「雖是出自一個女子的口中，但是歌詞中仍帶有威風凜凜，氣壯山河的聲勢。」〔註32〕

對通俗文藝創作的地方性問題，老舍也非常有感受。老舍是通俗文學創作最力的作家，同時也是深諳通俗文學創作難度的作家。在抗戰時期，他寫過鼓詞、河南墜子、舊劇等等。在創作河南墜子時，老舍用北平俗語創作，結果很多用語和詞彙為唱河南墜子的藝人無法明白。他由此感受語言在通俗文藝創作中的重要性，如果失去語言的地方性，「無論在言語上，還是在趣味上，它就必定也失去它的活躍與感動力。」〔註33〕

作家魏猛克建議，應該注意「牆頭文藝」，即將文字作品寫在出來貼在街頭巷尾，甚至遙遠的鄉鎮。因為真正的「民眾教育家」恰恰是那些站在牆腳下，仰起頭，張開嘴的老百姓。他們喜歡站在牆腳看，也喜歡坐在茶館吹牛。看完牆報以後，轉身到茶館一坐，就會滔滔不絕做公開演講，無形中就達到了宣傳、教育的目的。〔註34〕

在作品中採用當地老百姓熟悉的方言，無疑是能夠更迅速的擴大作品的影響力，起到對民眾的宣傳教育作用。重慶人最喜歡的曲藝形式之一金錢板在戰時產生了不少關於抗戰的作品。金錢板是四川民間藝人說唱藝術的一種，表現形式靈活快捷，能夠深入到街頭巷尾。金錢板向來在四川是貧苦百姓謀生的手段，被視為粗鄙俚俗的賣藝，和真正的文學作品相比尚有相當大的差距。但是，在抗敵宣傳中，金錢板通俗易懂貼近民眾的優勢一下子展現出來，成為抗敵宣傳的重要方式之一。「下江人」可能對這一表演形式並不瞭解，卻也開始關注「金錢板」。趙清閣主編的《彈花》第三卷第四期登載了秦光銀所做的金錢板唱詞《劉寅生》，講述劉寅生為國從軍打日本的英雄故事。

金錢板的創作題材在抗戰時發生了較大的變化，增加了大量和抗戰有關的作品。其中以永川民教館館長周敬承所做的抗戰金錢板系列在地方上頗有影響力。周敬承所做的抗戰金錢板系列，內容均和抗日救亡有關，其中有講

〔註32〕陳紀瀅：《三十年代作家記》，臺灣：成文出版社，1970年，第26頁。
〔註33〕老舍：《八方風雨》，《老舍全集》第十四卷，北京：人民文學出版社，2008年，第387頁。
〔註34〕魏猛克：《從牆腳下談起》，《中央日報》，1939年9月2日。

述日本進犯中國的「日本侵略中國的略史」、「盧溝橋事變後戰況及慘狀」，有
反應前線戰場戰鬥情況的「北戰場」、「西戰場」，有直接勸誡後方民眾，批評
國人自私冷漠的「中國民族的弱點」、「要狠自己狠」等；有響應國民政府號
召，鼓勵大家爲抗戰出錢出力的「當義勇壯丁去」、「多買救國公債」等。

　　這批作品全部採用四川方言，用的都是老百姓非常熟悉的日常口語，且
充分發揮了四川民間直言不諱又幽默詼諧的風格，把要講述的歷史和抗戰救
亡的道理用淺顯有趣的方式表現出來。如在文中對抗戰前線將領的帶兵打仗
的戰績做出眞實評價，「朱德改用游擊戰，把兵衝進平型關。／截著日兵用大
刀砍，砍得日本兵心膽寒。」「馮玉祥指揮這條線，老將出馬神鬼膽寒。」對
抵抗不力的將領則直言不諱的批評，「劉峙指揮這根火線，作戰不力退河南。
／聽說中央把他辦，不知性命全不全。」周敬承還用金錢板勸誡四川民眾，
不要局限在個人利益中，「四川是復興民族根據地，甚麼東西都出齊。／不但
出油鹽和麥米，並出金銀銅鐵錫。／人口男女七千萬幾，比日本還要多得些。
／不過是大家開通風氣，少數人民智識還低。／只知道自己顧自己，只顧自
己衣和食」；「可歎許多老百姓。尤其是多少鄉壩人，／國家大事不愛聽，糊
里糊塗過一生。」〔註35〕

　　採用四川老百姓耳熟能詳的民間藝術模式進行宣傳，更能爲本地老百姓
所接受，效果和以前相比有了很大的提高。四川方言的使用也拉近了「下江
人」和本地人之間的距離，政治學校的學生出去宣傳，穿著制服，說著半生
不熟的四川話，在茶館和飯店裏演講，「老百姓不因此和我們隔膜」〔註36〕，
下江來的學生們也並未受到白眼。

2. 地方戲劇的改革

　　地方戲劇的改革，也是運用舊形式的重要方式之一。政治部文化工作委
員會爲突進地方戲劇的改革，曾舉行「地方戲劇實驗公演大會」，邀請平劇、
川劇、楚劇、豫劇等地方劇種表演其代表作，以研究用地方劇推動抗戰宣傳。

　　到四川後，「下江」作家們接觸得最多的地方劇種自然是川劇。田漢曾
與郭沫若、賀綠汀一起觀看川劇《柴市節》、《情探》和《斷橋》，看後的印

〔註35〕周敬承：《金錢板第三編》，《抗戰大後方歌謠彙編》，重慶：重慶出版社，2011
　　　年，第46頁。
〔註36〕王覺源編：《戰時全國各大學鳥瞰》，上海：獨立出版社，1941年，第39頁。

象是「四川前輩改革戲劇有點只求題材好、文句雅馴，而忘了戲劇的藝術性。」
〔註37〕馮亦代一到重慶就迷上了川劇，「雖然每天晚上街頭的鑼鼓聲擾人清
夢，但是它的小鑼聲卻似勾了我的魂。」〔註38〕川籍作家對川劇的感情更爲
深厚。陽翰笙在重慶期間，有機會就去聽川劇。1943 年 9 月，鄭伯奇因父親
病重需要回陝西老家，臨行前將搜集到的一套川劇唱詞共 21 種贈送陽翰笙。
陽翰笙如獲至寶，非常開心。看到這些唱詞，他就回想起年輕時在成都聽川戲
的情景，並自認「川劇之於我，影響實在大得很！」〔註39〕1943 年 10 月 17 日，
陽翰笙帶著女兒在文工委的駐地永興場看川劇，劇目是《盜金菊》。看的人非常
的多，陽翰笙看後感覺演得太不像話，「較之我兒時在鄉中所看的戲，眞實差得
太多。這也可見四川農村的貧困究竟到了什麼地步！」〔註40〕川籍作曲家沙梅
也喜歡聽川劇，他曾拉著陽翰笙和胡風談川劇，「邊談邊唱、邊唱邊做，簡直是
一種入了迷的樣子。」沙梅醉心西洋音樂，但這絲毫不影響他對川戲的興趣，
在他看來，「川戲無論從哪一方說都要比其他的舊戲高出百倍。」〔註41〕

　　不過這些作家們對川劇的興趣還只停留在愛好上，眞正從理論和創作上
將川劇作爲研究對象的作家不多。嘗試過用四川方言創作的「下江」劇作家
有洪深。洪深所領導的演劇團經過的內地鄉村，這些鄉村並不具備演劇的環
境，也就逢年過節時演一兩次川戲，條件好的地方有神戲臺，條件差的地方
就只有土臺。但洪深所帶領的劇團一路上用四川方言演四幕話劇《包得行》
七十餘次。鄉村老百姓雖然對話劇形式不甚瞭解，但是熟悉的方言，熟悉的
抓壯丁的故事情節，反倒吸引了不少的人。連洪深都不得不感慨，「他們的一
般反應如此誠懇，論斷劇中的人物與行事如此頂眞，遠非都市看客的消遣——
——至多鑒賞——的態度所可比擬，不能不使我私感，話劇在這裡才獲得它的
眞正知己！」〔註42〕這樣的演劇讓地方老百姓眞的是感同身受，劇中所講抓
壯丁的故事情節本就與鄉下老百姓生活現實高度契合，再加上語言採用了本

〔註37〕田漢：《柴市節・情探・斷橋》，《田漢文集》第十五卷，北京：中國戲劇出版
　　　　社，1983 年，第 87 頁。
〔註38〕馮亦代：《抗戰，在重慶》，《馮亦代文集・散文卷》第二卷，北京：中國友誼
　　　　出版公司，1999 年，第 472 頁。
〔註39〕陽翰笙：《陽翰笙日記選》，成都：四川文藝出版社，1985 年，第 193 頁。
〔註40〕同上，第 206 頁。
〔註41〕陽翰笙：《陽翰笙日記選》，成都：四川文藝出版社，1985 年，第 228 頁。
〔註42〕洪深：《戲劇官》，《洪深文集》第四卷，北京：中國戲劇出版社，1988 年，第
　　　　529 頁。

地方言，在觀看的過程中容易產生代入感。劇情、語言的貼近顯然更容易提升觀看者的興趣，引發他們的眞實情感。

下江作家關注地方戲劇的改革，「地方戲劇」並未限定僅僅爲四川重慶的戲劇，而是包括了全國多個地區的劇種。在有關地方戲劇改革的討論中，「下江」作家對川劇有所關注，也有實踐，但更多停留在好奇、欣賞的層面。在理論和創作上思考最多的是川籍作家。尤其是周文，他自 1937 年 10 月回到成都後，多次觀摩抗戰話劇的演出，發表系列關於地方文學和川劇的文章，先後撰寫有《談目前通俗文學的重要》（1938 年 3 月 20 日《戰潮》第 1 卷第 1 期）、《談四川戲》（1938 年 6 月 1 日《文藝陣地》第 1 卷第 4 期）、《唱本・地方文學的革新》（1938 年 7 月 1 日《文藝陣地》第 1 卷第 6 期）、《舊形式中藝術的創造》（1938 年 7 月 30 日《文藝後防》第 3 期）、《四川話劇的提起》（1938 年 12 月 1 日《文藝月刊・戰時特刊》第 2 卷第 8 期）。1939 年有《展開方言文學運動》（1939 年 2 月 16 日《筆陣》創刊號）、《再談方言文學》（1939 年 5 月 1 日《筆陣》第 5 期）。

周文論述的主題主要包括舊形式、地方文學和方言劇等三個方面。在舊形式利用的討論中，他提出「地方文學的革新」。周文認爲，文學大衆化的口號提出多年但收效甚微，唯有方言文學、地方文學的提出，才能實實在在的解決問題。周文所提出的「地方文學的革新」包含了形式革新、內容革新、方言土話等。成都文藝界曾經出版過通俗報紙《錦江新聞》，並有專門登載川戲、小調、彈詞、山歌、唱本的《星芒報》。《星芒報》較之《錦江新聞》無論在編排上還是內容上都更完備，銷路更廣，但仍只著重於宣傳。在周文看來，文學要深入大衆，必然是方言文學的確立。

周文深諳川戲的結構和特色。四川戲中的高腔戲和故事唱本是老百姓最喜愛的民間文學。四川戲中的高腔戲唱詞往往是口語，隨便一個四川人都能聽懂。在唱的時候，幫腔者高昂的吼聲能夠有助於渲染劇情，從而吸引聽衆。唱本則分七字句和十字句，中間插一段說白，做前後的交代。唱本的內容以農村流行的封建傳奇故事爲主，完全使用方言土語。

抗戰以後，四川戲的藝人們順應時勢，開始了對戲曲的改良，「從前在服裝上好像非蟒袍藍衫之類不成其爲戲的，現在西裝革履也可以在臺上出現了。」劇目也發生了變化，產生了和時代主題接近的新戲，如《槍斃李服膺》、《漢奸的孤女》、《漢奸的報酬》，《滕縣殉國記》，《臺兒莊大捷記》等等。當然，這些戲劇應宣傳的需要而作，未免都顯得簡陋。從劇本形式上看，都是報告劇，劇本內容根據消息和通訊改編而成。因此，周文認爲熱心救亡的文

化人應該編製更正確更完美的劇本,既改良川戲,更總要的是深入到農村做動員民眾的工作。〔註43〕

　　當然,也有作家對這種將「方言土語」應用於文學創作的方式是否可行提出了質疑。魏猛克認為方言土語的文字很多是口語,能發音卻不能寫出來;而且「舊瓶裝新酒」的提議並不一定適用於農村,因當時農村的兒童已經會熟練的唱《義勇軍進行曲》,可見農村人知道的並不只是地方戲劇。〔註44〕

　　無論是「下江」作家對通俗文學的運用和實踐,還是周文對四川地方文學的探討,看似都屬於抗戰時期通俗文學發展的大背景之中。但事實上,如果仔細辨析,我們還是會發現其中的差異。對下江作家們而言,掀起通俗文學討論的高潮是離不開抗戰這個大環境的。因為抗戰宣傳的對象,是廣大的普通民眾,農民、士兵、城市的市民等等,他們對抗戰不甚瞭解(尤其是大後方的民眾),要達到宣傳的效果,必須採用老百姓喜愛的方式。無論是對詞語的使用、方式的選擇等等,出發點都是需要民眾的接受。

　　周文關於方言文學的觀念自然離不開抗戰文藝宣傳的大背景,但同時他也指出,方言文學並不是抗戰才有的話題,而早已是一個「常識」。抗戰全面爆發前的 1935 年的大眾語論戰中,就已經有過熱烈的討論。如今重提方言文學,自然是抗戰動員的需要。抗戰要真正取得勝利,必須發動大眾。發動大眾的重要手段之一就是用文學去啓發大眾,要讓大眾聽得懂,聽得明白,方言是重要的工具。

　　周文重提方言文學卻不囿於抗戰宣傳,更看到了方言在整個文學創作中所發揮的作用。例如,周文認為方言可以豐富普通話,豐富文學,讓文學更加生動。方言土語中那些意味深長的「煉語」,「恰如文言的用古典,聽者也覺得趣味津津」,「可以做得比僅用泛泛的話頭的文章更加有意思」〔註45〕。其次,以四川方言文學創作為例,四川劇在城市和農村所取得的成績,和普通話相比,所得到的成績顯然更顯著。而在小說創作中,周文以 1938 年成都出版的部分小說為例,認為方言小說的創作儘管在技藝上不十分純熟,「但因為裏邊用著許多恰當的方言,使作品增色不少,讀起來頗有清新之感……」〔註46〕

〔註43〕周文:《談四川戲》,《文藝陣地》第 1 卷第 4 號,1938 年 6 月 1 日。
〔註44〕魏猛克:《清談與實際》,《中央日報》,1939 年 9 月 2 日。
〔註45〕周文:《再談方言文學》,《周文文集》第 3 卷,北京:作家出版社,2011 年,第 303 頁。
〔註46〕同上,第 304 頁。

　　抗戰時期關於通俗文學的討論非常熱鬧，無論是實踐還是理論成果都很多，這脫離不了時代的背景，即戰爭宣傳動員的需要。尤其是在重慶，下江作家極力推動和實踐通俗文學，但其出發點和戰爭密不可分。另一方面，作家的創作實踐和自身語言環境緊密聯繫的，即使身在重慶，他們日常創作所使用的語言依然是自己熟悉的語言。如前面所述老舍的通俗文藝創作，依然是用他熟悉的北平俗語。而且，老舍非常有意識的保持自己對北平語言的感覺。在重慶，受語言環境影響，不少「下江人」在言談中不自覺的會使用「川語」，但老舍則始終不說川語，保持一口純正的京片子。

　　顯然，在通俗文學的熱潮中，能有意識的採用四川方言創作的下江作家非常稀少。洪深的話劇創作雖然在表演中取得了明顯的效果，卻也未能有進一步的探索。儘管重慶是陪都，關於文學創作和理論的各類中討論也在陪都進行著，但是對四川方言文學的重視仍然來自四川作家。這固然因為四川作家擁有對四川方言的語言優勢，但從中也不能不看出下江作家對四川地方文學和語言在某種程度上的距離。

　　在抗戰初期的成都，已經有以發表方言文學為主的報紙和雜誌，如以登載通俗作品為主的《星芒報》、《錦江新聞》；富有地方色彩，語言多四川土話的半月刊《學生文藝》；〔註47〕周文、劉盛亞、王白野等於 1938 年創立的《文藝後防》等。這些刊物均有意識的做四川地方文學的推介和革新工作。反觀重慶，雖同是四川重要城市之一，儘管對四川地方文學的提升有所期待，卻始終未能有更進一步的實踐。其中的緣由，固然是複雜的，成都是四川文化的中心，川籍作家多居住成都，重慶則居住的以下江作家為多等等。另一方面，「下江」作家倡導通俗文學和舊形式的運用，但對他們身在其中的重慶，對巴蜀文化卻未能投注更多的熱情。

三、疏離：下江作家交往空間

　　下江作家熱切的投入到對民眾的抗敵宣傳之中，深入到鄉村、茶館，並積極參與各類社會活動。但僅就文藝界人士自身的交往而言，卻又在生活中呈現出和重慶地方文化及生活方式的某種疏離。昔日友誼，同窗同事之情，在重慶繼續延續。下江作家們彼此交往的途徑和方式有多種，有通過官方或者社會團隊組織的聚會，如文協、文化工作委員會、國民黨中央文化運動委

〔註47〕周文：《最近成都的文藝活動》，《抗戰文藝》第 2 卷第 1 期。

員會、中蘇文協等，他們組織的座談會或者集會是陪都文人聚會、交往的重要空間；有報紙、雜誌召集的集會；有作家們個人私誼之間的聚會。

不同的聚會有不一樣的特點。文藝團體組織的集會一般規模大，其主題無不與當時抗戰救國時代要求相關，顯得相對嚴肅。參與者眾多，既有國民黨文人，也有共產黨的文人，動輒幾十人、上百人，常常不同黨派和文學觀念的文人、政府官員都同時出現在這類集會上。會後往往有豐富的餘興節目，從而成爲作家們在戰時難得放鬆的時刻。

報紙、雜誌召集的聚會，其話題多與文學相關，抗戰文學的發展、文藝家的生存等等，都是這類聚會關注的話題。作家個人的交往則更體現出個體的觀念和興趣，參加者往往是三五好友。在戰爭年代，朋友間的暢敘顯得異常的珍貴和充滿溫情。對下江作家而言，是他們在戰時所能獲得的難得的情感慰藉。

1. 文藝團體的座談會

在陪都重慶，各類社會團隊常常組織針對文藝界的座談會、集會等。這些集會通常具有參與者眾多、規模龐大等特點。其中，以文協、中蘇文化協會、中央文化運動委員、文化工作委員會等文藝組織舉辦的聚會最爲多樣。

文協的座談會和茶會，除了討論文學話題，更是文協發揮照顧會員的「文藝界之家」的重要渠道。文協不僅在收入、住宿等生活問題上時刻關注會員，更注重會員之間的凝聚力。尤其是重慶交通不便，大家散居各處，平時很難見一面，因此，定期的聚會便成爲了文藝界人士相互溝通的重要方式。

下表是文協從 1938 年到重慶後召開的各類聚會的明細，從表中可以看出，文協召集的聚會眾多，在座談會和茶會之外，還有定期召開的一些會議，如自身會務的會議，如理事會、年會等，每年還有固定組織或參與的文協年會和魯迅紀念會。此外，文協作爲當時全國最大的文藝家組織，充分發揮了其對會員的關照，聯歡會、歡迎會等足以讓初到重慶的作家感到「家」的溫暖。

年份	時　間	主　　題	備　　註
1938	9月8日	茶話會	到40多位，老舍、姚蓬子、王平陵分別做報告
1938	9月25日	茶話會	①地點：國府路郭宅；②到40多位；③各部報告工作近況，並討論了一些文藝問題。

1938	10月2日	文化座談會，題為「抗戰文化之檢討」	①參與者：老舍、方殷、姚蓬子、魏猛克等；②由中蘇文化協會四川分會，通俗讀物編刊社、文協共同發起。
1938	10月12日	魯迅逝世兩週年紀念籌備會	會議地點：中蘇友好協會
1938	10月31日	第一期通俗文藝講習會	地點：朝陽街開智小學
1938	10月	文協第一次詩歌座談會	參與者：老舍、方殷、蓬子、袁勃、廠民、魚羊、魏猛克等十餘人
1938	11月4日	出版部臨時座談會，討論「如何建立淪陷區域的文藝工作」	①會議地點：文協會所②參與者：姚蓬子、黃芝崗、魏猛克、華林、方殷、老舍、金滿成、陳鳳兮、宋之的、葛一虹、梅林、王平陵、端木蕻良、戈寶權、胡紹軒、向林冰等
1938	11月6日	茶會	①會議地點：永年春；②主題：招待新近來渝的理事和通俗文藝講習會學員③參與者 50 餘人
1938	11月12日	文協理事會	
1938	11月25日	第二次詩歌座談會	參與者：老舍、姚蓬子、方殷、廠民、高長虹、李華飛等
1938	12月14日	與通俗讀物編刊社召開通俗文化運動座談會	到會 20 餘人
1939	1月10日	詩歌座談會	①到詩歌界作曲界 30 餘人②胡風、賀綠汀做報告
1939	1月25日	歡迎茶會	①參與者 40 餘人；②王禮錫、陽翰笙、鄭伯奇、王平陵、姚蓬子做報告
1939	2月2日	文協理事會，決定各地設立分會，舉辦晚會	
1939	2月6日	第五次詩歌座談會	參與者：胡風、老舍、戈矛、袁勃、蓬子、王禮錫、方殷、何容、廠民、王平陵、程錚、趙象離、安娥、魏猛克、魚羊等
1939	2月8日	研究部部務會	
1939	2月	國際宣傳委會員首次會議	參與者：王禮錫、王平陵、戈寶權、鄭伯奇、安娥等
1939	2月	小說座談會	參與者：胡風、宋之的、羅蓀、歐陽山、草明、姚蓬子、梅林、鄭伯奇、楊騷、王平陵、謝冰瑩、崔萬秋等

1939	3月1日	第六次詩歌會	參與者：羅烽、蓬子、安娥、孫鈿、李華飛、陶生、袁勃、魚羊、程鏵、胡風、王禮錫、老舍、常任俠、方殷、何容、廠民、沙蕾、楊騷、賀綠汀等
1939	3月14日	聯歡晚會	地點：領事巷康公館
1939	4月9日	週年會	①地點：陝西街留春幄；②參與者160餘人
1939	4月15日	第二屆理事會第一次會議	
1939	4月18日	第二屆理事會常務理事會	
1939	9月15日	北碚會員茶話會	①地點：北碚；②參與者何容、老向、陳子展、王潔之、方白、馬宗融、胡風、方令孺、魏猛克、向林冰、端木蕻良、蕭紅、靳以、王冰洋等
1939	12月16日	設宴歡迎南北兩路慰勞團歸來的代表	
1939	12月23日	招待返渝戰地訪問團，作報告	青年會禮堂
1940	2月3日	詩歌晚會	①中蘇文化協會②老舍、常任俠、方殷、靳以、沙雁、李輝英、華林、戈茅、王亞平、胡風、葛一虹、任鈞、光未然、梅林、羅蓀、鄭伯奇、高男、曾克、臧雲遠、丘琴、盧鴻基、馬宗融
1940	2月21日	第一次戲劇座談會	胡風、臧雲遠、鳳子、黃芝崗、海尼、萬籟天、辛漢文、葛一虹、張西曼、王泊生、章泯
1940	3月23日	第二次詩歌晚會	①國民外交協會②老舍、胡風、臧雲遠、王亞平、常任俠、孫師毅、鳳子、光未然等
1940	4月7日	文協成立二週年重慶會員大會	①國泰飯店；②百餘人出席
1940	4月14日	第三次詩歌晚會	①中蘇文化協會；②胡風、郭沫若、光未然、方殷、高長虹、臧雲遠、高蘭、常任俠
1940	9月2日	北碚分會會議	
1940	10月20日	魯迅紀念晚會	中蘇文化協會
1940	10月21日	歡迎美國畫家拜克和女記者格萊辛	中蘇文化協會
1940		理事會議，討論出版與研究工作	中蘇文化協會

1940	10 月 27 日	詩歌晚會	中蘇文化協會
1940	11 月 10 日	戲劇晚會，怎樣表現主題與怎樣創造人物》	中蘇文化協會
1940	11 月 17 日	小說座談會	中蘇文化協會
1940	11 月 23 日	一九四一年文學趨向的展望座談會	
1940	11 月 24 日	第二次詩歌	艾青、徐遲、高長虹、任鈞、王平陵、姚蓬子、老舍等
1940	12 月 7 日	茶會，歡迎新到渝作家	中法比瑞同學會
1940	12 月 21 日	兒童文學組報告會	
1940	12 月 22 日	第三次詩歌晚會	中法比瑞同學會
1941	2 月 21 日	義賣會員字畫為勞軍籌款	新蜀報
1941	3 月 15 日	改選第三屆理事	張家花園
1941	3 月 27 日	文協三週年紀念會	中法比瑞同學會
1941	4 月 26 日	聯歡會	廣東酒家
1941	5 月 30 日	第一屆詩人節	①中法比瑞同學會②郭沫若、老舍、陽翰笙、潘梓年等 200 餘人
1941	10 月 19 日	魯迅逝世五週年紀念會	抗建堂
1942	1 月 1 日	茶話會	
1942	1 月 14 日	詩歌座談會	老舍、姚蓬子、安娥、任鈞、方殷、柳倩、王亞平、臧雲遠、
1942	3 月 26 日	紀念文協成立四週年	廣播演講
1943	3 月 27 日	成立五週年紀念會	
1943	4 月 1 日	新選出的理事會	中國文藝社
1944	4 月 15 日	座談會，討論有關文藝與社會風氣等問題	①文運會；②老舍、胡風、茅盾、馬宗融、姚蓬子、王平陵、李辰冬等
1944	4 月 16 日	第六屆年會	文運會

1944	5 月 14 日	首次文藝欣賞會	文化會堂
1944	8 月 15 日	晚會	
1944	10 月 20 日	常務理事會，援助貧病作家	
1944	11 月 25 日	晚會，歡迎來渝作家	
1944	12 月 16 日	茶話會，歡迎來渝作家	中國文藝社
1945	5 月 4 日	文協成立七週年和第一屆文藝節大會	
1945	5 月 5 日	文藝欣賞會	青年館
1945	5 月 10 日	召開新選出的理事監事會議	

　　文協召集的聚會最常採取的是茶會和座談會模式。座談會的召集由文協的研究部負責，研究部工作的開展以兩個時間段最活躍，一是從文協到渝之後的 1938 年底至 1939 年 5 月前；其次是 1940 年霧季至 1941 年春。前一階段成立研究部組織了詩歌、小說、戲劇座談會，第二階段組織了詩歌、小說、戲劇晚會，以及戰地文藝活動討論晚會、馬雅可夫斯基逝世十週年晚會、魯迅先生紀念晚會等。座談會有不同的主題，涉及對抗戰文學作品類型的發展的討論，如詩歌、小說座談會，在前一階段，以詩歌座談會召開次數最多，前後共計 6 次；還有通俗文化發展、抗戰文化的回顧以及後方抗戰文藝工作建設問題等。

　　文協的座談會有意識的推動抗戰文藝的發展，實現文學服務抗戰的目的，討論的角度一方面圍繞抗戰文學自身的建設，一方面則是如何去推進和展示抗戰文學。按照老舍的說法，是遇到文藝上的問題，就召集座談會來討論，討論的結果就發表在報紙上，或者會刊上。以詩歌討論會為例，從 1938 年 10 月起，短短的大半年，詩歌討論會舉行了 6 次，出席者有詩人、小說家和文藝評論家。關於抗戰詩歌的發展，討論的主題先後有「我們對於抗戰詩歌的意見」（1938 年 11 月，第二次詩歌討論會），「抗戰以來詩歌創作之檢討」（1938 年 12 月 15 日，第三次詩歌討論會）、「詩與歌的問題」（1939 年 1 月 10 日）。「詩與歌的問題」座談會，是一次擴大會議，參與人數眾多，胡風在會上談了戰爭以來的詩，他讚揚了戰爭以來詩人們作品脫離了形式主義傾

向，表現了詩人在客觀生活中接觸到的客觀形象，在創作中通過客觀的形象
來表現主觀的情緒。但缺陷卻在於，概念化的傾向，詩人的感覺情緒不夠，
沒能真正貼近到生活與現象本身。他認爲真正的詩應該是「用真實的感覺、
情緒的語言、通過具體的形象來表現作者的心。」〔註 48〕其次，胡風在報告
中談到了抗戰以來詩的表現形式的變化，詩歌要能更貼近大眾，其表現方式
不能再局限於報紙和文學期刊，而要尋求新的發展方向，他提出的新的方向
有：①詩的朗誦運動；②詩畫展；③街頭詩運動；④利用民歌、童謠等舊形
式；⑤詩人多做歌，好的詩也能成爲好的歌。尤其是對於舊形式的利用，自
抗戰以來，舊瓶裝新酒的呼聲很高，對舊形式的利用成爲一股風潮。胡風對
這一現象並不反對，但他對在舊形式利用提出了疑問，即大眾化的語言和形
式可以補救詩人自身語言的不足，但要通過詩去表現複雜的生活，則必須對
舊形式加以改造和提高，僅僅是直接用舊形式是無法表現複雜生活的。

自武漢時期，對舊形式的利用，對詩歌在抗戰時期的積極作用，就已經
成爲大家關注的重點，1938 年《文藝旬刊》1～2 期就發表了《宣傳・文學・
舊形式的利用》，是胡風、艾青、聶紺弩、吳組緗等人的一次座談會記錄，就
已經對抗戰文學中利用舊形式這一口號提出了懷疑，作家們認爲爲了宣傳而
不得不利用舊形式，也應該是有限的利用，不能把宣傳和文學混爲一談。詩
歌在戰時受到關注，仍然是和詩歌這一文學形式的特徵是分不開的，戰時的
文學要深入到民眾，要能對大眾起到宣傳作用，詩歌能夠發揮很大的作用。

文協的座談會圍繞的主要是抗戰文藝中存在的問題，對當時文藝界關注
的熱點問題，如民族形式的討論、詩歌如何朗誦等等都有精彩的討論，這些
討論的結果，皆發表在報紙上或者會刊上。如小說晚會討論「抗戰三年以來
的小說」，記錄發表在《新蜀報》；「文藝的民族形式問題座談」記錄發表在《文
學月報》；1940 年 11 月《抗戰文藝》舉行座談會，主題是「1941 年文學趨向
的展望」。儘管老舍遺憾因爲經費有限，且戰時人員變動較大，這些討論最終
都止步於「談」，沒能將這些研究和討論印行專書，但這些討論對當時的抗戰
文藝還是起到了一定的影響。

文協通過座談會擬定了很多的辦法，推進抗戰文學發展。在詩歌方面，
決定出版《抗戰詩歌》，分別將抗戰以來詩歌、小說、戲劇的成績進行梳理，
寫成論文，介紹到國外，並選編各種代表作品，翻譯到國外出版。1940 年 10

〔註48〕胡風：《略觀抗戰以來的詩》，《抗戰文藝》3 卷 7 期，1939 年 1 月 28 日出版。

月 20 日舉行的魯迅先生紀念晚會上，與會者提議文協成立「魯迅研究會」。研究會由文協理事會組成，歐陽山負責，根據作家自願，從事魯迅研究工作，有優秀的研究成果將由文協從優給酬。籌備中的還有「中國文藝史研究會」，計劃是要邀請陪都及附近的學者參加，內容涵蓋文學史、文字史、戲劇史、舞蹈史、音樂史、繪畫史、雕塑史等，希望能成中國文藝史叢書。以上的計劃，對推動戰時中國文藝的發展無疑是由積極的作用，可惜都未能持續的開展下去。

文工委文藝活動具有濃厚的學術研討氛圍。這和文工委的成員結構是分不開的。文工委下面分了三個組，分別負責國際問題研究、文藝研究、敵情研究。每個組的成員，都有學者和文藝家。主任郭沫若、副主任陽翰笙、專任委員茅盾、田漢、洪深、鄭伯奇、翦伯贊、胡風、姚蓬子，以及各組的馮乃超、石凌鶴、光未然、賀綠汀、萬迪鶴、白薇、臧雲遠等，幾乎彙集了左翼文人的主要力量。文工委的內部常常組織各類的討論，並由委員們定期舉行小型的學習講座。1942 年，陽翰笙反覆在日記中提及，要文工委將工作精神側重在研究上，「多讀書、多寫作、多開研究會」〔註49〕，大概正是在這樣的背景下，潛心研究和寫作的文工委不但在學術上作出了成就，戲劇的創作更是在陪都劇壇大放光彩。1942 年鄧初民出版的《中國社會史教程》，郭沫若出版了《青銅時代》和《十批判書》；1944 年侯外廬出版了《中國古代思想學說史》。從文學作品上看，郭沫若、陽翰笙、田漢等都有豐碩的成績。尤其是郭沫若，抗戰期間迎來了其創作生涯的又一個高潮，在史學研究、歷史劇創作等方面都成就輝煌。

在重慶還頗為活躍的還有中蘇文化協會。中蘇文化協會的會長是孫科，副會長是陳立夫、邵力子，下設研究委員會，委員會主任是郭沫若，副主任陽翰笙、葛一虹。會中設有中蘇文藝研究會，分五個研究小組，分別是文學組，戈寶權和羅果夫負責；戲劇組，余上沅、宋之的負責；電影組，史東山、謝雅江負責；音樂組，安娥，盛家倫負責；美術組，魏猛克、豐中鐵負責。中蘇文化協會會刊是《中蘇文化》，是一份有關中蘇文化的綜合性學術雜誌，創刊於 1936 年。每逢中蘇著名作家的紀念日，協會都要舉行紀念活動，如高爾基、馬雅可夫斯基等的紀念日。陪都文藝界擔任著向國際傳遞中國抗戰文化和文藝的職責，1940 年 3 月 20 日，王崑崙代表中蘇文化協會宴請蘇聯作家

〔註49〕陽翰笙：《陽翰笙日記選》，成都：四川文藝出版社，1985 年，第 20 頁。

費德林科、米克拉舍夫斯基，參加的有老舍、郭沫若、陽翰笙、陳波兒、戈寶權、孫師毅等。12 月 8 日中蘇文化協會組織中蘇文化人聯歡會，參加的不僅有中方的郭沫若、老舍、陽翰笙、茅盾等，且有蘇聯的對外文化協會代表、使館顧問和塔斯社社長米海耶夫等。

　　陪都時期文藝界聚會的一個明顯特色是每次聚會後，都有精彩的餘興節目。這類餘興節目往往是高潮所在。餘興節目分很多類型，和文學關係密切的有朗誦節目，朗誦的內容有詩歌也有小說篇章。當時的重慶，朗誦的風氣盛行一時。人們在詩歌討論會上朗誦，在小說晚會上也朗誦。1939 年魯迅逝世三週年紀念會，何容朗誦紀念詩；1940 年 4 月文協舉行馬雅可夫斯基逝世十週年紀念晚會，會上光未然、常任俠、戈寶權、丘琴等朗誦馬雅可夫斯基作品；同年 10 月 20 日魯迅紀念會上，老舍朗誦《阿 Q 正傳》中的章節，常任俠朗誦《這樣的戰士》和《復仇》。1941 年的魯迅紀念會則由常任俠朗誦魯迅的散文詩，並由石淩鶴朗誦獨幕劇《過客》。

　　朗誦蔚為風氣，不但演劇團、歌詠隊和各種集會設有朗誦環節，連私人家庭聚會也把朗誦詩作為飯後餘興節目加以安排。第二屆詩人節的慶祝大會上，就曾朗誦屈原的《離騷》，光未然還朗誦了自己的《黃河之水天上來》，聽者眾多，把中蘇文化協會擠得水泄不通。老舍朗誦《駱駝祥子》，效果很好，黃芝崗覺得看《駱駝祥子》不如聽老舍自己的朗誦更受感動，他覺得朗誦有更大的存在可能，提出「小說也可在朗誦中取得新形式，完成新形式。」老舍對朗誦興趣濃厚，不但朗誦詩歌、朗誦小說，也朗誦劇本。潘子農說老舍每次完成劇本初稿，都要邀請熟悉的戲劇界朋友，親自認真朗讀，聽取意見。〔註 50〕《大公報》記者陳紀瀅一次邀約朋友聚餐，參加的有《大公報》主編張季鸞，以及曹谷冰、王芸生，以及新從前線來到重慶的姚雪垠、李輝英、田濤、碧野等。飯後，高蘭表演了朗誦詩，陳紀瀅多年後回想起來，評論高蘭「不但把每個字，每個詞彙送入聽者的耳鼓；而每句詩的感情，他也能予以適度的表達；所以他在朗誦的時候，自然而然的吸引住每位聽眾的注意力。似乎每個人都被他引入了他的詩的境界。」〔註 51〕

　　除了文學作品的朗誦之外，作家們往往發揮各自特長，表演節目，令聚

〔註 50〕潘子農：《舞臺銀幕六十年：潘子農回憶錄》，南京：江蘇古籍出版社，1994年，第 112 頁
〔註 51〕陳紀瀅：《三十年代作家記》，臺灣：成文出版社，1970 年，第 317 頁。

會氣氛輕鬆。以文協舉行的一次文藝界晚會爲例，有 200 多位文藝界人士參加，餘興節目原本有馬思聰的小提琴獨奏，可惜馬思聰生病未到。後改爲趙楓獨唱，豐禾子、孔包時演出蘇聯作家雅羅涅爾創作的獨幕劇《古屋黃昏》。1940 年文協舉行成立二週年重慶會員大會，盛大的茶會之後，「盧冀野的崑曲，高蘭、包起權表演一段京戲，只有老向的大鼓沒有登臺，陽翰笙的川劇因爲『臉皮薄』，亦未開口，然而大家已經是非常滿足了。」〔註52〕

陪都的報紙往往也將作家們在餘興節目中的表演作爲報導的對象。《中央日報》曾記錄了一次文協在北碚的聚餐會，聚餐的地點在北碚的北溫泉，參加的人有田漢、老舍、姚蓬子、陳子展、吳組緗、靳以、馬宗融、胡風、任光、賀綠汀、章泯、老向、方令孺、沈櫻、封禾子、趙清閣、艾青、以群、左明等二十餘人。席間「老舍與田漢領杯暢飲，直至大醉始休。」飯後，田漢和老舍合唱一齣「捉放曹」，後又獨唱「四郎探母」。田漢的豪邁感染了現場作家朋友們，不但獲得眾人的喝彩，《中央日報》還評論他「眞正藝術家風度，殊非別人所能及。」這樣山間林泉的集會，在戰前自是尋常，而在戰爭年代，更是在經歷的大轟炸之後，朋友間的這種聚會顯得殊爲可貴。

老舍是老北平，對北平情感深厚，因此對京韻大鼓、京劇都有非常深厚的研究。在重慶，老舍專門拜鼓書藝人富貴舫爲師，學習京韻大鼓。在很多聚會的時候，老舍爲大家唱京劇，他曾唱過《蘆花蕩》也曾唱過《弔金龜》，聽過他唱京戲的陳紀瀅稱讚他「聲調唱腔和已逝的龔雲甫及在世的李多奎非常類似。」〔註53〕

1940 年 12 月政治部舉行在中國製片廠舉行宴會，邀請陪都文藝界人士，到的作家、詩人、畫家、劇人、音樂家新聞記者三百多人。在這次會上，政治部部長張治中、文化工作委員會主人郭沫若等致辭，接著是歡樂的盛宴。會後的餘興節目則有話劇、琵琶獨奏、魔術和電影等等，參與者盡興而歸。同月，文化工作委員會召集的文藝界演講會上，最後也有張瑞芳朗誦魯迅《奴才、傻子和聰明人》，獨唱、新疆舞曲表演、業餘歌詠隊唱《黃河大合唱》以及著名魔術家傅潤華的表演等餘興節目，博得參與者的掌聲和讚美。〔註54〕

〔註52〕《北溫泉文協聚餐》，《中央日報》1940 年 4 月 10 日。
〔註53〕陳紀瀅：《三十年代作家記》，臺灣：成文出版社，1970 年，第 26 頁。
〔註54〕《用鋒刃之筆堅持抗戰，文藝界舉行大檢閱，作家分作一年總結報告》，《新華日報》，1940 年 12 月 29 日。

　　座談講演之後的餘興節目，似乎成了慣例，以致於召集者往往將「有餘興」作爲會議的重要內容，吸引文藝界人士的參加。如 1939 年中國文藝社和文協一起舉行文藝界辭歲晚會，並在《中央日報》發佈通知，其中專門提到辭歲晚會「備有咖啡茶點水果等，招待本市文藝作家，並有餘興，以資聯歡。」

　　有意思的是，積極參與座談會這類集會的作家，卻未必眞正樂意參加這些命名繁多的會議，凡到是有所抱怨。胡風是文協研究部主任、文工委的委員、中蘇文化協會的委員，很多的座談會都有他參加。他對於花費大量時間在各種會議上表示懷疑，「參加抗敵協會的詩歌座談會，到會的人眞不少，談話主要是圍繞抗戰時期詩歌創作問題，談得很亂。」「8 日下午到文協開研究部部務會議，一直開到五時餘，提出來需要做的工作眞不少，但是很難實行。」〔註 55〕一方面，他覺得「大家有機會在一起談論文藝問題，當然談是談不出什麼名堂的，不過能互相認識聯絡一下感情也好。〔註 56〕」另一方面他有感到會議耽誤了很多的時間，而且並沒有什麼實際上的成果：「除了尋覓口糧以外，有時每天開一個會，有時整天的談話，討論。只是，這些會，這些談話，這些討論，到底有什麼結果呢？不但事後，連事中都覺得有些渺茫的事情，人是不會興奮或沉醉的，於是就更加昏倦了。」〔註 57〕

　　對於空談而沒有實際結果感到煩惱的，不止是胡風，老舍也有同感。他總結文協的座談會，只做到了「談」，卻沒有實際的結果。這當然是因爲戰時人員變動太大，且有沒有專門的經費來，就算有再理想的計劃，執行起來就會困難重重。戰時重慶各類會議種類多，座談會、聚餐會、茶話會、歡送會、歡迎會、聯歡會，有抱怨者說多到前無古人後無來者。

　　爲什麼這麼多的會議？人們樂於開會，「我們贊成集會，我們愛參加集會，個人工作的成功有限，集體合作的效用無窮。」〔註 58〕要集體合作，團結力量，就需要溝通和聯絡感情，這樣自然各類會議就應運而生。但對參與者而言，一方面固然是希望通過集會，借由團隊的力量達到參與抗戰的目的，但另一方面，如此眾多花費時間和精力的會議，對部分參與者不能不說是疲於應付。一般來說，黨政部門多開會，文學藝術家們是很難有多的耐心和精

〔註 55〕胡風：《胡風回憶錄》，北京：人民文學出版社，1997 年，第 154 頁。
〔註 56〕胡風：《胡風回憶錄》，北京：人民文學出版社，1997 年，第 207 頁
〔註 57〕胡風：《寫在昏倦裏》，《中國抗日戰爭時期大後方文學書系・第五編》第二集，重慶：重慶出版社，1989 年，第 1438 頁。
〔註 58〕鳳兮：《會》，《中央日報》，1938 年 11 月 6 日。

力花銷在開會這件事上。偏偏抗戰的需要，文藝界要參與到抗戰大潮中，也不得不採用這一形式，以達到宣傳、動員和組織的目的。老舍曾希望在抗戰結束後給自己的書齋命名為「不會齋」，因為抗戰期間開了太多的會，把這一輩子的會都開完了，但願以後不要再開。

戰時文藝界的座談會是文藝家們在動盪時期彼此聯誼的重要手法之一，作家們平時散居四處，加之重慶交通不便，很難有機會聚在一起。每逢文藝界的聚會，對大家不啻是一個相互交流，彼此問候的最好的時機。不過，對於身在重慶的作家們而言，這類聚會往往還脫離不了政治的干擾。國共兩黨都意識到陪都諸多文藝界人士的影響力，因此，在召集這類聚會的時候，往往成為了兩黨統戰的手法之一。

以中央文委為例，其講座帶有明確的統戰目的，想把文化人納入到自己的群體之內。中央文委因係國民黨管轄的文化機構，又有主管文化的張道藩作為負責人，其成立之緣由在「促進文化工作動員，統一步驟、集中人才」，目的要從推進民族文化之心理的、倫理的、社會的、政治的、經濟的五項建設，「建立中華民族新文化為終極鵠的」〔註59〕。中央文委在文化活動的開展上，內容是最豐富的，但每一項活動都目標明確。舉行座談會、慶祝會、歡迎會，為的是「以期喚起社會注意，俾工作易臻開展」；舉辦聯誼會，為的是「為敦睦道誼齊一步伐」；每月第一周在中央廣播電臺進行文化動態廣播，旨在「溝通全國文化信息」；編印雜誌和叢書，發行《文化先鋒》和《文藝先鋒》兩種雜誌，出版《三民主義之文化運動》、《抗戰四年來之文化運動》、《科學化運動》、《文藝論戰》、《民生哲學精義》、《文化建設新論》、《從軍手冊》等；為提倡戲劇寫作，1943 年發起舉辦優良劇本年選，並對獲獎的劇本進行獎勵；設置文化招待所，在重慶曹家庵為各地文化工作者來渝短住提供宿舍等等。

當然，我們也不能誇大中央文委、文協和文化工作委員會各類活動的政治目的。畢竟，在重慶的作家們的身份是多重的，一個作家可以在不同政治色彩的文化機構中擔任職務。中央文化運動委員會成立時，其委員最多的時候達到 259 人，囊括了不少文藝界知名人士，如丁西林、方令孺、王平陵、王向辰、王芸生、王雲五、王進珊、田漢、安娥、朱光潛、吳文藻、宋之的、余上沅、李辰東、何容、沈雁冰、易君左、宗白華、胡庶華、胡秋源、洪深、

〔註59〕中央文化運動委員會：《四年來之中央文化運動委員會》，第 1 頁。

姚蓬子、梁實秋、張靜廬、張恨水、徐仲年、賀麟、曹禺、曹谷冰、陸晶清、郭沫若、舒舍予、華林、陽翰笙、雷震、劉英士、趙友培、趙太侔、趙清閣、熊佛西、黎烈文、鄭用之、謝冰心、盧冀野、歐陽予倩等。其中，老舍擔任了文藝組組長，謝冰心任副組長。委員並非專任，都是兼職。中央文運會作為國家文藝宣傳機構，這份長長的委員名單，陣容齊全，有左翼文藝家，有國民黨黨內作家，也有中間派的作家。洪深、田漢、茅盾、姚蓬子等同時還是文化工作委員會的專任委員，老舍也擔任了兼職委員。文藝界的集會，無論主辦者是誰，國共兩黨在陪都的文化官員常常是同時出席，作家們的多重身份說明了國共兩黨的對立並沒有戰後那般劍拔弩張。

2. 以報紙和雜誌為中心的交往空間

在公共場合之外，以個人興趣和學緣、地緣等為紐帶，報紙、雜誌同樣是他們重要的交往平臺。報紙、雜誌、出版社同樣是下江作家們交往的重要渠道，因報紙和雜誌的辦刊理念，這樣的聚集更能顯示出下江作家們個人性情和其文學興趣。陪都報紙眾多，有名氣的副刊不少，需要文章的地方也多。因此，對報紙而言，即使作家匯聚重慶，看似不愁稿源，但要爭取到理想的作家賜稿，對報紙副刊編者而言仍然是一項重要任務。雜誌和報紙有類似之處，不過雜誌因其明顯辦刊特色，或因主辦者明顯的辦刊偏好，其吸引的作家往往具有非常相似的文學觀念和興趣。

在重慶，報紙和作家之間保持著密切的聯繫，作家的稿件決定了刊物的銷路，無論是非常有名的下江媒體還是有實力的本地媒體，無不意識到作家稿件對刊物的影響程度。為此，各媒體會邀請作家們聚會，聯絡感情，索取稿件。1940 年 1 月 3 日，《新華日報》為歡迎文協參加南北兩路慰勞團的作家勞軍勝利歸來，在報館召開座談會，邀請參加慰勞團的老舍、姚蓬子、宋之的、陸晶清、李輝英等講述慰勞團一路的經歷，徵求作家們對《新華日報》的意見。同年 1 月 19 日，《大公報》召開新詩漫談座談會，邀請老舍、力揚、丘琴、臧雲遠、方殷、高蘭、戈茅、王亞平、光未然、常任俠、沙雁、陳紀瀅等參加；24 日《文學月報》在國泰飯店招待作家，有 60 餘人出席，老舍、姚蓬子、胡風、郭沫若、陽翰笙、王平陵、宋之的等都出席；27 日，《新蜀報》在匯利飯店舉行「蜀道」首次座談會，討論如何保障作家戰時生活問題，老舍、華林、葛一虹、羅蓀、王亞平、方殷、陳紀瀅、高蘭、沙雁、臧雲遠、陳曉南、光未然、王平陵、韓侍桁、胡風、趙清閣、鳳子、陽翰笙、陳白塵、

趙銘彝、高長虹、陸晶清、梅林、徐仲年、周欽嶽、姚蓬子等出席。11 月 2
日，《戲劇春秋》雜誌社在重慶天官府街舉行戲劇的民族形式問題座談會，老
舍、郭沫若、陽翰笙、杜國癢、胡風、鄭伯奇、陳望道、茅盾、孫師毅、洪
深等 30 多人參加。《大公報》對作家保持關注，當姚雪垠、田濤、李輝英等
從戰區來到重慶，《大公報》記者陳紀瀅就設宴請他們聚會，請他們講述在戰
區的故事。

　　《新民報》的陳銘德和《新蜀報》的周欽嶽有相似之處，如「江湖中人，
說話痛快，處事大方，拿得起放得下」﹝註60﹞，同樣與文藝界人士過從密切。
1942 年 1 月，為籌募設立郭沫若獎學基金，陽翰笙致電周欽嶽，希望能夠得
到周欽嶽支持。周欽嶽答以與陳銘德會商後再聯名請客。由此可見周欽嶽和
陳銘德和文藝界之間緊密的聯繫。

　　上述種種無不拉近了報紙雜誌和作家們之間的距離，這在無形中為報紙
雜誌的稿源提供了保證。胡風到重慶後，《新民報》登載了他到重慶的信息，
還請他吃飯，開座談會；《全民抗戰》請吃飯；1939 年舊曆年除夕，《新民報》
總編陳銘德請吃飯；《大公報》副刊編輯陳紀瀅請吃飯。在胡風初到重慶的一
段時間內，忙碌之餘，仍然寫了不少短文，「為《新華日報》寫成《從義賣獻
金想起的》，為柳湜編的《全民抗戰》寫了《關於風氣》，為《新民報寫了一
篇短文，還為《國民日報》的徵文寫了一百多字的答案……」這些文章顯然
有為了完成朋友的稿約而為。

　　白象街的《新蜀報》報館是老舍霧季在城裏的住所，因著和《新蜀報》
的關係相對緊密。縱觀老舍在陪都時期發表在《新蜀報》上的文章，1938 年
計有 1 篇，1939 年計有 1 篇，1940 年計有 12 篇，1941 年計有 5 篇，1942 年
計有 3 篇，1944 年計有 1 篇，總共在新蜀報上發表文章 23 篇。很明顯，1940
年老舍在《新蜀報》上發表文章最多，其中 1 月 1 日、2 日、4 日皆有老舍作
品。1940 年老舍創作的長詩《劍北篇》有 5 節發表於《新蜀報》。1942 年 6
月 10 日老舍創作的五幕話劇《歸去來兮》在《新蜀報》連載，至 6 月 29 日
連載結束。《新蜀報》作為地方報紙，發表這麼多老舍的作品，一方面當然與
姚蓬子當《新蜀報》副刊編輯有關係，另一方面也與老舍住在《新蜀報》報
館不無聯繫。

﹝註60﹞ 陳紀瀅：《抗戰時期的大公報》，臺灣：黎明文化事業股份有限公司，1981 年，
　　　　第 11 頁。

　　其實，無論是《新蜀報》、《新民報》還是《大公報》，以座談會或者交流會或者宴請的方式和文藝界人士進行交流，雖拉近了和作家之間的聯繫，但並沒形成固定的交往網絡。而部分雜誌爲中心的文人交往，往往匯聚了一群志同道合的作家，從而形成了相對固定的群體。這樣的交往方式在現代文學史上並不少見，在抗戰時期的重慶最具代表性的就是圍繞胡風的《七月》、《希望》作家群體的交往。

　　胡風在重慶期間因擔任文協研究部的主任，是文藝界各種活動的活躍分子。可是胡風對文藝界的座談會、集會有時並不是樂意參與的，而視之爲不得不爲之的任務。如胡風日記中記載，1944 年 3 月 25 日進城，「談文協年會論文內容，被推擔任執筆。」同年 4 月 15 日進城，「與乃超、茅盾一道到作家書屋，會齊老舍等討論論文。夜，開文協座談會……」。〔註61〕4 月 16 日，又參加文協的年會，宣讀論文《文藝工作的發展及其努力的方向》。關於這些不得不參加的文藝活動，胡風屢屢形容爲「跳加官」〔註62〕，即不得不爲之的工作。1944 年 6 月 25 日的端午節爲詩人節，胡風給舒蕪信中說自己「明天得進城爲詩們跳加官，天氣這樣壞，正所謂不做無聊之事何以遣有涯之生了。」〔註63〕在同一時期給路翎的信中，他也頗爲無奈的說「這樣的雨天，我明天還得進城。就是爲了跳那樣的加官。」〔註64〕在胡風心中，這類場面上的事情是不得不做但卻又是自己並不喜歡做的事情，早在 3 月份的一封信中，他就曾說到，「即如這幾年的跳加官罷，實際上應該失陪，或者簡直跳他一個魔鬼之舞的，但卻一直混在蛆蟲裏面。」〔註65〕

　　但是，和年輕作家們在一起的時候，胡風卻是另一番感受。這從他與七月派青年作家們的通信中可以看出來。胡風較愛寫信，就目前整理出版的《致路翎書信全編》和《胡風致舒蕪書信全編》統計，僅 1943 年～1945 年間在重

〔註61〕胡風：《胡風致舒蕪書信集》，北京：中華書局，2014 年，第 15 頁

〔註62〕「跳加官」，中國傳統戲曲正戲開場前的一種儀式，演員出場時頭戴相紗、面具，身著大紅或黃色或綠色加官解袍，手執一迭條幅，上書「天官賜福」、「加官進爵」、「一品當朝」、「富貴長春」等吉祥詞語。表演者和著場面鼓樂的節奏，靈活運用各種誇張性身段、步法，循著獨特的舞蹈程序，欣然起舞，邊舞邊「跳」，邊向臺下逐一展示條幅上的吉祥詞語，擺出各種富有塑型美的亮相架勢，形成莊嚴而熱烈的藝術效果，藉以向觀眾表示祝賀與歡迎。

〔註63〕胡風：《胡風致舒蕪書信集》，北京：中華書局，2014 年，第 24 頁。

〔註64〕胡風：《致路翎書信全編》，北京：大象出版社，2004 年，第 34 頁。

〔註65〕胡風：《胡風致舒蕪書信集》，北京：中華書局，2014 年，第 15 頁。

慶寫給路翎的有 37 封，1943 年～1946 年間寫給舒蕪有 74 封。這些通信的內
容主要以討論刊物的發行、文章的修改和對文壇問題的討論爲主。但這些討
論涉及文章的發表，個人的心情，無不與當時重慶文壇的氛圍息息相關。以
1944 年胡風給舒蕪的信件爲例，1944 年胡風共計寫給舒蕪信件 30 封，舒蕪
寫給胡風的有 46 封。當時胡風任職於文化工作委員會，居住在重慶賴家橋；
舒蕪則任職於位於南溫泉的中央政治學校（1944 年底舒蕪前往江津白沙，擔
任於國立女子師範學院副教授，1944 年 11 月以後的信件就是由江津白沙郵往
賴家橋）。胡風大部分的信件寫於鄉下的賴家橋，他在信中暢談讀書和看稿的
心得，並對舒蕪的文稿進行點評。在和青年朋友交往中，胡風完全沒有了在
集會中應酬時的焦慮和不安。

3. 朋友間的交往

在所有的交往中，朋友間的往來最能反映作家眞實的一面，沒有應酬，
完全處於眞情。內心世界和社會角色之間會出現不同的情感，有時充滿著內
在的矛盾和衝突。

老舍在重慶擔任文協總務部主任，各方的事務都少不了他的參與，是文
藝界的活躍分子。連張恨水都免不了調侃他爲「我的朋友老舍」，可見其繁
忙。且文藝界朋友對老舍熱心文協皆感到敬佩，稱其「忠貞熱忱，大可欽佩」
〔註 66〕。在聚會的場合，老舍常常爲朋友們表演京劇、相聲等，其開朗、
幽默、熱情給人留下深刻的印象。不過在和老友相聚時，卻恰恰展現出他內
心苦悶的一面。1938 年魯迅逝世兩週年紀念，臺靜農從江津白沙到重慶。
老舍善飲，舊友重逢免不了要暢飲一番。臺靜農到的當晚，即三個人喝了一
瓶茅臺。過幾天，又幾個朋友喝紹興酒，至到喝得老舍「死命的要喝時，可
是不讓他再喝了」。〔註 67〕此次相逢，臺靜農感覺到了老友的變化，「他已
不是青島時的老舍了，眞個清癯了，蒼老了，面上更深刻著苦悶的條紋了。」
〔註 68〕臺靜農離開青島是在 1937 年 7 月，他們這次相見是在 1938 年的 10
月，相別不過一年。顯然生活和環境給予老舍太大的壓力，才會造成如此巨

〔註 66〕葉聖陶：《葉聖陶抗戰時期文集》第一卷，北京：人民教育出版社，2005 年，
　　　　第 93 頁。
〔註 67〕臺靜農：《我與老舍與酒》，《抗戰文藝》第 9 卷第 3、4 期合刊，1944 年 9 月
　　　　出版。
〔註 68〕同上。

大的變化。這樣的變化，如果不是特別熟悉的朋友，是很難看出來的。羅常培是老舍的從小的朋友，1941 年到重慶見到老舍，印象同樣是「清癯」，不過「神采奕奕的風度、突梯滑稽的辭令，並沒有因爲穿著一身灰色土布的中山裝而絲毫減色。」一番暢飲之後，眞情流露，羅常培感受到了老舍的艱難，「我們很佩服他獨立不倚的人格，很同情他苦心支撐『文協』的精神。」〔註 69〕老舍在維持文協過程中所付出的艱辛和心思深深打動了朋友。通過老朋友們的視角，老舍在重慶生活期間的精神上的苦悶才得以讓我們感知。

　　有學者運用布迪厄的場域理論考察都市知識分子共同體，認爲：「從知識分子共同體的內部關係來考察，每一個知識共同體也是一個具有自主性的場域，他們是由一群擁有共同慣習的知識分子所組成的，共同的意識形態或學歷出身、知識類型、道德價值、文化趣味、生活品味使得他們物以類聚。」〔註 70〕對共同體的選擇，往往就能辨別出知識分子個體的價值目標和生活方式。即使在戰爭年代，知識共同體的影響同樣存在，即使因戰爭衝破了彼此的聯繫，改變了生活環境，但只要在一起，立刻就能將相同的人群吸引在一處，回到昔日熟悉的場景和話題之中。這無疑讓身在異鄉經歷戰亂的人們倍感親切和不易。

　　梁實秋戰時居於重慶北碚，其住所「雅舍」雖然簡陋，卻勝友如雲。在他的《北碚舊遊》中，有一同任職於教育部教科用書編輯委員會同事，其中多才華卓絕之士，彼此間詩詞唱和，書畫往來，樂在其中。雅舍門前有一塊空地，「春秋佳日，月明風清之夕，徐景宗、蕭柏青、席徵庸三位輒聯翩而至，搬籐椅出來，清茶一壺，便放言高論無所不談。有時看到下面稻田之間一行白鷺上青天；有時看到遠處半山腰鳴的一聲響冒出陣陣的白煙，那是天府煤礦所擁有的川省唯一的運煤小火車；有一次看到對面山頂上起火燒房子，清晰的聽到竹竿爆裂聲。」〔註 71〕即便是清談，在梁實秋的筆下也有悠然的意境。戰爭年代生活辛苦，對於遠離故土親人的「下江人」，能夠有三五知己擁爐促膝長談無異於人生樂事。

〔註 69〕羅常培：《老舍在雲南》，《羅常培文集》第五卷，濟南：山東教育出版社，2008年，第 64 頁。
〔註 70〕許紀霖：《近代中國知識分子的公共交往》，上海：上海人民出版社，2008 年，第 15 頁。
〔註 71〕梁實秋：《北碚舊遊》，《梁實秋文集》第四卷，廈門：鷺江出版社，2002 年，第 223 頁。

　　方令孺請梁實秋吃飯，盡興之餘，方令孺歎息：「最樂的事莫如朋友相聚，最苦的事是夜闌人去獨自收拾杯盤打掃地下，那時的空虛寥落之感眞是難以消受啊！」〔註72〕冰心到重慶後住在歌樂山，從歌樂山到北碚距離並不算遠，但在戰時交通極不方便的情況下，要在歌樂山和北碚之間的往返並不容易。冰心仍然分別在 1944 年 4 月、1945 年的元旦節以及同年 12 月到北碚和好友相聚。1945 年的元旦，冰心到北碚住在雅舍龔業雅處，「夜中撥火閒談，『倒很寫意』。」〔註73〕一次宴飲之後，冰心曾提筆將梁實秋喻爲「雞冠花」，「培植尚未成功，實秋仍須努力」。後來方令孺則將其改爲「梨花」，認爲梨花更與梁實秋淡泊風流的性格相合。方令孺在青島就與梁實秋相熟悉，並且是梁實秋筆下的「酒中八仙」之一；冰心則是梁實秋去美國讀書時就是好友，其餘如顧毓琇、吳景超則都是清華舊友，他們之間的故事後來都成爲梁實秋抗戰生活中的美好的記憶。由此可見，梁實秋戰時在北碚的朋友往來中，其清華學友佔據了很重要的成分。

　　此外，下江作家在重慶喜歡流連於自己熟悉的場所。葉聖陶初到重慶，最常去的是朋友李誦鄩開的酒樓，「酒座中多『下江人』，初則識面，繼而問名，迄於最近，多成熟識。」〔註74〕異鄉相逢，聆聽鄉音，讓初到重慶的「下江人」倍感親切。儘管茶館才是四川人經常出入的重要社交場合，不過隨著「下江人」的湧入，下江的生活方式也在重慶得到了體現。據 1943 年重慶市警察局的統計，重慶市中區有大小餐食館 1700 餘家，其中中西餐館 900 餘家。按中西餐食業同業公會會員名冊記載，260 餘戶會員中有沙利文、心心咖啡等西餐廳、咖啡店約 30 餘戶。

　　在重慶的上海文人們依然可以保留著對咖啡廳的濃厚興趣。下江文化人中，來自上海、南京的作家和電影界人士佔了極大的比例。政治部文化工作委員的成員，大多是 30 年代的左聯作家，他們在上海時期就已經與電影界有著密切的關係。陽翰笙和田漢曾是藝華電影公司的主要劇本創作人，石凌鶴曾擔任《申報》、《電影副刊》的編輯，洪深曾任明星公司顧問。正是有著這樣的基礎，1941 年，在陽翰笙的努力下，文化工作文員會在重慶組織成立了

〔註72〕梁實秋：《方令孺其人》，《梁實秋文集》第三卷，廈門：鷺江出版社，2002年，第 499 頁。

〔註73〕冰心：《冰心書信全集》，北京：人民文學出版社，2010 年，第 223 頁。

〔註74〕葉聖陶：《葉聖陶抗戰時期文集》第一卷，北京：人民教育出版社，2005 年，第 27 頁。

中華劇藝社（簡稱「中藝」），囊括了應雲衛、陳白塵、陳鯉庭、辛漢文、劉郁民、孟君謀、賀孟斧，並集合了一批優秀的演員。咖啡廳曾是上海左聯成員談話、接頭的重要場所，有學者認爲「咖啡廳和『左聯』之間存在著一種聯想式的關係」〔註75〕。魯迅所寫的《革命咖啡店》，稱創造社的成員們「住洋房、喝咖啡」，更讓人將這群知識分子和咖啡廳之間聯繫在了一起。咖啡廳是上海十里洋場的標籤，是西化的生活方式的表示。來到重慶後，這批上海來的文化人還保留著往日喜愛進咖啡廳的習慣。從陽翰笙抗戰時期日記中，常常可見他和朋友們去咖啡廳的記錄。1942 年 1 月 2 日晚與應雲衛、孟君謀在莫斯科咖啡館飲咖啡，「商談中藝今後工作，至深夜始歸。」〔註76〕張恨水一度批評作家未能深入社會，以爲談農村爲最時髦的專家，往往住在城裏的洋樓上，並未到農村而能理解農村，並由此聯想到「普羅文學家在咖啡館裏開座談會，也就不足爲怪了。」〔註77〕

　　1944 年 9 月間，葉聖陶和昌群去沙坪壩拜訪豐子愷。飲酒閒談之際，欣賞了豐子愷所藏的崑曲唱片《遊園》，「『良辰美景』『賞心樂事』等句，昌群謂蕩人心魂。子愷賞平劇之聲調，余與昌群則言崑曲尤美妙，子愷謂將試賞辯之。余因以此片之曲文寫出，供子愷按字聽之。自崑曲轉而談宗教、談藝術、談人生，意興飆舉，語各如泉，酒亦屢增。三人竟盡四瓶，子愷有醉意矣。共謂如此之會良不易得，一夕歡暢，如獲十年之敍首。余知子愷蓋頗有寂寞之感矣。」〔註78〕一曲《遊園》引來幾位文人滔滔不絕的暢談。《遊園》固然「蕩人心魂」，更重要的是在遠離江南的重慶，在逃難之際，這首曲子將聽者帶往昔日熟悉的生活場景，喚起是心中最美好的記憶，讓他們暫時忘卻現實的苦難。聊天的主題由崑曲平劇轉而到宗教、藝術、人生，在動盪歲月中，當生存成爲他們生活中的第一要務，吃著平價米，住在簡陋至極的抗建房，文學藝術的話題仍然是最能讓他們沉醉和開心的話題。其實，在這一日之前，葉聖陶和豐子愷已經見過面，9 月 5 日爲開明書店董事會豐子愷即從沙坪壩入城，一直住到 8 日董事會結束。期間葉聖陶和豐子愷多次見面，

〔註75〕許紀霖：《近代中國知識分子的公共交往》，上海：上海人民出版社，2008 年，第 246 頁。
〔註76〕陽翰笙：《陽翰笙日記選》，成都：四川文藝出版社，1985 年，第 4 頁
〔註77〕張恨水：《雨後感》，《新民報》，1940 年 3 月 18 日。
〔註78〕葉聖陶：《葉聖陶抗戰時期文集》第三卷，北京：人民教育出版社，2005 年，第 153 頁。

開會聚餐等等。因此，再次見面的興奮和激動來自於久違的崑曲，葉聖陶稱自己也曾收藏有這張崑曲片，「且熟習者也」。顯然葉聖陶對豐子愷的這張唱片嚮往已久，因此才「請取出觀之」。如果沒有這場戰爭，崑曲、平劇、藝術、宗教都是他們生命中不可或缺的構成。即使在戰時，對文學藝術的追求依然活躍在生命的最深處，只需一個話題就能使壓抑的熱愛迸發出來。「一夕歡暢，如獲十年之敘首」，葉聖陶頗為瞭解朋友心緒，言及豐子愷的寂寞，其實他自己何嘗不寂寞。寂寞中有昔日好友暢談，也就難怪「意興飆舉，語各如泉」了。

在陪都的文人常常既是作家又是政府公務員，或任職新聞界，不少人都有其政治傾向和看法。但在日常的生活中，黨派之爭有時未必如我們所想的那樣壁壘分明。即使對國家和政治有不同的看法，相互仍有交集，甚至做朋友。例如梁寒操擔任國民黨中宣部部長，郭沫若、陽翰笙等任職的文化工作委員會多為進步文人，在政治上顯然不屬於同一陣營，不過彼此間除了公務外，依然有交往。1943 年 12 月劇協召開理事和監事聯席會，會議結束後，陽翰笙到梁寒操家。當時同行的還有郭沫若、杜國癢、茅盾等。大家在梁寒操家中吃飯，梁寒操家的廚藝顯然非常出色，令人印象深刻。以致於陽翰笙在當天的日記中寫道：「在寒操夫婦殷勤的招待下，我吃了一頓豐富的晚餐，特別是那碗紅燒牛腩，確係陪都廣東館子裏吃不到的名品。」〔註 79〕

陳紀瀅和孔羅蓀是多年的好友和同事，在陪都時期，他們同時任職於東川郵政管理局。與此同時，陳紀瀅是《大公報》編輯，孔羅蓀則自己創辦了《文學月報》。孔羅蓀充滿左翼色彩，對此，作為好友的陳紀瀅並不認同，認為羅蓀的文章實在「左得很」，並曾加以勸阻。當然，陳紀瀅的勸阻是沒有任何效果的，可是這並不影響兩人的友誼。在生活上，「我倆還是照常接近。一塊兒看話劇，一塊兒聽平劇，一塊兒應酬，還時不時到他家打個小牌。」〔註 80〕通過這些例子，可一窺陪都文化人多元的交往網絡，其中有既往社會關係的延續，又有在戰爭環境中新的社會關係的建立，以及由於對政治、文學看法的改變而帶來的人際關係的變更。

〔註 79〕陽翰笙：《陽翰笙日記選》，成都：四川文藝出版社，1985 年，第 225 頁。
〔註 80〕陳紀瀅：《記羅蓀》，《三十年代作家記》，臺灣：成文出版社有限公司，1980 年，第 220 頁。

小　結

　　人的社會關係如同交錯縱橫的網絡，走向社會、深入民間從事抗敵宣傳和動員，是時代對作家們的要求，更是知識分子對自身職責的認知和擔當。在抗戰期間，無論是從事社會活動、撰寫文章還是埋首學問，國家、民族的復興始終是那一代知識分子不可忘懷的奮鬥目標。通俗文學的創作和改良，地方文學的實踐等等，都是爲實現這一奮鬥目標的選擇。不僅如此，文藝界人士在戰時社會扮演了重要角色，作家、學者不再是在書齋中埋首創作和研究，而是開始和大眾接觸，通過講座、演講等方式，激勵民眾，喚起大眾的凝聚力。

　　與此同時，在陪都重慶，文藝界自身的各類活動頻繁，召集者既有文協等社會團體，又有文化工作委員會、中央文委等政府文化機構。這樣的聚會，給戰時的「下江」作家提供相互交流、瞭解的平臺，同時也成爲國共兩黨有意識的拉攏文藝界人士的重要手段。

　　但是，對於漂泊在重慶的「下江」作家們而言，最令他們放鬆和眞情流露的，則是昔日好朋友之間的聚會。在個人生活中，無論是飲茶還是聽曲，他們都依然保留著往日的愛好。從這個角度看，下江作家對四川地方文化的感受無疑是疏離的，也就是說，儘管他們身在重慶，在長江嘉陵江環繞的這座半島城市中生活，但對這座城市文化的理解始終是保持著一定距離。

第二編　他鄉與現實——下江作家在重慶的文學書寫

第四章　下江作家的重慶生活：貧困、疾病和死亡

　　縱觀整個抗戰時期，無論是在大後方的重慶、昆明還是桂林，由於受到戰爭和經濟形勢惡化的影響，知識分子無不陷入生存的重重壓力之中。重慶不是唯一經受通貨膨脹的城市，但重慶是陪都，是國民政府所在的地方，因此，通貨膨脹帶來的惡劣效應更讓人感到觸目驚心和失望。有研究認為，戰時生活受大後方通貨膨脹影響最大的群體，恰恰是依靠薪金生活的公職人員，大學教師、政府公務員和軍官等等。相比較而言，在戰時重慶，農民、手工業者、工廠工人和其他私營企業雇員等受教育程度較低的民眾，反而受通貨膨脹影響相對較小。〔註1〕在重慶的下江知識分子，其生存條件在戰時和戰前巨大落差讓他們不得不將更多的精力用於如何生存下去這樣的現實問題上。在戰爭之前，不少作家擁有窗明几淨的創作環境，有足夠的經濟條件去滿足自己的興趣愛好。在重慶，研究柴米油鹽，絞盡腦汁如何讓一家人能夠活下去，與不斷上漲的物價博弈，才是他們生活的重要部分。

　　和貧困相伴隨的，則是更令人恐懼的疾病。因重慶城市環境和衛生條件落後，老鼠猖獗，垃圾如山，「下江人」的到來更導致人口高度集中，從而不斷引發疾病。家人、朋友的疾病甚至死亡，都令在貧困中掙扎的人們更加煎熬。疾病帶來的不只是經濟壓力，帶來的還有重重壓力，離鄉背井中所感受到的絕望和無奈。

〔註1〕周錫瑞、李皓天主編：《1943：中國在十字路口》，北京：社會科學文獻出版社，2016年，第273頁。

與此同時，作家們不得不面對出版環境的變化。戰前已經穩定的版稅、稿酬制度在戰時無法得到保障。在大後方，書籍盜版，或者未經作者知曉同意就擅自出版的現象並不少見。隨著物價的上漲，稿酬成為作家重要的收入來源，但物價的變動令稿酬的購買力也隨之變動。作家們開始為維護自身權益進行呼籲，通過文藝界座談會，與出版界的交流等等，爭取保障作家權益。陪都國民政府為緩解作家困境，設立了文藝獎助金委員會，對作家創作、作品出版予以支助。預支稿費，以一斗米的價格核算稿酬，都成為這時期常見的現象。

但政府的支助是及其有限的，在經濟惡化的大背景下，根本無法緩解整個知識分子群體的困境。環境的困頓帶來文學創作上的變化，創作環境惡劣，不少作家居無定所，更難有一間屬於自己的書房；經濟的壓力迫使一些作家不得不努力的寫文章，甚至不得不寫短文，以求能夠迅速換取稿費。

一、貧困和疾病包圍中的知識分子

1942 年 6 月 3 日，陽翰笙到北碚，和鄭伯奇一起去看望黃芝崗，當時黃芝崗正在病中，營養不良，貧病交困。這引起了鄭伯奇和陽翰笙的無限感慨，鄭伯奇說：「我們每個文化人，都有這樣一個前途。」陽翰笙也認為，黃芝崗就是當時文化人境況的活標本。〔註2〕這個標本揭示了大後方知識分子共同面對的問題：貧困和疾病，以及隨時可能降臨的死亡。

梅林寫自己的朋友 M 君，一個性情爽朗、達觀、負責人的公務員，從武漢撤退到重慶，冒著轟炸的危險，丟盡所有，仍然爽朗、達觀、整潔一如往昔。就這麼一位在戰亂中逃難的公務員，即使在生命最危險艱難的時候，都一如既往的保持著自己的形象和對生活的信心，僅僅在重慶一年，再見時完全像變了一個人，「頭髮已白了一半，爽朗雖在唇邊保留一二分，達觀已從他的蹙著的眉頭逝去。」為什麼呢？從兩人的談話中可知，生活完全擊退了 M 君的信心，他糾結於每個月的薪水，吃軍米，湊合著過日子，關注抗戰什麼時候能勝利。當然，他的關注抗戰，已經和國家民族的存亡沒有關係，關注的是戰爭勝利帶來生活條件的好轉。日常生活前所未有的成為擺在人們面前的現實，甚少關心柴米油鹽的知識分子，也不得不研究起物價的漲跌，在瑣碎的日常中消耗時間。

〔註2〕陽翰笙：《陽翰笙日記》，成都：四川文藝出版社，1985 年，第 50 頁

重慶知識分子生存環境的惡劣並非從一開始就如此。至少在 1938 年期間，剛到重慶的「下江人」感受到的是內地和下江物價差異帶來的優勢，那時雖同樣是在戰時，但整體的生活水平仍尚未糟糕到衣食無著的境地。胡風一家到萬縣時，夫人梅志對萬縣很有好感，因為物價便宜，民風古樸。在文協擔任幹事的蕭伯青到重慶時最深的印象之一是重慶物價便宜，「流通的輔幣是當二百文的大銅板，一碗擔擔麵，價只一個銅板。」〔註3〕老舍剛到重慶住在青年會那段時間，常常在外面的飯館吃飯，又便宜又好。葉聖陶在信中告訴在上海的朋友，重慶日用品價格並不比上海蘇州便宜，但「橘子又賤又好盡可暢吃」；勞動力價格低廉，「轎子人力車均便宜。」〔註4〕

　　但這樣的景象是短暫的，武漢陷落後，越來越多的「下江人」來到重慶，再加上日軍對重慶的轟炸，重慶的物價不斷上漲。與此相對應的人們的收入卻未能跟上物價上漲的步伐。且因戰爭的封鎖，重慶與外界正常的商業交往被中斷，處於相對封閉的狀態。物資匱乏、物價上漲，都令人們的生活陷入困頓。另一方面，重慶市政設施相對落後，從飲用水到垃圾的處理，再加上無處不在的猖獗的老鼠，則對人的健康造成潛在的威脅。下江作家不得不在艱辛的條件下為生存而算計，他們的日常生活逐漸重慶化。下江作家和普通重慶市民一樣吃、住、行，隨著到重慶的時間逐漸延長，他們越來越適應重慶生活，習慣了住抗建房、吃平價米、出門爬坡上坎的日子。

1. 貧　困

　　戰時中國知識分子生活的貧困已經是歷史公認的事實。但我們仍然要再此對這一問題進行討論，尤其是生活在重慶的知識分子，他們與國家中樞機構在同一座城市生活，卻並未能因此獲得物質環境上的些許改善。和下江相比，重慶的衣食住行都有很大的不同。差異來自不同的地方習俗，更來自於貧窮下的無奈。

　　在抗戰全面爆發之前，有一定社會名望和經濟實力的文人大多擁有各自理想而安穩的居所。在上海，從作家住的是石庫門、洋房還是亭子間，就可以判定其生活的條件和社會地位。居住空間環境往往是個人社會身份、經濟實力的體現。可是，到了重慶，大多數的文人都住進了「國難房子」，要從居

〔註3〕蕭伯青：《老舍在武漢、重慶》，《新文學史料》1986 年第 2 期。
〔註4〕葉聖陶：《葉聖陶抗戰時期文集》第一卷，北京：人民教育出版社，2005 年，第 26 頁。

住條件判斷人的經濟實力，那就幾乎都脫不了「窮」。

葉聖陶在蘇州的家，是「新造的四間小屋，講究雖然說不上，但是還清爽，屋前種著十幾棵樹木，四時不斷地有花葉可玩。」〔註5〕豐子愷的緣緣堂不事雕斫，形式樸素，卻是主人精心營造的居所，裏面供養弘一法師所書《大智度論‧十喻贊》，珍藏書籍數千卷。豐子愷談及和緣緣堂的感情，「十分熟稔」，「只要一閉眼睛，便又歷歷地看見各個房間的陳設，連某書架中第幾層第幾本是什麼書都看得見，連某抽斗中藏著什麼東西都記得清楚。」清爽的小屋，四周花木扶疏，四時可賞玩，本身就是中國理想的居所。而這樣的居所，顯然是主人付出了諸多心血營造得到。豐子愷對緣緣堂的幾千上萬冊書和上百隻抽斗，居然閉上眼睛就能看清楚想見，因爲喜歡，所以才會熟悉。緣緣堂被稱爲「聖迹所在，麟鳳所居」〔註6〕，在作家心目中已經超越了尋常住宅的意義，成爲一種生活方式和文化理想的代表。

張恨水提到北平的住家，「一列白粉牆，高可六七尺，牆上是青瓦蓋著脊樑，由那上面伸到空氣裏去的是兩三棵棗樹兒，綠葉子裏成球的掛著半黃半紅的多瓜棗兒。樹蔭下一個翻著獸頭瓦脊的一字門樓兒，下面有兩扇朱漆紅板門……」〔註7〕如此的一個院落往往有十來間房，有電燈和自來水，靠寫作爲生的「耍筆桿兒」完全可以擁有一兩個院落。

胡風戰前沒有自己的獨立庭院，因爲經濟原因，他屬於住在亭子間的群體，且還住常常搬家。不過上海的亭子間雖小，設施卻很齊備，抽水馬桶、電話什麼的總是有的。和梅志結婚後，胡風每一次搬家，都爲了尋覓一處更適宜的居所。他曾在福熙路靜安寺路慈惠里找到一所大廂房，裏面有一大一小兩個房間，有衛生間，有讓娘姨住的閣樓，「正房很大並有兩面窗，一面向著哈同花園的廢墟，那裏仍有許多高大的樹木，給這屋裏帶來陰涼和清風。」〔註8〕儘管是租的房子，同樣令人感到舒適。

不管住在北平還是上海，即使經濟條件有差異，但無論購買還是租住，總還是有一處容身之所。且上海、北平等城市，作爲中國開風氣之先的城市，

〔註5〕葉聖陶：《抗戰週年隨筆》，《葉聖陶抗戰時期文集》第一卷，北京：人民教育出版社，2005年，第83頁。

〔註6〕豐子愷：《還我緣緣堂》，《中國抗日戰爭時期大後方文學書系‧第五編‧散文雜文》，重慶：重慶出版社，1989年，第30頁。

〔註7〕張恨水：《翠拂行人首》，《山窗小品及其他》，太原：北嶽文藝出版社，1993年，第198頁。

〔註8〕梅志：《胡風傳》，北京：十月文藝出版社，1998年，第302頁。

能夠為居住者提供良好的物質環境。但是，重慶這座內陸城市完全毫無準備的要接納來自下江的幾十萬人〔註9〕，居住環境立刻就成為問題。

　　首先是住房，對於任何打算在重慶居住的人，尋覓容身之所都是巨大的考驗。而緊隨而來的大轟炸，則讓尚未在重慶安頓下來的人們，不得不疏散到更遙遠的郊區。戰前的優越條件已經成為過去，他們必須像所有其他生活在重慶的「下江人」一樣，住在重慶簡陋的房屋中。四合院、洋房、亭子間的區分沒得了，在重慶大家都住相同的「國難房子」。這種房子擁有共同的特點，即以磚頭砌成柱子，用竹篾做夾壁，敷上泥灰，完全不用釘子，在上面走一步即可全樓震撼，人們將這類房子叫做「捆綁房子」，又名「國難房子」。

　　在重慶的「下江人」大多是在國難房子中度過戰爭歲月。不僅房子結構簡陋，且環境惡劣，這從作家們的住所名字，可領略重慶住房條件的惡劣。作家為自己住所取名，多有風雅韻味，但重慶時期作家們的書齋名字，卻毫無雅趣，無不是自身生活現實的反應。

　　老舍的在北碚蔡鍔路的住處名「多鼠齋」，意思很明顯屋內鼠患成災。「多鼠齋的老鼠並不見得比別家的更多，不過也不比別處的少就是了。前些天，柳條包內，棉袍之上，毛衣之下，又生了一窩。」〔註10〕四川老鼠兇猛，「下江人」無不印象深刻。住在多鼠齋的老舍，正在經歷著抗戰中情緒最低落的時期，寫了系列多鼠齋雜談，所談話題均是生活中最令人無奈之處。生平好喝酒，年輕時即吸煙，寫作時離不開茶，卻不得不戒酒、戒煙、戒茶；《最難寫的文章》、《最可怕的人》寫的是不得不應付的文債；《貓的早餐》、《衣》、《行》、《帽》從最日常的生活細節寫的戰時艱難。

　　張恨水的「待漏齋」則得自所住的茅草房下雨必漏。尤其夏季暴風雨來臨，屋角、案頭、床前、無處不漏。漸漸的，一家人有了經驗，「每谷風卷起，則太太取盆，公子索甕，各覓舊漏處以置之，作未雨綢繆」〔註11〕，「待漏齋」由此而生。而每逢大雨，家人以瓦器瓷盆接漏下的雨水，叮咚之聲如同雅奏。張恨水的《山窗小品》即多是在聆聽這大自然雅奏的過程中寫成的。

〔註9〕據《重慶移民史》，抗戰時期重慶出現了驚人的人口增長，從1937年的47萬餘人，增加到1945年的124萬餘人，8年間增加了近80萬人，重慶躍升為國民政府所屬人口最多的城市。

〔註10〕老舍：《多鼠齋雜談》，《老舍全集》第十五卷，北京：人民文學出版社，2008年，第401頁。

〔註11〕張恨水：《待漏齋》，《山窗小品及其他》，太原：北嶽文藝出版社，1993年，第21頁。

　　梁實秋的「雅舍」因其名一個「雅」字，不僅引人遐想。其實雅舍的名字來自朋友龔業雅的名字。房子本身並無雅可談，結構奇怪，火燒過的磚做柱子，上面蓋上木頭架子，頂上鋪瓦，四面編了竹篾牆，牆上敷泥灰，「遠遠地看過去，沒有人能說不像是座房子」。〔註12〕簡陋的建築無法隔音，真正能夠做到周邊一切聲聲入耳，「鄰人轟飲作樂，咿唔詩章，喁喁細語，以及鼾聲、噴嚏聲、吮湯聲、撕紙聲、脫皮鞋聲，均隨時由門窗戶壁的隙處蕩漾而來，破我岑寂。」〔註13〕至於重慶所有居住特色，夜晚滿屋亂竄的老鼠，又黑又大磕頭碰腦無處不在的蚊子，雅舍無不具備。

　　住在歌樂山潛廬的冰心是這樣描述她在重慶的住所的：「潛廬只在歌樂山腰，向東的一座土房，大小只有六間屋子，外面看去四四方方的，毫無風趣可言！倒是四圍那幾十棵松樹，三年來拔高了四五尺，把房子完全遮起，無冬無夏，都是濃蔭逼人。」〔註14〕冰心在昆明的住所名「默廬」，重慶住所名「潛廬」，無論「默」還是「潛」都表示了主人「靜伏」的願望。

　　豐子愷的「沙坪小屋」同樣是典型的「抗建房」，「籬笆之內，地皮二十丈，屋所佔的只六方丈」。張靜廬則將小屋提名為「慘廬」，一個「慘」字道出了主人的窘迫，其狹小的空間僅容納得下一桌一椅一幾，如果來三個客人，就有一人得站著，剩下一人還得把門掩上方能落座。

　　1939 年春夏日軍開始實施大轟炸，胡風一家搬到了北碚復旦大學附近的黃桷鎮，「離鎮約走十幾分鐘，走捷徑就得爬過一個坡，過一條乾溪溝。」這樣偏僻的兩間小房子，一年租金九十元。1940 年日軍轟炸北碚東陽鎮後，胡風一家又搬到附近東陽鎮的帥家溝，依舊是三間小土屋。結果搬家的第一晚就遭小偷光顧，家中衣服被偷。胡風感慨：「地上遭賊偷，天上還得挨轟炸」〔註15〕而新居所的環境也好不到哪裏去，屋後就是荒山義地，埋葬著轟炸中死去的人，空氣中聞到臭氣，連水井的水都有氣味。

　　以上作家的際遇並非個案，在重慶的茅棚草屋間掛出雪白的西裝襯衫、摩登旗袍，看起來非常的不相稱，但這一現代文明和古舊環境的結合，卻恰

〔註12〕梁實秋：《雅舍》，《梁實秋全集》第二卷，廈門：鷺江出版社，2002 年，第206 頁。

〔註13〕同上

〔註14〕冰心：《冰心全集》第三卷，福州：海峽文藝出版社，2012 年，第 319～320頁。

〔註15〕同上，第 197 頁。

恰是重慶居住環境最真實的寫照。

　　作家們不得不將平時裏的興趣愛好擱置，以往不屑於關注的日常生活中的瑣事，如今成為生活的重心。不事稼穡、不善計量的文人，為了生存也得挽起袖子為柴米油鹽計量。由於四川米珠薪桂，重慶的公教人員在抗戰時吃的都是平價米，一般的機關部門都為配發平價米。在車站碼頭，穿著破爛西服和中山裝的，拎著米袋子，「那就是公教人員帶平價米回家。」〔註16〕這份摻雜著石頭、稗子的平價米看似極不起眼，卻是很多家庭的救命糧食。

　　胡風所在的政治部文工委給每位專員和工作人員每月配給軍米三、四十斤。胡風夫人梅志說，胡風到文化工作委員會任職，不但解決了職業問題，「更重要的是還能領到一份軍米，我們才沒有因為 F 失業而成了餓殍。」〔註17〕《新民報》給編輯和工作人員配發平價米，張恨水常常從報社扛著平價米翻山渡江，把米運回南溫泉的家。從《新民報》報社到南溫泉，距離 20 多公里，中間隔著長江。公共交通極其有限，很多時候張恨水只能安步當車，背著米一步步走回去。曹靖華在家旁邊開闢荒地種菜，在家不但要劈柴、種菜，「還經常要到一二十里路外的磁器口背煤、背柴、背糧。」〔註18〕作家們一改讀書人手無縛雞之力的文弱形象，胼手胝足，如普通勞動者一樣為自己和家人的生活勞作。

　　作家們不但要親力親為的扛米背煤，甚至承擔為集體謀劃生活的重任。梁實秋擔任教科書編輯委員會合作社理事會的主席，每月為同事的米、油、糖甚至伙食籌謀。當時公教機關的物資採用供給制，定期都要派人到重慶的糧政機關領取。領回後按人頭發放，梁實秋必親自監視，並將餘下的米出售，將所售的錢平均分給同人。糖雖然不是必需品，但重慶的糖售價奇高，梁實秋利用私人關係，派人到內江採購砂糖，以低價售給編委會同人。合作社每月結賬清點盤存，也是由梁實秋負責，將帳目公開備查。如此種種，都是戰時特定環境的逼迫，如梁實秋所述，他不懂會計記帳，只會據實記錄每一筆賬。常常到月底結賬時，賬務出現偏差。即使虧損，梁實秋也將數字不符的情形記錄公開，從而獲得同人們的信任。陽翰笙擔任文化工作委員會的副主任，合作社的組織、雇員生活費的調整、福利周轉金的確定以及如何維持排

〔註16〕張伍編：《寫作生涯回憶》，《張恨水自述》，鄭州：河南人民出版社，2006年，第127頁。
〔註17〕梅志：《我與胡風》，南寧：廣西教育出版社出版，1999年，第75頁。
〔註18〕《曹靖華》，鄭州：河南美術出版社，1997年，第48頁

字坊工人同志生活等等，同樣是他寫作之餘必須解決的問題。類似這種事務性的經歷，看似距離文學創作、讀書非常遙遠，在正常的環境下，對文人而言，常常是避而遠之的。在戰時不得不爲之，卻也是難得的體驗。

這一時期不少作家和豬也有了密切的關係，有和豬比鄰而居的，有親自養豬的。四川農業發達，生豬養殖並不少見。可是從來君子遠庖廚，作家們向來只有在飯店中低吟淺唱呼朋喚友，哪裏想得到有一天會和豬發生如此親密的關係，甚至牽動著他們的情感。

胡風曾經與豬羊爲鄰，他在北碚的住處緊鄰羊欄和豬圈，「夜晚，只聽見豬叫聲，並傳過來一陣陣的豬潲泔水和豬屎尿的臭味。」〔註19〕錢歌川的心理落差更爲巨大，戰前他在上海的家中有三個抽水馬桶，「白瓷桶內常是儲著清水，沒有一點污迹，室內空氣流通，毫無氣味。」到了重慶，尤其是在郊區，再要如此的環境就已經是癡人說夢了。他的實際經歷是，農家沒有馬桶，更無廁所，人們的方便之處就是豬欄。這讓用慣了馬桶的錢歌川倍感煎熬，這是一種什麼樣的廁所？「欄中齷齪，名副其實。蒼蠅糞蛆，應有盡有。」在豬欄中出恭的過程無異於是一次難以忍受的折磨和膽戰心驚的冒險。作家生動描繪了自己的經歷：「蹲在糞溝的一個角上，把身體中的廢物排泄出來，使它和豬糞同流合污。那時你第一要當心的是不要失足，其次就要是你的大便沿著溝壁下去，不輕不重，恰到好處。」〔註20〕這是一段奇特的經驗描繪，既說明了中國地域之間各方面存在的巨大差異，也是「下江人」到重慶後需要克服的各種困難之一。在長期居住農村的人看來，這樣的生活方式習以爲常。對於上海用慣馬桶的人們來說，不啻是一種折磨。當然，這番經歷對作者而言還是很有價值的，有助於讓他更快的適應戰時生活。後來，當錢歌川定居樂山時，對馬桶就不再奢望了，痰盂就使他非常滿足。

梁實秋和豬打交道的經歷則沒有殘酷，相對而言還充滿樂趣。雅舍的工友黃嫂是本地農婦，她堅持要在雅舍養豬，因爲生活在傳統農業社會中的人們看來，沒有豬就不成爲家。畢業於清華大學，留美歸來的雅舍主人們拗不過這位四川農婦，只得在雅舍修造豬圈，養了一窩小豬。黃嫂每日「收集餿水，煮菜餵豬，屠豆催肥」做得津津有味，視養豬爲主要工作。作爲雅舍主

〔註19〕 胡風：《胡風回憶錄》，北京：人民文學出版社，1997 年，第 170 頁。
〔註20〕 錢歌川：《三不喜》，《錢歌川文集》第一卷，瀋陽：遼寧大學出版社，1988 年，第 532 頁。

人的梁實秋並不以爲忤，反倒非常欣賞，「冬天晴暖之日，她在簷下縫補衣褲，小豬幾隻就偎在她的腳邊呼呼大睡，那是一幅動人的圖畫。」〔註21〕

梁實秋筆下的豬寫來充滿生活的樂趣，對更多的家庭而言，養豬是期盼，也是壓力。豬在抗戰時期重慶大家價值可從張恨水的《豬肝價》一文中一窺端倪。從抗戰之初到每斤五角逐年增加，四年之中漲至三十四元。跟著飛升的還有豬的內臟，從完全不值錢，沒人在意，到後來和肉價齊平。對一個家庭而言，一頭豬無異於一筆巨大的財富，更是天天白菜豆腐生活中的期盼。吳組緗家養了一頭小花豬，所以吳組緗成了老舍文友中最闊綽的一位。豬的健康牽動全家的情緒，吳組緗的小花豬生病，引發全家騷動，正在做客的老舍都跟著急，「這年月豬比人嬌貴呀！」〔註22〕老舍後來又去看小花豬，「這回事專程探病，絕不爲看別人，我知道現在豬的價值有多大！」

張恨水家裏也養豬，不過這幅養豬圖沒有梁實秋筆下的那麼動人。張恨水夫人周南爲了不影響張恨水寫作，怕小豬亂竄、亂叫，只能把小豬藏在午後廚房的草棚子裏，天不亮由孩子趕到山上，晚上趕回。張恨水完全不知家裏還養了豬，直到過年看到飯桌子上的豬肉，才知曉家裏養了一頭豬。

養豬種菜，皆屬非常時期不得已的舉動。唯有在物資極度匱乏，收入已經無法養活家人，吃飯問題足以影響到人的生命延續的情況下，才會有此現象存在。和豬的密切接觸，說明一個事實，即無論「下江人」如何視重慶爲貧困、落後之地，重慶人是怎樣的顢頇，和現代文明格格不入，但在事實上，「下江人」已經一步步融入到重慶生活之中，日常生活的某些方面沒有太大的差異。養豬這一現象本身就是「下江人」生活重慶化的例證之一。無論內心深處北望返家的願望是怎樣的強烈，生活的現實卻逼迫「下江人」不得不首先考慮生存的需要，和重慶人生活在一起，甚至像本地農民那樣生活，種菜、養雞、養豬。

貧困給人的身體和內心都帶來巨大的轉變。朋友們的每一次相見，都似乎能從彼此的面相上找到生活留下的痕跡。從作家們彼此的描繪，我們可窺見沉重生活負擔給他們帶來的變化。1944 年 8 月葉聖陶到重慶參加開明書店董事會，見到不少昔日好友。他目睹昔年舊友，不少人都在變動中變得蒼老：

〔註21〕梁實秋：《北碚舊遊》，《梁實秋文集》第四卷，廈門：鷺江出版社，2002 年，第 221 頁。

〔註22〕老舍：《四位先生》，《老舍全集》第十五卷，北京：人民文學出版社，2008 年，第 373 頁。

見茅盾夫人「兩鬢已蒼，視兩年前似更甚。」〔註23〕豐子愷「白髮已多，鬚髯亦蒼，而精神甚好。」徐蔚南「十餘年不見，亦蒼老矣」，陳望道「多年不見，瘦弱殊甚」，朱東潤「視前較瘦削，持論深嚴，猶如往日。」〔註24〕言語之間，實在有無限的悽愴。

2. 疾 病

貧和病是如影隨形的，生活的貧窮尚可忍耐，疾病的纏繞就更讓人隨時由失去性命的危險。疾病是戰爭的另一饋贈，在現代歷史上，未曾有哪個時代讓作家們如此集中的和疾病面對面。我們再來看一看，當年陪都的作家們大多正當盛年，1940 年時，老舍 41 歲，梁實秋 37 歲，胡風 38 歲，陽翰笙 38 歲，張恨水 45 歲，郭沫若 48 歲，冰心 40 歲，臺靜農 37 歲，沙汀 36 歲，茅盾 44 歲，姚蓬子 34 歲，豐子愷 42 歲，葉聖陶 46 歲，蕭紅 29 歲，宋之的 26 歲，靳以 31 歲，巴金 36 歲，曹禺 30 歲……不用再一一列舉，無論是年齡還是成就，他們都正處於人生和事業最巔峰的時段。在戰爭爆發前，他們大多已經有了相對穩定的生活，無論學識還是健康都能保證他們在既有的軌道上創造出更多的成就，經濟上環境上可以讓他們心無旁鶩從事喜愛的一切。梁實秋可以繼續他的莎士比亞的翻譯，老舍做一個全職的寫家能寫出他計劃中的長篇……每一個作家，在戰前都有著自己的計劃和打算。偏偏趕上了一場全民族的戰爭，原有的生活狀況無法繼續，生活的重心一下子偏移到以維持基本生存為目的，且時時刻刻要面對陡然而至的疾病。

戰時有一本英文版的書，名字是《中國的疾病》，到中國的外交官中似乎很流行，裏面就是告誡外來者在中國有可能患上的令人疾病。這些疾病因重慶的地理環境、市政建設積極戰爭有著明顯的聯繫。嚴重的缺水和缺乏淨水設施，以及簡陋的衛生環境引發一系列健康和疾病問題，痢疾、瘧疾、霍亂等等，成為戰時重慶最常見的疾病。

重慶靠著長江和嘉陵江，水資源豐富。但現代化的淨水廠卻直到 1933 年才建成售水。抗戰爆發後，重慶人口急劇膨脹，自來水供給完全無法滿足市民的需要，不少地方居民用水仰賴於人工挑運。尤其是下層市民的飲用水仍然以直接從江裏挑水江水為主。重慶為山城，從江邊到城裏需要攀登層層坡

〔註23〕葉聖陶：《葉聖陶抗戰時期文集》第三卷，北京：人民教育出版社，2005 年，第 145 頁。

〔註24〕同上，第 149 頁。

坡坎坎。初到重慶的「下江人」，往往第一眼就為綿延陡峭的山坡所嚇倒，對他們而言，從碼頭徒步行走到市內街道，都是一種考驗。重慶的挑水夫則每天要擔著沉甸甸晃悠悠的江水，從碼頭直到市內的各個街頭巷尾，其中的艱辛可想而知。徐悲鴻曾將挑水夫吃力的步伐和隱忍的精神繪製成《巴人汲水圖》，並題寫詩曰：「忍看巴人慣挑擔，汲登百丈路迢迢。盤中粒粒皆辛苦，辛苦還添血汗熬。」

在重慶的郊區中，北碚的建設一直引領現代化的步伐，但直到 40 年代，北碚也才有了自來水企業。其中北碚水廠日產水約 400 噸，規模較小；北碚澄江水廠 1943 年創辦，卻因水價昂貴，用戶稀少而很快停辦。梁實秋在回憶北碚生活時，專門寫到了雅舍的挑水夫小陳，每天來回在嘉陵江和雅舍之間來回跑上十次八次，「兩條小腿上全是青筋暴露，累累然成為靜脈腫瘤。」〔註25〕可見住在雅舍的人們的飲用水也是依靠挑水夫得到。

1940 年 4 月，梁實秋在給劉英士的信中提到自己「大病幾死」，病得神智不清，「熱極時不省人事，滿口英語。」9 月信中有提及「連發瘧五次，奄奄一息」，並調侃自己在病中所做的兩篇文章的稿費，「大概僅足我一次發瘧的藥費，慘。」〔註26〕到了戰爭後期，疾病在重慶肆虐，引發了人們的恐慌。1945 年 6 月夏天重慶霍亂猖獗，死亡人數極多，任何生活在重慶的人們都無法忽視這一危險。陽翰笙在日記表達了對這座城市的擔憂，「令人擔心之至！」「城裏的霍亂猖獗得可怕了，實際上陪都已變成一座被霍亂圍攻的『危城』，百萬市民的生命簡直毫無保障！」〔註27〕巴金的小說《寒夜》寫的背景之一就是重慶城的霍亂。當汪文宣在肺病中掙扎時，他的鄰居，他的同事不斷有人被霍亂奪走生命。汪文宣在公司唯一的朋友鍾老死於霍亂，文中對治療霍亂的醫療條件嚴重滯後做了描寫，「一共只有兩個醫生，四個護士，二十張病床。現在收了三十幾個病人。有的就擺在過道上，地板上，連打鹽水針也來不及，大小便滿地都是，奇臭不堪。」〔註28〕有限的醫療條件顯然無法應付大量的病人，生病的人只能聽天由命被扔在醫院，等待命運的安排。

〔註25〕梁實秋：《北碚舊遊》，《梁實秋文集》第四卷，廈門：鷺江出版社，2002 年，第 220 頁。
〔註26〕梁實秋：《致劉英士》，《梁實秋文集》第九卷，廈門：鷺江出版社，2002 年，第 20 頁。
〔註27〕陽翰笙：《陽翰笙日記選》，成都：四川文藝出版社，1985 年，第 393 頁。
〔註28〕巴金：《寒夜》，《巴金全集》第八卷，北京：人民文學出版社，1989 年，第 674 頁。

　　儘管重慶市政府早就意識到流行疾病的防範，1939 年就曾制定夏季防治
霍亂實施辦法，發動全市醫護人員制止霍亂，為人們注射霍亂疫苗，並在自
來水、江水、井水中實施消毒，降低自來水價格，向貧民免費供應清潔用水
等種種措施，以預防霍亂。這些措施有效避免了霍亂的大爆發，卻未能擋住
其他疾病的流行。尤其是瘧疾，重慶人口的瘧疾感染率極高，「很多人成為慢
性瘧疾感染者，病情反覆發作。」〔註 29〕而在戰前，這種疾病在重慶是沒有
的。從 1942 年 11 月重慶市衛生局對該年度 1～9 月傳染病統計報告中可知，
在各種流行傳染病中，痢疾達到 1605 例，占傳染病總比例的 96％；其次是傷
寒，占總比例的 2％。患上這個病的人太多，因此得名「重慶熱」。

　　四川本來出產稻米，人口的膨脹導致糧食需求暴增，米的價格自然提升。
一般百姓要吃好米，就要付出高昂的價錢。戰時公教人員買不起市場上的高
價米，就只能吃政府配給的平價米。平價米中摻雜著碎米、穀殼、稗子、碎
石、砂子等，陪都的人們稱之為「八寶飯」。張恨水常常帶著老花鏡在平價米
中挑去砂子稗子穀子，方才能將米下鍋煮飯。平價米篩選得不乾淨，吃的時
候硌著牙都還算是小事，更嚴重的是吃下去消化不了就極容易患上盲腸炎。
梁實秋患盲腸炎；趙清閣患盲腸炎，送到醫院時人已經痛昏過去。老舍在北
碚江蘇醫學院治療盲腸炎，手術的過程簡直就是一次生命的大冒險。

　　此外，肺病也是攫取人性病的又一傳染病。重慶局促、狹窄的空間恰好
加速肺病的傳染。在重慶，戰時需要能容納 500 人的肺結核病區，但全市只
有可憐的 60 個床位〔註30〕。病人負擔不了昂貴的醫療費用，更無法工作養家。
《寒夜》中的汪文宣非常清楚自己患的是肺病，但一直請中醫看病，其中一
方面其母親相信中醫，更重要的因素是中醫更廉價，西醫昂貴，普通人很難
承擔西醫的費用。肺病患者在工作中往往受到不公平的待遇，汪文宣在病中
接到幾個同事的聯名信，其內容就是懇請他不要再與人同桌進食，同杯用茶，
「以免傳佈病菌，貽害他人」〔註31〕，並要求他退出公司伙食團，回家用膳。
汪文宣的同事都是靠薪金生活的小職員，營養不良，身體虛弱是大家共有的

〔註29〕周錫瑞，李皓天：《1943，中國在十字路口》，北京：社會科學文獻出版社，
　　　　2016 年，第 251 頁。
〔註30〕周錫瑞，李皓天：《1943，中國在十字路口》，北京：社會科學文獻出版社，
　　　　2016 年，第 251 頁。
〔註31〕巴金：《寒夜》，《巴金全集》第八卷，北京：人民文學出版社，1989 年，第
　　　　669 頁。

境況，並未有誰比誰生活得更闊氣。同事們對汪文宣的情況原本應該持理解和同情的態度，可是，生活的逼迫讓誰都害怕生病誰也不敢生病，這種害怕掠走了同事之間的同情心和關懷，讓病中的汪文宣更感到人性的冷漠。

翻開抗戰時期作家們的回憶錄、書信、日記，很少有在重慶不得病的。疾病和貧窮像是孿生兄弟一樣，緊跟著這些原本就活得很不容易的人們。老舍受貧血、頭暈困擾多年，還曾做過闌尾炎手術；胡風和夫人梅志患瘧疾；陽翰笙曾患傷寒到北碚養病；茅盾在給朋友的信中說自己「近來常病，而最苦者爲失眠，大概正患神經衰弱，近來又胃病重發，下個月打算休息一個時期」〔註32〕。瘧疾、胃病和肺結核是文化人中最常見的集中疾病。在重慶的人不少都得過瘧疾，重慶雖然擁有長江和嘉陵江，水資源豐沛，可是城市缺少江水的淨化措施，常常引發疾病。因營養不良導致身體抵抗力下降而引發疾病者爲數眾多，可見，疾病在文化人中間是極爲常見的。

3. 死　亡

生死是人生中總會有的事情，但戰爭中的突如其來的死亡往往給本來就不幸的生活更增加了沉重的色彩。抗戰八年，到底有多少文化人因疾病、戰爭、迫害而離開人世，至今未能有一個精確的統計。1948 年人間書屋出版了詩人莫洛的著作《隕落的星辰》，書中記錄了從 1937 年至 1948 年間去世的 138 名文化工作者信息。作者編輯此書爲時三年，五易其稿。曾將文藝作家部分抽出以《呈獻了血和生命的作家們》爲題發表在《文藝復興》中國文學研究號上。儘管因材料缺乏，書中有些信息並不完整，甚至有錯誤，但它確實「是一張用血和淚繕就的賬單」〔註33〕。

僅就重慶而言，戰爭期間去世的文化人有石懷池、沈西苓、沈碩甫、孫寒冰、陳獨秀、賀孟斧、萬迪鶴、繆崇群等。石懷池是復旦大學學生，也是一個勤勞的年輕作家，他的生命是被嘉陵江水吞噬的。沈西苓，中國電影界一位年輕的工作者，1940 年多天因貧病病逝於重慶。沈碩甫，戰時大後方劇壇的劇務工作者，1943 年 4 月因辛勞、疲憊、窮困、奔忙，心臟病突發倒在重慶街頭死掉。孫寒冰，復旦大學教務長，1940 年在重慶北碚死於日軍的轟炸。賀孟斧，戲劇和電影的名導演，1945 年在重慶患肝疾，爲庸醫所誤，不治而逝，卒年 35 歲。

〔註32〕茅盾：《致熊佛西》，《茅盾書信集》，天津：百花文藝出版社，1987 年，第 127 頁。

〔註33〕莫洛：《題記》，《隕落的星辰》，人間書屋，1949 年 1 月，第 1 頁。

　　繆崇群，1945 年因疾病和貧困在重慶北碚去世，病故後，重慶曾有一家報紙以《一代散文成絕響》爲標題紀念他。繆崇群去世時冷冷清清，好友巴金是在四天後才得悉繆崇群去世的信息，他趕到北碚，看到的是一抔新土和兩個紙製花圈。回想起過去的友誼，巴金深深的爲自己未能幫助朋友減輕「心靈的痛苦的壓力」而自責。繆崇群的去世帶走了巴金一段珍貴的友誼，「我失去了我的一部分，我的最好的一部分，我失去了一個愛我如手足的友人。」〔註34〕同樣爲繆崇群的去世感到哀傷的還有靳以。靳以和繆崇群相識 20 多年，從讀書時就相識，抗戰時繆崇群居住在重慶北碚的金剛碑，靳以則在江對岸的復旦大學任教。只要有閑暇的時間大家就會相約見面，即使大家沒有多少話說，但話語在他們之間顯得多餘，因爲「我們共同喘息在人類的苦難下。」〔註35〕

　　在戰時的重慶，文藝界人士去世的消息引起的不僅是熟悉的人們的關注，往往能引發整個文藝界人士對自身命運的反思，以及對當時知識分子生活狀況的強烈呼籲。對賀孟斧和沈西苓的去世，多年後潘子農回想起來仍深感痛心，並認爲「愚者存而智者亡，天道實在太欠公平！」〔註36〕沈碩甫的去世非常突然，陽翰笙、陳白塵等朋友都難以相信，陽翰笙稱之爲「意外打擊」，並一連請了兩三位醫生回來診斷。送別沈碩甫的那天，送喪者眾多，「全陪都的戲劇工作者，從作家、導演、演員一直到臺上的工人差不多都到了。」〔註37〕

　　萬迪鶴 1942 年因貧困和疾病離世，年僅 35 歲。他的去世同樣讓陽翰笙萬分傷感，「一個優秀青年作家，在此抗戰期間，終於在這精神物質重重打擊之下隕滅了！這是迪鶴的命運，也是今天每一個有良心的作家的命運！」文協有詩悼念，「卅載韶華成逝水，百年功業化輕煙；三寸桐棺一抔土，世上空餘達聲篇。」萬迪鶴的命運極有可能就是大後方千千萬萬貧病交加的知識分子的共同的未來和命運。也就難怪大家物傷其類，萬分傷感了！《新華日報》寫萬迪鶴去世的緣由「患肺病三年有餘，因貧窮無法療養」。文委會商議解決萬迪鶴的後事，讓萬迪鶴夫人入文委會爲雇員，同時致函老舍、姚蓬子，擴

〔註34〕巴金：《紀念一個善良的友人》，《文人筆下的文人》，長沙：嶽麓書社，1987年，第 536 頁。

〔註35〕靳以：《憶崇群》，《文人筆下的文人》，長沙：嶽麓書社，1987 年，第 539 頁。

〔註36〕潘子農：《遙祭沈西苓與賀孟斧》，《舞臺熒幕六十年》，南京：江蘇古籍出版社，1994 年，第 127 頁。

〔註37〕陽翰笙：《陽翰笙日記選》，成都：四川文藝出版社，1985 年，第 139 頁。

大救濟萬迪鶴家屬的募捐運動，並整理其生平著作，準備出版。老舍在致函徐霞村的信中，也囑託徐霞村，希望其能夠在張道藩面前爲萬迪鶴爭取治喪費。而在此之前，老舍已經爲萬迪鶴的事情致函張道藩，希望這位主管文化的國民黨官員可以予以援手。重慶文協和文委會都發起了爲萬迪鶴後事籌募捐款的活動。成都文藝界也爲萬迪鶴的遺屬募集贍養費，並《華西晚報・文藝》第 151 期刊登啓事，當年在成都的作家王餘杞、李劼人、牧野、陶雄、陳翔鶴、葉聖陶、碧野、謝文炳等簽名。《七天文藝》又於四月三十日出「紀念萬迪鶴專刊」。「文協」文委會同人撰文弔唁，感歎：「三十韶華成舊夢，百年功業化輕煙，三寸桐棺一抔土，世上空餘達生篇！」〔註38〕

　　戰爭年代，最易受到傷害和影響的是原本就體質較弱的孩子和老人。不少作家經歷喪子之痛，眼睜睜看到年幼孩子在本該最無憂無慮的年齡因病離開人世。1941 年高蘭的女兒蘇菲得了瘧疾，無錢醫治去世。一年以後，高蘭寫成《哭亡女蘇菲》，詩人在詩中表達了對女兒的思念和不捨，女兒去世後，詩人收藏好女兒的遺物，並不時的翻看，「藍色的書包，／深紅的裙子，／一疊香煙裏的畫片，還有……／孩子！你所珍藏的一塊小綠玻璃！」，藍色、深紅和綠，鮮豔的色彩帶給我們一個鮮活可愛的生命，只是這個生命已經去世一年。作爲父親，詩人深深的自責沒錢爲孩子治病，「我是個無用的人啊！／當賣了我最值錢的衣物，／不過是爲你買一口白色的棺木，／把你深深地埋葬在黃土裏！」做父親的也沒能在孩子短暫的生命中讓她獲得過一日的舒適和安逸，「孩子啊！／你隨著我七載流離，／你隨著我跨越了千山萬水，／我卻不曾有一日飽食暖衣！」但再貧困的生活，有女兒的陪伴，總會給生活帶來希望和樂趣，「但貧窮我們不怕，／因爲你的美麗像一朵花，／點綴著我們苦難的家」。女兒的離世，無疑帶走了這個可憐的家庭最後一絲溫暖，「可是，如今葉落花飛，／我還有什麼呀！」〔註39〕這首詩發表在重慶《大公報》，激起無數人的同感，「生活在重慶的人們，確實是很少有人不知道的」，「多少人流淚傳誦」。〔註40〕

　　同樣遭逢女兒去世的痛苦的還有洪深。1940 年冬，洪深最愛的 18 歲的女兒洪鈴因病無錢醫治去世。洪深提及女兒的去世因平時營養不良，又付不

〔註38〕莫洛：《題記》，《隕落的星辰》，人間書屋，1949 年 1 月，第 143 頁。
〔註39〕高蘭：《哭亡女蘇菲》，《高蘭朗誦詩選》，濟南：山東文藝出版社，1987 年，第 99 頁。
〔註40〕海夢：《高蘭評傳》，成都：四川文藝出版社，1992 年，第 52 頁。

起高昂的藥錢。與此同時，作家自己也整患慢性瘧疾，「我因時時爲瘧所纏，疲勞或受寒，隨時發作，原有根療之意，但終因無暇無錢而罷。」再加上洪深和夫人都患蛀牙，「此病奇苦，凡爲患牙病之人，絕對不能想像其痛楚，真不可一刻耐」，愛女的去世，病痛的折磨，凡此種種，將洪深推向絕望的境地，最後竟舉家服用安眠藥自殺。

在旅居重慶時獲悉家鄉親人去世的信息，更增加了「下江人」內心的悲痛和無能爲力的沉重感覺。抗戰八年，不少的家庭都遭遇到親人的離世。從1938年到1945年，八年中，巴金失去8位好友，其中包括他到大哥。在病故到好友中，又有六人是因肺病去世，巴金感歎「抗戰期間到中國好像成了肺病到培養所！」〔註41〕陽翰笙自述自抗戰起家中接連遭逢不幸，從1938年起至1944年的六七年間家中親人死去五人，其兩個年幼的兒女死於重慶，母親、父親和長妹先後死於老家。每一次他都未能和親人見上最後一面，沒能爲他們做點什麼。回想起這一切，令他愈加感到傷心慘痛。

戰爭中的生離死別顯得格外的悲愴，令人無奈。老舍一年多在家信中沒能獲知母親的信息，他心中一直不安，怕得到什麼不祥的消息，「有母親的人，心裏是安定的。」獲悉母親已於一年前去世的消息後，老舍心中既悲慟又心懷歉疚，對母親的懷念溢於言表，「生命是母親給我的。我之能長大成人，是母親的血汗灌養得。我之能成爲一個不十分壞的人，是母親感化的。我的性格、習慣是母親傳給的。她一世未曾享過一天福，臨死還吃的是粗糧。唉！還說什麼呢？心痛！心痛！」〔註42〕接連兩個「心痛」，可以想見老舍已經心中的悲哀已經無法用言語表達，心痛的背後是人生永遠的遺憾。人生的無常在戰時顯得更加的殘酷。1939年11月胡風獲知父親在逃難途中去世，不勝悲痛，自責不該全家人出來逃難，以致父親客死旅途，「這個傷痛是無法彌補的。」〔註43〕

陽翰笙的父親1944年8月在老家四川高縣羅家場逝世，儘管重慶到高縣之間交通正常，同處當時的四川，但要回家的路費是一筆巨額的開銷，遠遠超過了家庭的承受能力。其時陽翰笙擔任國民政府政治部文化運動委員會

〔註41〕巴金：《懷念》前記，《巴金全集》第十三卷，北京：人民文學出版社，1989年，第470頁。

〔註42〕老舍：《我的母親》，《老舍全集》第十四卷，北京：人民文學出版社，2008年版，330頁。

〔註43〕胡風：《胡風回憶錄》，北京：人民文學出版社，1997年，第179頁。

任職，但他的收入並不夠他回家奔喪。面對既無錢財葬父，又無自由奔喪的
現實，陽翰笙自責罪孽深重，其矛盾痛苦的心情「眞非筆墨所能述其萬一！」
〔註44〕

　　以上僅僅是重慶文藝界的部分作家的遭遇。放眼整個抗戰，還有更多的
名字可以列舉，桂林的王魯彥、香港的蕭紅、在老家去世的葉紫等等。尚有
更多的生命被疾病、貧窮、戰爭捲入死亡的漩渦。1944 年 8 月 20 日，王魯彥
因患肺結核和喉結核及肛門結核症病逝，中央社刊新聞的報導是：「但以囊空
如洗，無錢打針，終於二十日晨逝世，厥狀至慘，享年四十四歲……」王禮
錫帶領作家戰地訪問團途中，在洛陽因黃疸症而病逝，卒年四十一歲。1941
年 7 月，邱東平戰死在日軍的機關槍下，完成了他作爲作家和戰士英勇的一
生。

　　當王禮錫去世的消息傳到重慶時，朋友們都不相信那樣健壯的一個人，
會一下子就死去，「如果是因衰老而死，也是意料中事，不用特別哀痛；惟有
一個人正當有爲之年，懷著壯志，未酬而死，確實令人悲傷。」〔註45〕這恰
恰是戰爭期間生命消逝最令人扼腕之處，正當壯年，懷抱理想，壯志未酬，
卻意外死亡。

　　貧困、疾病、死亡是大後方所有知識分子生活狀況的寫實，但是在重慶，
這種狀況顯得更爲觸目驚心。即使在抗戰司令臺的腳下，知識分子並未能因
此而緩解經濟上的壓力。反倒是重慶高密度的人口，滯後的市政環境和醫療
條件，疾病和死亡對生命的衝擊更加的猛烈。與此同時，知識分子對抗戰的
支持和信心卻並未失卻。兩相對比之下，下江作家在重慶的生活現狀與其文
學貢獻恰好形成鮮明的對比。對於抗戰時期的文學成就的評價，一度學界認
爲無法和現代文學的第一個十年和第二個十年相比。但是，如果我們一旦瞭
解了抗戰時期的文學處於一個什麼樣的狀態之下，文藝工作者用文字和行動
喚起國人爲民族國家而戰，而自己卻身陷貧窮、飢餓、疾病、流亡的包圍之
中，在這樣一種狀態下，抗戰文學同樣出現了不可替代的優秀文學作品。老
舍、茅盾、巴金、郭沫若、張恨水、路翎等等，都是在重慶又達到他們在文
學上一個新的狀態。有了這樣的瞭解，我們才能完成對抗戰時期大後方文學
更客觀的認識。

〔註44〕陽翰笙：《陽翰笙日記選》，成都：四川文藝出版社，1985 年，第 297 頁。
〔註45〕錢歌川：《紀念王禮錫》，《錢歌川文集》第一卷，瀋陽：遼寧大學出版社，2008
　　　　年，第 572 頁。

二、被破壞的稿酬和版稅制度

中國現代職業作家是伴隨著現代稿酬制度的建立而產生的。作家能夠安心創作有賴於安寧的生活環境，還得有完備的稿酬和版稅制度。戰前戰後稿酬落差巨大，版稅制度難以執行，無疑更縮減了作家們的收入。

戰前世界書局向張恨水約稿，四部小說，每三月交一部，稿費是每千字八元，出書不再付版稅。張恨水依靠稿費收入解決了弟妹們的婚嫁教育問題，補齊家裏所差的衣服傢具，在北平租了一所庭院曲折的房子，有了兩間屬於自己的書房。與此同時，張恨水自己的消遣也得到了保障。這些消遣，不是尋常的吃飯、看電影和聽戲，而是收買舊書、小件假古董、買花等等。買書、收藏古董、買花自是經濟條件允許才能擁有的愛好。張恨水這一時期的寫作生活是一個作家理想的狀態，環境舒適，寫作心無旁騖：「坐在一間特別的工作室裏，兩面全是花木扶疏的小院包圍著。大概自上午九點多鐘起，我開始寫，直到下午六七點鐘，才放下筆去。吃過晚飯，有時看場電影，否則又繼續地寫，直寫到晚上十二點鐘。」〔註 46〕老舍回憶自己在收入上最黃金的時節是在青島時期，那時他任教於青島，每個月除了大學的薪酬收入，還有寫文章得來的稿酬和版稅，一個月的收入不算多，卻能在生活花銷之外，存一部分在銀行，買壽險，買書買雜誌，過得優哉遊哉。

對於不事生產的文人而言，薪金、稿費是生活的重要來源。然而，在抗戰時期，國民政府未能有效的控制大後方經濟，經濟形勢惡化導致普通老百姓的貧困，作家們賴以生存的稿酬和版稅制度同樣無法獲得有效的保障。當物價在飛漲當時候，稿費和物價完全脫節，依靠稿費生存簡直看起來不可能。戰爭造成當通訊、交通隔絕，作家書籍頻頻被盜版。同時，出版社也遭遇戰爭帶來的影響，不少出版遷往大後方的過程中，自身損失慘重，以致無法按規定支付作家版稅。這對於依靠稿費和版稅生存的作家而言，無異於雪上加霜。「重慶嗎？一個這樣繁榮而又是這樣糜爛的都市呵！重慶，報紙上刊著囤米的巨商在米囤上癡笑的插畫，作家們卻苦於無法買平價米！」〔註 47〕這是作家們的生存現實。對作家們而言，對戰爭時期的困難生活是有預期的，正如老舍所言，作家並不是要過什麼好生活，只是想有起碼的生活保障。

〔註 46〕張伍編：《寫作生涯回憶》，《張恨水自述》，鄭州：河南人民出版社，2006 年，第 91 頁。
〔註 47〕莊矗：《重慶的作家》，《現代文藝》，1941 年 2 卷 6 期。

　　但保障生存的基本要求，在戰時也看起來非常的遙不可及。在文藝界的呼籲下，社會和政府都關注到了文人貧病問題，對文藝界予以了援助和支持。國民政府設立文藝獎助金管理委員會，專門對貧病作家予以支助。可是，在實際的執行過程中，有限的支助和無限飛漲的物價相比，取得的效果非常微弱。

1. 低廉的稿費和無法執行的版稅

　　造成稿費低廉的因素有多種，最直接的因素自然是物價飛漲，稿費卻仍維持在戰前的水平，造成作家實際收入下降。戰前一斗米的價值不過一元，到作家們在重慶開始呼籲千字斗米鬥時候，重慶的米價已經是一斗米六七十元。而作家的稿費最高也沒有超過千字十元的。在作家眼中看來，要一下子把稿費漲到和米價持平，增加六七倍，那幾乎是不可能的。更何況，重慶物價上漲的速度實在太快，下圖源自 1940 年的一篇文章《重慶物價高漲》〔註48〕。1940 年 9 月日軍攻佔越南海防，中國的西南國際通道中斷。該圖以西南通道被封鎖前後為對比，列舉了 1940 年年底重慶物價的增長。從圖中數據可知，物價增長的幅度超過人們的想像。進入 1941 年後，老刀香煙甚至漲至 2.53 元一盒。在《蜀道》座談會上，高蘭說自己一個月最多寫十首詩，換取五六十元的稿費，對比物價表，這筆稿費也就夠買幾盒三炮臺香煙，根本談不上要用稿費來養活自己。到了抗戰末期，寫一千字也就是剛好買一盒重慶最好的紙煙華福牌，且是要特等的稿費才能實現。一般作家要靠稿費支撐生活，無異於做夢。

品　　名	單　　位	事變前	現　　在	增長倍數
線襪	每對	二角	二元四角	十二倍
皮鞋	每對	六元	六十元	十倍
熱水壺	每個	一元五角	十五元	十倍
棉布	每尺	一角	一元二角	十二倍
毛巾	每條	二角	一元八角	九倍
石油（火油）	每斤	二角三分	二元二角	十四倍
洋燭	每隻	六分	四角五分	七倍半
火柴	每盒	二分	一角	五倍
電燈泡	每個	一元	八元	八倍
前門香煙	每包	一角四分	一元六角	十一倍半

〔註48〕《重慶物價高漲》,《中國經濟評論》1940 年第 2 卷第 4 期，1940 年 10 月出版。

老刀香煙	每包	八分	六角	七倍半
三炮臺香煙	每包	八角	十元	十二倍半

不僅如此，報紙和雜誌還有嚴格的計算字數的方法，標點、題目、空白和目錄是不計算在內的。以至於作家拿到稿費通知單，非但沒有欣喜，反而「眼裏不禁氣出淚了！」〔註49〕作家們不由得質疑，「一個二等兵也還有七元五角的國難餉，今天的精神戰士的生活保障在哪裏呢？」但另一方面，因爲抗戰宣傳動員的需要，社會對作家文字的需求量非常的大。集聚在陪都的報紙雜誌眾多，都需要稿件，尤其是在社會上有一定名氣的作家的稿件。於是，編輯們紛紛出招，通過各種方式爭取稿件。其中最主要的方式是打友情牌，即通過私交的方式去獲取作家的支持。於是，常常出現作家們疲於應對的狀況。老舍就曾表示：「我們沒有本領一方面畫方，一方面畫圓，一方面寫文章，一方面還去抬轎子。」〔註50〕

作家們不得不頂著巨大的生活壓力而寫作。爲了發表，多掙稿費，爲了趕上物價的漲幅，作家們不得不追求寫作的速度。老舍自妻子兒女來到重慶後，開始爲生活忙於創作：「十一月廿三日開始動筆，續寫小說《火葬》。此篇已得八九萬字，再補二三萬字，即可交卷，交《文藝先鋒》發表。久不寫小說，身體又弱全篇無一是處，爲換糧米，亦不能不發表。」「小說寫完，當爲洪深先生趕寫劇本，希望能在卅三年元月寫成。劇本趕出，或再寫小說。爲一家吃飯，此後當勤於寫作；北碚安靜可喜，希能如願。」〔註51〕不斷的寫，多爭取發表的機會，寫作成爲活下去的生存手段。

甚至教授們也一改輕易不寫作，不隨便發表的習慣，開始大量出產文字，以換取米糧。柳無忌是從重慶開始了賣文生涯，以補貼家用。爲了多掙稿費，柳無忌寫作非常勤奮，不但寫文章還翻譯、編書，柳無忌自認抗戰時期是他一生中「寫作最勤，產量最豐富的時期，一下子出版了十餘冊書得到一些額外的收穫。」〔註52〕

〔註49〕趙清閣：《中央日報》，教育文化第六期。

〔註50〕老舍：《怎樣維持寫家們的生活》，《老舍全集》第十七卷，北京：人民文學出版社，2008年，第246頁。

〔註51〕老舍：《生活自述》，《老舍全集》第十四卷，北京：人民文學出版社，2008年，第357頁。

〔註52〕柳無忌：《烽火中講學雙城記》，《柳無忌散文選》，北京：中國友誼出版公司，1984年，第120頁。

　　也有的將文章肢解，或從長篇中截取發表，以爭取稿費糊口。姚雪垠將其長篇小說中的一段抽出，並催促能盡快刊出，且希望能拿較高的稿費：「稿付排後，最好將稿費交銀行匯下，並往維持斗米千字水準，弟在渝全以版稅稿費糊口，且有家室負擔，故各刊約稿均以最高標準，此點想可見諒。」〔註53〕

　　作家權益無法獲得保障，還體現在瘋狂的盜版上。越是名氣大的作家，作品被盜印的幾率就越大。張恨水小說在戰前即風靡社會，他到了重慶，上海的雜誌仍然翻印他的作品。《晶報》將其發表在《南京人報》上的《中原豪俠傳》改頭換面，作爲張恨水的新作品推出來。張恨水不得不在重慶、香港、漢口登啓事解釋。即使如此，張恨水仍然抵不住作品被翻印的命運，其長篇小說繼續在未被其知曉的情況下在上海的雜誌上發表。謝冰瑩到重慶，發現重慶書店裏銷售她的《從軍日記》、《麓山集》、《前路》等書，書店店員告訴她銷路還很不錯。這些書都是新從上海運到重慶，書中沒有作者私章，顯然是未經作者同意出版的。對此現象，謝冰瑩很是氣憤，她自稱是「最受書店老闆剝削的一個」〔註54〕。而商人重利不重義的品性，更讓作家們權益難以得到保障。因此，「文人如果等著稿費來維持生活，最好首先買好棺材放在身邊，什麼時候餓死，別人只消把屍體往棺材裏一丟，抬出去完事，否則一定會曝露屍骨，無人掩埋的。」〔註55〕

　　至於版稅制度也完全形同虛設。謝冰瑩的《從軍日記》、《前路》、《麓山集》發行十年，三本書的版稅不到五百元。以《從軍日記》爲例，1936 年就已經發行到九版，按照每版兩千冊計算，總共一萬八千本，再版版稅爲 20%，一本書的賣價爲五毛，則作者可得一毛，一萬八千本《從軍日記》的版稅該是 1800 元。這樣的算法還是按照最低銷路來說的。如果再加上《麓山集》和《前路》，則兩本書版稅至少也有 2000 餘元。但是每次謝冰瑩寫信向書店老闆要錢，不但沒有錢，連回信都沒有。

　　1942 年老舍在談到自己的版稅情況，同樣遭遇到了無可奈何的情況。截至 1942 年，老舍前後總計有二十本書，包括長篇小說《老張的哲學》（1928年 4 月商務印書館初版）、《趙子曰》（1928 年 4 月商務印書館初版）、《二馬》（1931 年 4 月商務印書館初版）、《大明湖》、《貓城記》（1933 年 8 月現代書

〔註53〕姚雪垠：《作家生活自述》，《當代文藝》，1944 年第 1 卷第 3 期。
〔註54〕冰瑩：《關於保障作家生活》，《黃河》第 3 期，1940 年。
〔註55〕同上。

局初版)、《離婚》(1933 年 8 月良友出版公司初版)、《牛天賜傳》(1936 年 3 月人間書屋初版)、《駱駝祥子》(1939 年 3 月人間書屋初版,1941 年 11 月文化生活出版社重慶初版);中篇小說《小坡的生日》(1934 年 7 月生活書店初版,1942 年作家書屋單行本成都初版);短篇小說《趕集》(1934 年 9 月良友圖書印刷公司初版)、《櫻海集》(1935 年 8 月人間書屋初版)、《蛤藻集》(1936 年 11 月開明書店出版)、《火車集》(1939 年 8 月上海雜誌公司初版);劇本《殘霧》(1940 年 4 月商務印書館出版)、《國家至上》、《張自忠》(1941 年 1 月華中圖書公司初版)、《面子問題》、《大地龍蛇》;長詩《劍北篇》(1942 年 5 月由文藝獎助金管理委員會出版部列為「抗戰文藝叢書第一種」出版發行);大鼓舊劇《三四一》;除了上面這些書之外,1934 年還由時代圖書公司出版了《老舍幽默詩文集》,作為「論語叢書」之一;1937 年 4 月經驗創作集《老牛破車》由人間書屋初版。

　　這二十本書中,《老張的哲學》、《趙子曰》、《二馬》均由商務印書館出版,老舍稱「最近四年」(應該是 1938 年至 1942 年)的版稅無影無蹤;由人間書屋出版的《牛天賜傳》《駱駝祥子》《趕海集》《老牛破車》四本,從抗戰第二年起,每月照付版稅,只是付了兩年後,一共 1700 元,算全部付清,老舍得到的信息是,出版社以後就不再支付版稅了。《趕集》和《離婚》初版均是良友公司,抗戰爆發後在上海重印,恢復版稅,但戰爭致使滬渝之間一度往來中斷,所以老舍不知版稅在哪裏。這樣逐一數下來,《面子問題》和《三四一》賣斷了版權,無持續收入;《國家至上》分文沒得(該書 1943 年 7 月南方印書館出版);所以全部的出版的書中,只有《小坡的生日》、《蛤藻集》有點收入,《小坡的生日》每年二三十元,《蛤藻集》每年四五十元,《殘霧》出版後曾有過四十一元。

　　以上書目中還未包括老舍的長篇小說《選民》。這部小說在《論語》第 98 期開始連載,至 1937 年 7 月 1 日《論語》第 115 期中輟,香港作者書屋、成都作家書屋以《文博士》為署名 1940 年 11 月單行本初版。此外,尚有為曾經過老舍知曉而印行的書籍,如《老舍選集》,「這是野雞本,未得著者的統一,也不給版稅。」除了民間擅自印行的選集外,已經出版的著作單行本也在抗戰期間印刷發行卻為給作者繳納版稅,如《駱駝祥子》,「此書在廣州印成單行本,或者還在桂林印過,我都沒有看到,因為廣州桂林也相繼陷落敵手,

大概此書也被敵人毀滅了。我看到的『初版』是在四川印的土紙本。」〔註56〕
這個土紙本即是 1941 年 11 月文化生活出版社在重慶印行的版本，此前《宇宙
風》社先後遷到廣州、桂林，在兩地都出版過《駱駝祥子》單行本，但因郵
遞不便，在大後方的重慶成都很少見著，直到文化生活出版社把紙型買來重
印，才在大後方流傳開。

2. 文藝界、出版界的爭論

　　作家生活境遇引發連文藝界人士的呼籲，1940 年 1 月，《新蜀報》副刊《蜀
道》組織召開了一次座談會，主題就是「如何保障作家生活」。這次座談會關
注的問題有三個：稿費、版稅和作家生活保障。

　　自《蜀道》座談會之後，關於這個話題的討論在重慶就未曾間斷過。相
關的討論會、文章都有不少，可見其受關注的程度，也可知這一問題對作家
創作造成的巨大影響。

　　有文藝界人士提出，要保障作家生活更要依靠的是政府的支持，作家的
權益應有政府來保障。李長之就建議保障作家生活應當依靠國家，他的建議
是：（一）最理想的辦法，可以仿傚蘇聯，書籍由國家印刷，出版稅支付國
家。（二）在不能實行理想辦法前，政府可以舉行出版貸金，只要審查書籍
由價值，就幫助作家出版，政府先墊付印刷費，並訂償還活在某種情形下。
（三）設一個經常的作品評獎，由政府負責人員及專家並作家共同組織，在
一定期間審查優異的作品予以獎勵。（四）舉行考試，考試內容及方法當約
專家商定。（五）為目前計，稿費應依生活程度增漲的數倍而增。政府所辦
的保障雜誌，當以身作則，這是最低限度的要求。（六）書價的隨便抬高，
和版稅的隨便不給，書商往往藉口運輸困難，還有時也是實情。關於這，希
望郵政交通機關及教育部方面能有一免費或津貼辦法，這不但是為保障作家
生活，也是為戰時精神糧食上的救饑。〔註57〕在李長之看來，書商也並非是
一味的唯利是圖，之所以造成書價高漲，而作家權益無法得到保障的現象，
也並不全是書商的問題。

〔註56〕老舍：《〈駱駝祥子〉序》，《老舍全集》第十七卷，北京：人民文學出版社，
　　　　2008 年，第 501 頁。
〔註57〕李長之：《保障作家生活之理論與實踐》，《星期文摘》，1940 年第 2 卷第 1～2
　　　　期。

這場討論從作家的稿費、版稅出發，由最初的呼籲書商、出版商提高稿費、保障版權，最終推進到希望國家來做支持和根本的解決。而作家們也不僅僅停留於呼籲和表述自身的困難，且都從各自的角度，對版稅和稿費的具體改進提出建議。

謝冰瑩認爲要保障作家的生活至少做到以下幾點：

（一）確定出版法：禁止書商剝削作家，版稅按照規定時間付給，不得拖欠，不得多印書，少報數。如有不清手續或欺騙狡詐之處，作家得依法控告之。

（二）優待作家：最有價值之作品，可由國家印刷，版稅貴國家所有，作家生活由國家供給。

（三）增加版稅：書價既已抬高，版稅也應增加，以前初版百分之十五者，現在應增加至百分之二十，再版應增加至百分之三十或三十五。

（四）提高稿費：現在百物昂貴，紙筆墨水飛漲，生活維艱，稿費千字至少由五元起算，首先可由政府所主辦之雜誌報紙上倡行。

（五）由政府及專家、作家組織作品評獎委員會，在一定期間內審查已出版或未出版書籍原稿之內容，優良者予以獎勵，未完成者，可由政府借支生活費，俾克完功。

（六）設立文藝救濟金：凡極窮困或患病之作家得向政府無息月貸若干，以維持生活，如病沒後無錢埋葬者，得由政府負責掩埋，並撥款維持其家屬生活。〔註58〕

老舍提出的五條建議分別是：①提高稿費，散文稿費最低五元千字，韻文最低兩毛錢一行；②恢復版稅與確定版稅，維持戰前初版百分之十五，二版以後百分之二十的成例；③修正出版法，由政府與出版商、作家協商，一致遵守；④文藝貸金，由政府設立，按照作家的需要貸款，作品完成後用版稅或者稿費償還；⑥救濟金，由文藝協會設法籌集，救濟作家。

以上的觀念表述不同，但內容實質上是一樣的，概括起來無非是：①提高稿費，確保作家版稅收入；②政府應有所作爲，從立法上確保作家權益，並從經濟上以文藝救助金的形式予以支持。

1943 年出現了一篇《清燉讀者湯，紅燒作家肉》的文章引起了不少人的共鳴，文章核算了作家當時創作一篇 1000 字文章所需要的付出的成本，「稿紙費五角（以最蹩腳的嘉樂稿紙計）；墨水費五角（以用 ABC 墨水汁並假定

〔註58〕冰瑩：《關於「保障作家生活」》，《黃河》，1940 年第 3 期。

用的自來水筆不漏水的話）；香煙費二元（以黃河牌計）；洋蠟費三元（在經常停電之下必需的消耗）；總計平均每千字六元的成本。照上面所開的，不把鋼筆的消耗，和因熬夜而多花的夜點費等計算在內，已經要六元千字的成本。其他如吸墨紙、橡皮都不能用。」〔註 59〕但書的售價卻並不低廉，而且在重慶售出的書往往還高於原有定價。書店老闆將「稿費、排工費、紙型費、校稿費、印工費、裝工費、甚至店中的營業稅費、房費、電費、夥計薪工費，以及老闆私人的全部家用雜費等等，都往讀者的身上撈。」

　　一邊是作家稿費不足以維生，一邊讀者買不起書，那麼問題是出在出版界麼？大家開始把問題的根源歸結爲出版界的市儈。如適夷認爲：「提高稿費的要求只是作家生活保障要求的一部分，使許多寫作者在生活上感覺切膚之痛的，還有大多數的出版經營者對於寫作者的關係上，並不遵守一般的商業的方式，許多關於處理書稿，結算版稅，付發稿費等不利於寫作者的習慣，也應該有一種徹底的改革。」〔註 60〕邵荃麟也認爲談論作家生活保障問題，其實背後更包含著一個出版界的整個風氣與出版界與作家團結的問題。邵荃麟指齣目前的版稅及長期的市儈分期，已經構成出版界一最卑劣的印象。「這種囂張的風氣，將使戰時中國文化事業蒙受極大的損害，而使文化事成利益爲無恥的市儈所操縱，這不僅是作家的損失，而同樣也是也是忠實的出版商的不利。」〔註 61〕

　　不過，對於出版界和文藝界之間的關係，有作家認爲不必如此劍拔弩張，兩者應該和衷共濟。歐陽凡海就認爲無論出版界還是文藝界，生存才是最重要的，應該解決的是共同生存的問題，「因爲今天的確是共同生存的問題，而絕不是誰要想發財，誰要想生活得舒服的問題。」書店、出版業同樣出境困難，原料、工價、食糧的高漲速度超過製成品的高漲速度。出版業的危機甚至更大，由於郵寄的限制，國家對出版沒有保障，國民文化水準的低落和退化，出版事業面對的問題也不少。歐陽凡海認爲出版家和作家要做的是相互體恤，「今天的出版家，如果不兼營商業投機，的確也不容易撐持，起碼在目前，恐怕很難談到發大財，頂多是希望對付抗戰中的難關，留下根底，到抗戰之後再求發展。在這樣的情形下，作家自然不應該渴求，而需要體恤出版家，所以我們不應該和出版家對立，以致壓力過大，逼得出版家不能生存。

〔註 59〕徐昌霖：《從清燉讀者湯談起》，《天下文章》第二期，1943 年 4 月 15 日。
〔註 60〕適夷：《關於作家生活保障》，《文藝陣地》，1939 年第 4 卷第 1～7 期
〔註 61〕荃麟：《關於保障作家生活問題》，《半月文萃》，1943 年第 2 卷第 1 期

但同時，出版家也不應該因為自己的處境困難，便一味在作家身上打主意。作家既然瞭解出版家的困難，自動的知道適可而止了，出版家便也應該知趣，向別方面去求得打開困難的途徑。因為作家在今天之所以要求保障合法權益，也是一個生存的問題，而並不是希望養尊處優。物價的高漲，這是誰都知道的，作家差不多被逼著沒有一個能夠單靠寫作生活了。這樣下去，寫作勢必成為副業，不但數量上要減少，就是質量上也必然因為進修時間的缺乏而降落的，這結果，必然造成文化的日趨消沉，以致滅亡。所以，在作家方面，這也是一個生死存亡的問題，今天是誰也談不上貪多圖利的。」〔註62〕

曾有人計算過，要在大後方出版一部 100 頁的新書 2000 冊，其所需要的成本在四萬八千餘元，每本書的成本約 25 元，這樣的計算方法還沒考慮著作人的版稅和書籍的稅捐。在最理想的狀態下，2000 冊書一年內售完，所得的毛利不過七萬餘元。再加上戰時大後方紙張緊張，國民政府對印刷紙張實行管制，外國紙張來源斷絕，外省紙張因交通不便也很缺乏，由此造成紙價一日數易，不少商人囤積居奇，加重了印刷的成本。因此，在出版界人士看來，出版界和文藝界都是戰時文化生活中的窘迫者，是經濟環境惡化的受害者，「簞食瓢飲，任勞任怨」，既是文藝界的寫照，同時也是出版界的寫照。

從上述討論可以看出，作家們在爭取稿費和版稅問題上是很理性客觀的，首先對出版商就表達出了理解，而非一味的指責，畢竟在大後方惡劣的經濟條件下，高昂的成本和稅收使得出版商的經營狀況並不理想。其次，作家對稿費和版稅的期待底線是能養活自己，也即是從保障基本生活水準的層面，而不是要求提高生活水平，即：「我們所謂保障寫家的生活，決不含有其他的意思，而是直截了當的要求吃飽，吃飽才能寫作。」〔註63〕

3. 國民政府的文藝救助政策

在這場如何保障作家生活問題的討論中，作家們提出應有政府出面，採取措施，以確保作家作家生活質量的建議。國民政府很快響應了文藝界的倡議，成立了由社會部負責的保障作家生活文藝獎助金管理委員會，並制定了詳細的獎勵辦法和貸金申請辦法。不僅如此，國民政府相關部門從其他方面

〔註62〕歐陽凡海：《作家合法權益的保障》，《文壇》2 卷 1 期，1943 年 4 月 13 日出版。

〔註63〕老舍：《怎樣維持寫家們的生活》，《老舍全集》第十八卷，北京：人民文學出版社，2008 年，第 246 頁。

援助貧病作家，中央文化委員會制定過相應的政策，中央出版事業管理委員會也介入到出版界和文藝界之間，協調兩者關係，明確稿費標準。

可是，所有這些努力都無異於杯水車薪，無法從根本上解決大後方文藝界所面臨的經濟問題。從獎助金政策的執行，到後期對稿費的明確規定，國民政府相關部門都試圖緩解現狀，卻在執行過程中遭遇更多的問題。其次，國民政府一方面在稿費、出版方面作出積極的協調，另一方面卻不斷加強對文章的審查，對文藝界人士對監控等，造成文章、書籍發表和出版對困難，引發了文藝界更大的不滿。

《新蜀報》1940 年 1 月 27 日的有關如何保障作家戰時生活的討論，作家們既提出了「友誼」的辦法，也提出了表達「決心」的辦法。「友誼」的辦法由老舍提出，認為由文協出面，邀請文化當局、出版界和報館雜誌的負責人談，通過友好的溝通促成目標的實現。韓侍桁認為僅靠友誼還不現實，應該對出版界表達作家的決心。但不管哪種辦法，都提及了政府的作用，大家一致的意見是要負責文化的主管部門出面協調。陽翰笙進一步明確，希望政府修正出版法，從出版法的角度保障作家權利。陽翰笙還提出，中央應拿出一部分錢，「不僅可以幫助作家的生活，也可以擴大抗戰文藝運動和精神總動員運動的影響。」〔註64〕

討論會結束後，陪都報紙立刻有了響應。先是 1 月 29 日，《大公報》刊發文章《替文藝作家呼籲》，「一面請求政府注意，一面請求與出版有關的各書店、報館採納方案的意見」，希望政府支持文藝界的提議。2 月 4 日，《新華日報》發表社論《給文藝家以實際幫助》，在強調了抗戰以來文藝作家對抗戰、對民族、對國家做了最大奉獻的同時，理直氣壯的提出三個「必須」：第一，必須提高文藝工作者的政治地位，在法律上保障文藝工作者言論出版自由和不受惡勢力的襲擊；第二，必須給文藝作家以生活上的保障和改善，其中包括提高稿費版稅，要求政府予以有計劃的實際幫助；第三，政府和社會人士必須給文藝作家以提高自己作品水平的可能和工作上的便利，包括完善圖書館、建立獎金制度，予作家以交通和其他方面的便利。顯然，《新華日報》提出的實際幫助，已經不是依靠文藝界和出版界的友誼所能解決，而只能借助政府的力量才能解決的層面。

〔註64〕文天行、王大明、廖全京編：《如何保障作家戰時生活》，《中華全國文藝界抗敵協會資料彙編》，成都：四川社會科學院出版社，1983 年，第 287 頁。

　　3 月 19 日國民政府中央各有關機構的負責人開會商討具體辦法，會議彙集了陳立夫、許世英、張道藩、賀衷寒、洪蘭友等國民政府負責文化管理的重要官員。會上決定中央撥款十萬元，由中央各有關機關代表和文藝界人士若干組織文藝獎助金管理委員會，負責辦理全國文藝界獎勵金補助金事宜。而在這個會議之前，社會部已經非正式的邀請重慶市的文藝作家做了交流談話，聽取了作家們的意見。因此，這個會議的決議是事先已經和文藝界進行溝通的結果。

　　4 月 24 日，中央撥款十萬元作為文藝獎助金，成立文藝獎助金管理委員會。1940 年的第一屆委員會中，由谷正綱、張道藩、老舍為常務委員，下設經費保管委員，分文藝組、戲劇組、音樂組和美術組，由文藝界人士擔任各組組長。

　　1942 年國民黨成立中央文化運動委員會，其職責之一也是援助貧病作家。太平洋戰爭爆發後，香港的文藝界人士輾轉前來內地，中央文委和賑濟委員會撥款五十萬元予以救濟。同時設立文化編譯社，為內遷文人提供職位，以資救助。1944 年桂林告急，滯留桂林的文藝界人士陸續向貴陽、重慶遷徙，中央文委募集捐款四百一十八萬元，以每人 2000 元～5000 元的標準，給文藝界人士和家屬提供旅費。據中央文委的報告，此次共資助「除家屬不計外為九百九十五人。」〔註65〕

　　儘管有了上述種種的支助，然而爭取提高稿費和保障版稅的呼聲並未停止。1943 年 5 月《抗戰文藝》第 8 卷第 4 期發表了《保障作家稿費版權版稅意見書》，以文協這個團體的名義對稿費版權表達了要求，即：①稿費的發表費最低每千字三十元，著譯出讓版權的稿費，已發表的著譯最低每千字五十元，未發表的最低千字七十元。②版稅最低百分之十五抽取，再版則以半分之十八或二十抽取。除此以外，《意見書》還明確提出在計算譯著字數時應以全部字數計算，不得減除題目、標點及分段的地位；對於稿費版稅的支付方式，也是可以預支，均已通過審查為

　　同年 10 月 17 日，文協邀請文藝界人士會談再次商議稿費標準，確保作家稿酬得到保障，會談的結果決定「以公務員之米貼及印刷商承印之排工作為稿酬之最低標準。」緊跟著 18 日，中央出版事業管理委員會召集重慶市出版界座談會，會上確定稿費問題的基本原則，即：「三十元千字之稿費最

〔註65〕《四年來之中央文化運動委員會》，第 13 頁。

低標準應予提高；版稅仍維持照售價抽版費百分之十五標準，各出版業應從速撥付稿費並酌予預付版稅若干」。作為回應，25 日出版界同業公會開理事會，對於稿費問題明確了四個辦法，「（一）發表費最低每千字六十元；（二）版權讓與最低；（三）翻譯及已發表而售版權者得；（四）審查通過後即付稿費。」〔註66〕

根據文藝界、出版界各自商討的結果，國民政府中央出版事業管理委員會在 29 日召開會議討論，最後議定：（一）創作發表費，每千字最低八十元，以重慶為準，各地視實際生活情形酌量增減之；（二）讓與版權者，其版權費由出版家與作家相互磋商，作合理之決定；（三）版稅維持原有照售價抽百分之十五之標準，但教科書則為例外；（四）原稿經審查機關審查通過後，即應付給稿費；（五）版稅得酌量預支；（六）稿費有調整之必要時，由中央出版事業管理委員會邀作家及出版同業公會代表洽商決定之。〔註67〕相比較而言，政府規定的發表費有所提高，明確了只要通過審查即可支取稿費以及預支版稅。

4. 文藝救助政策的爭論和效果

政府的政策基本上符合文藝界的期待，然而，並非所有人都對文藝獎助金持樂觀的態度。在文藝獎助金管理委員會尚未正式成立，已有人就文藝獎助金如何支配提出問題，獎助金的設立視為獎勵作品的生產及資助作家貧困，但「怎樣的作家才配付予貸金？作家貧困到怎樣的程度，就得予以資助？」可以說，這番話觸及了文藝獎助金在執行過程中必須解決的根本性問題，即經費有了，應該以怎樣的標準來發放？

果然，儘管文藝獎助金委員制定了詳盡的《文藝界貸金暫行辦法》、《文藝界補助金暫行辦法》，但在執行過程中實際並不那麼盡如人意。《大公報》1941 年 1 月 2 日的《一年報告與自白》，將保障作家生活問題視為 1940 年度陪都文藝界最大的一件事。該文分析了獎助金在執行過程中出現的新問題，質疑這種直接拿金錢支助文藝的做法。該文聲稱「這件事在未辦以先，我們就預感它將要發生許多困難。」因為「中國職業作家太少，社會需要文藝而不重視文藝，作家又沒有取得法律上的地位，何況作家們的境遇相差的很有

〔註66〕《作家稿費問題》，《出版界月刊》，第一卷第一期，1943 年 12 月 15 日出版。
〔註67〕《準行政院秘書處函送中央出版事業管理委員會為保障作家生活質量提高稿費版稅一案令仰知照》，江西省政府公報，1944 年第 1300 期。

限呢？」作家情況千差萬別，於是就出現了「被獎的未必都是生活沒辦法的作家，真正沒辦法的作家，反而不肯或得不到獎勵。」

這番話揭示了兩個問題，第一就是誰該得到資助？應該說，前面《大公報》和《中央日報》的文章表明，在文藝獎助金設置之初，對如何遴選獎助金的資助對象就已經有了各方面的疑問，並且被視爲獎助金執行過程中最有可能出現的障礙。事實上，在文藝獎助金管理委員會成立之初的1940年，工作的側重點就在補助作家生活。根據委員會1940的年度工作報告可知，自成立後，該委員會在1940年共召開8次會議，每次會議均以貸款及補助爲重要議案，「自第八次會議止，計決議支付貸金爲六千八百元，補助金八千六百元」。〔註68〕此外當年獲得資助的作家還有：王獨清去世後給予治喪費1000元，葉紫去世後給予撫恤金500元，青年作者王銳，因病住中央醫院，按月補助醫藥費40元。對王獨清和葉紫的身後事予以資助，顯然不會引發任何的疑問。但這樣的支助方式並未能讓作家獲得保障或者解決一部分的問題。

在《大公報》編者看來，問題的根本在於：第一，發表作品的地方太少，以重慶爲例，文藝作品在報紙的地位不固定，即使固定其地位也極小；第二，未能顧及到一般作家，尤其是大中學生，不少大中學生依靠稿費維持學業，但由於重慶成名作家太多，文章發表的機會往往首先給了成名作家；第三，出版家的嚴苛和編者的疏懶，即出版家、編者和作家所站的角度不一導致對問題看法的差異，當重慶的米價已經在50元一斗的時候，雜誌出版家還認爲三元一千字的稿費太高，有時甚至幾個月不發稿費。〔註69〕《大公報》本身就是文藝作家發表文章的重要園地，編者的這番眞誠而中肯，說的是具體的現象和普遍存在的事實。文藝獎助金的設立出發點是沒任何問題的，然而不同作家之間的情況存在差異，如作家實際生活狀況的不同，成名作家和青年作家在稿費標準、發表機會等方面的差異，導致了獎助金在制定標準和發放過程可能會出現的偏差。

另一方面，提出保障作家生活的是文藝界人士，政府也很努力的立刻採納建議，成立獎助金管理委員會，制定支持計劃，可在實施過程中，有些作家似乎並不領情。

〔註68〕 《文藝界獎助金管理委員會廿九年七月至十二月工作概況報告》，《中華民國史檔案資料彙編》第五輯第二編《文化（一）》，南京：江蘇古籍出版社，1998年，第80頁。

〔註69〕 《一年報告與自白──並遙寄遠的文友》，《大公報》1941年1月2日。

在重慶和大後方其他城市不同之處在於，作家們和政府中樞同在一處，有什麼問題很快就直接和政府聯繫上了。政府對文藝界的呼籲很重視，先和文藝界溝通，緊接著召開部長級的會議商討細則，成立機構。從 1940 年 7 月成立之日起，文藝界獎助金委員在年度內召開 8 此委員會。1940 年的重慶正處於日軍疲勞轟炸的之中，半年的時間 8 次會議，在大家忙著躲避空襲疏散到鄉下的情況下，是極其難得的，看得出委員會的工作很勤力。

在這樣的狀態下，文藝獎助金委員會的支助仍然未能獲得作家們的認可，為什麼呢？對此，從《大公報》編者的文章中可一窺端倪。文中提及了有部分作家根本就「不肯」領取獎助金，以致於編輯號召作家「不要辜負政府眷念文藝界同人的一番美意」，「作家們儘管清高，但對於本身應享的利益應該爭取，拿心血換得的報酬更是天經地義。」這顯然就是在為作家領取獎助金消除顧慮，鼓勵他們爭取自己的應得的利益。同時也說明了直接發放獎助金的方式來緩解作家生活壓力，並未受到文藝界的普遍接受。這其中涉及到的是知識分子對政府支助的理解，在抗戰時期，即使是最困難的時候，知識分子對和政府之間的關係採取的是謹慎的態度。儘管在抗戰以後，知識分子對政府採取了合作的態度，也有學者進入政府為官，但對於大多數的知識分子而言，始終有一個度，即不能放棄知識分子獨立的地位。

由此再回頭分析《蜀道》座談會上，王平陵的建議是給予作家相適應的職業，如教員、編輯等，這些職業作家能夠勝任，也能解決作家的生活。老舍對此表示明確反對，認為「實在不是一個好辦法」，「譬如去當一個國文教員，每星期要教幾十小時功課，要改幾十本卷子，這不是把一個作家毀了麼？」老舍自己就是辭去教職，專心從事的寫作，從老舍的言語可知，在職業作家心目中，保持時間上和心靈上的自由，是比什麼都珍貴的。不能為了吃飯，把自己的事業都放棄掉。因此，老舍並不贊成用「保障作家」這個題目進行討論，認為這個題目太大。他的看法是既然是討論作家生活，以支持作家的不斷寫作，那就只談提高稿費和保障版稅。另一方面，老舍也有擔心，即使文協通過一個議案，如果無法實現，「豈不是大家應該收起筆來，作為一種消極的抗議麼？這是容易引起社會上的誤會的。」對老舍而言，這樣的消極抗議也是及不可取的。老舍在座談會上的發言，是從一個職業作家的角度看待解決此問題，對作家而言，不應該因為暫時的困難而放棄寫作。而且稿費和版稅問題，涉及的是作家、出版商、報館雜誌等幾方面，問題的解決還得依

靠大家的相互協商，才是解決稿費和版稅較好的途徑，「慢慢做，或者比大鑼大鼓還好些。」

1939 年文協受貴陽《中央日報》和宜昌《武漢日報》的委託，徵選抗戰小說，中選者給予獎金一千元。張恨水對此頗不以爲然，報社以獎金的方式鼓勵作家寫作，在他看來是學猶太商人「叱而與之」的獎勵方式，「是個失態的措施。」〔註 70〕在張恨水看來，作家寫抗戰文章，在當時的情形下是天經地義，是作家的天職。後來引發社會討論的文人生活貧困問題，在張恨水也有不同的見解，他認爲無論文藝家怎樣苦，「和前線士兵出入槍林彈雨之下，總要好些吧！」他批評了有些文藝家一方面苦於收入短少，一方面家裏女人要做太太，兒子要做少爺，所以，他認爲，要討論文藝界人士的生活艱難，應該先討論生活夠不夠嚴肅，是否配合這個了抗戰。張恨水的這篇文章很快引起了文藝界人士的討論，他緊接著又寫了一篇《總得活下去》闡明自己的觀點，認爲文人的命運就是「少達而多窮」，「既作文人，就不怕苦悶」。張恨水列舉歷史上的左丘明、司馬遷、陶淵明、孟浩然乃至孔子孟子，認爲他們在極艱苦的條件下立下不朽的文字，都是值得現代文人學習傚仿的。

對於現金的資助，不少作家非常愼重。老舍在主持文協工作期間，多次爲生活困難的作家們爭取幫助，但他自己的生活同樣不容樂觀。尤其是抗戰後期，老舍的家人到重慶，老舍自己身體狀況一直很糟糕，經常生病，生活過得極其艱難。老舍貧血病復發，又患痔病痢，痛苦之際竟說「深盼死在這裡免得再受罪」〔註 71〕。好友吳組緗深知老舍的艱難，曾致信以群，請文協理事設法爲老舍籌一筆款子。同時，吳組緗又致信老舍夫人胡絜青，認爲「老舍不當嚴苛律己如此。力求生存健康，爲最道德的行爲，否則最不道德，文協款若到，務應收用，幸勿過於狷介。」〔註 72〕「狷介」一詞，道出了老舍的謹愼和潔身自好。作爲文協總務部主任，老舍在重慶文壇交遊廣泛，有任何的困難都可以獲得各方的支助。顯然他沒有因爲自己的困難向文協提出任何要求，不願隨便接受資助。

正因爲文藝界人士這些不同的反應，使《大公報》編者認爲政府直接給

〔註70〕水：《小說獎金一千元，實際上是千字三元的薄酬》，《新民報》，1939 年 4 月 12 日。

〔註71〕吳組緗：《吳組緗日記摘抄》（1942 年 6 月～1946 年 5 月），《新文學史料》，2008 年 2 月 22 日。

〔註72〕同上。

予作家現金支助是「消極」的應對，而非積極的促進。在《大公報》編者看來，更合適的解決辦法莫過於：1. 讓作家多得寫作機會，政府通過編撰文藝書籍，出版雜誌等方式，讓作家能踴躍投稿，既可以達到宣傳效果，又解決作家生活問題；2. 賣雜誌賺不了錢，但書籍的銷售可觀，「出版家既有出版的能力，似乎不應該拿剝削作者以資挹注，至少應該和別家保持平衡；3.青年作者生活清苦，寫文發文都不容易，「希望一面要增加出版物，一面要負責編輯的人擴大眼界」。〔註73〕以上三點建議，實質上是要通過增加出版機會的方式讓更多的作品發表，從而解決作家的生存問題。其中考慮的是不給現金，而是支助文化事業的方式，來達到改善作家生活狀況的目的。

顯然，這樣的考慮在一定程度上是符合文藝界的實情，更能讓文藝界人士接受。事實上，文藝界獎助金委員會對此問題也有所意識，感受到了直接予以資助過程中的困難，「本會初期工作，偏重作家個人生活之補助，嗣以該項工作，雖屬重要，亦多窒礙，而於文藝運動之本身而言，似以置其重點於文藝作品之獎勵較為適當，故幾經縝密討論，並制定詳細辦法，乃於十一月起，先擇中華全國文藝界抗敵協會主辦之抗戰文藝，中國文藝社主辦之文藝月刊，樂風月刊社出版之樂風試行提高稿費，計在二十九年度內支出是項稿費，計一千六百六十五元。」〔註74〕委員會作為直接的執行者，對此問題認知非常明晰，他們調整了獎助金管理辦法，在第七次委員會上廢止了《文藝界貸金暫行辦法》、《文藝界補助金暫行辦法》。同時，將資助的重點從直接的生活資助轉而為支持文藝作品的獎勵，選擇《抗戰文藝》、《文藝月刊》、《樂風》等雜誌，為其提高稿酬進行補助。

三、如何看待貧窮：知識分子的擔當和堅守

漫畫家黃堯有一幅漫畫，諷刺陪都的老百姓連人生樂趣都顧不上的為飯碗忙碌。在抗戰建國的宏大目標之外，貧困、疾病、大轟炸令重慶的生存變得嚴峻而現實，大家都不得不為了活下去而殫精竭慮。尤其是知識分子，應該說，在戰爭時期經濟狀況最糟糕群體之一是知識分子。當然，大後方民間

〔註73〕《一年報告與自白——並遙寄遠的文友》，《大公報》1941年1月2日。
〔註74〕《文藝界獎助金管理委員會廿九年七月至十二月工作概況報告》，《中華民國史檔案資料彙編》第五輯第二編《文化（一）》，南京：江蘇古籍出版社，第80頁。

無數的老百姓日子過得同樣的煎熬。不過，從戰前到戰後，生活條件改變最大的是知識分子，經濟收入受影響最大的是知識分子。尤其是來自異鄉的下江知識分子，他們在重慶面臨著物質和精神上的雙重挑戰。他們為抗戰奮力吶喊，不惜毀家紓難，承擔起國家民族興亡的責任。冰心將知識分子為國家願意捨棄自己優越環境，安貧樂道的精神，稱之為「駱駝般的力量」。〔註75〕

生存的壓力迫使知識分子不得不花大量的時間去思考柴米油鹽的日常瑣事。尤其是重慶，「朱門酒肉臭，路有凍死骨」的情景表現得如此突出，大量一夜暴富的故事時刻挑戰著部分知識分子的神經，使他們充滿困惑。是否選擇走「第二條道路」，放下手中的筆，放下知識分子的身份，和財富、權貴合作，曾引起不少人的爭論。在文學作品中，選擇改行的大有其人，認定知識分子應該保持自身氣節的更不乏其人。如何選擇，體現了那一時代知識分子群體的精神風貌。

重慶並不是一個易於居住的城市。陰冷的冬季、極度悶熱的夏季、破爛的住房、落後的衛生設施、滿大街跑的老鼠，任何一點，都不會帶給人好感。自然環境和時代特徵帶給文人們的是食不果腹的生活，卻依阻止不了他們的精神追求。對人而言，生活中除了物質的層面因素，文化環境同樣重要。尤其是對知識分子而言，文化環境的變更同樣會引發人的適應性障礙。「下江」作家脫離熟悉的文化環境，即使在物質上一無所的時候，他們也能從生活的細節中，甚至想像中獲得樂趣。他們的物質生活日趨「重慶化」，精神世界卻仍擁有豐富的資源。戰時重慶知識分子的衣食住行和普通大眾相同，甚至更糟糕，但從其愛好依然能看出和大眾之間的不同。正是這種精神上追求，舒緩了物質窮困帶來的壓力，讓他們得以度過最艱難的抗戰時光。

1. 「欲行焦土策，豈惜故園蕪」——毀家紓難的決心

對抗戰時期大後方知識分子群體的研究比較多的集中在西南聯大學人團體。重慶的下江知識分子以其職業分散，知識背景各異，不像昆明西南聯大知識分子具有相近的學緣，相同的文化環境和社會環境。重慶濃厚的政治氛圍，也讓重慶知識分子們不可避免的與政治發生交集，具有不同的政治色彩。以往對戰時重慶知識分子研究常常以其所屬社團或者政治色彩為出發點。然而，重慶下江知識分子仍然具有共同點，無論這批知識分子戰前來自上海、

〔註75〕冰心：《從昆明到重慶》，《冰心全集》第二冊，南寧：海峽文藝出版社，2012年，第500頁。

南京還是北平，無論他們在陪都的角色是公務員、記者、專欄作家、編輯還是教師，在對國家、民族的情感，對戰爭的看法等等方面，他們有很多相似之處。

在民族生死存亡的危機關頭，他們斷然捨棄個人的物質生活，不少人是孤身一人來到重慶，集合在抗戰救國的旗幟下，真誠的相信通過集體的努力能換來民族的復興。整個抗戰，對不少人而言，要面對的是失去家園，妻離子散的現實，然而，這在一些知識分子看來，是戰爭必須付出的代價。

逃難到重慶的「下江人」面對的不僅是陌生的環境，還有不斷傳來的家鄉淪陷的信息。可是，在不少下江作家那裏，這樣的消息引發的不是失去一座房子或者花園的心痛，更是坦然的面對，以及為國家民族而犧牲的大義。如果僅止於背井離鄉的傷感，那麼抗戰文學中關於家鄉的文字不過僅僅是個人情感的抒發。但抗戰文學中對家鄉的描繪超越了個人的情感，在溫柔哀傷悲憤中蘊藉著更大的力量，民族和國家的氣節比起個人的得失更為重要。我們討論抗戰文學，常常談及知識分子在這一時期忍辱負重的氣節，這氣節不止表現在心甘情願與國家共赴國難，輾轉大後方，過著艱辛的日子。更在於將個人財富、利益置之度外的堅定。在他們的心目中，國家民族的存亡遠遠大於個人利益的計較。

方令孺寫自己的父親面對散落的殘書斷帖，只要有一兩部可以湊成完整的，「就大喜過望」。儘管書畫碑帖曾經是他心中最重要的寶貝，「一向被看做聖壇不可瀆犯」。被毀之後儘管感到悲痛，可只要能「因為一般廣大的喪亡，比起個人的損失又算什麼？」〔註76〕葉聖陶離家之際，料想回來時家園或者已被燒了，卻並無依戀愛惜之感，因為抗戰是要付出的，戰爭需要本錢。什麼是本錢？「本錢就是各個人的犧牲。」犧牲又分兩種，積極意義的犧牲和消極意義的犧牲。積極意義的犧牲指的是「有錢者出錢，有力者出力」；消極意義的犧牲就是「不惜放棄所有，甘願與全國同胞共同忍受當前的艱苦。」在國家危難的情境下，個人不得不放棄所有的時刻，還在乎個人的利益，無疑於「漢奸心理」。反倒是毀家紓難，得以消除了知識分子因不能直接上戰場殺敵所帶來的焦灼感，從而獲得了心理上的安慰。

豐子愷的緣緣堂被毀之後，作詩「欲行焦土策，豈惜故園蕪」，苦心經營

〔註76〕方令孺：《憶江南》，《中國抗日戰爭時期大後方文學書系‧第五編‧散文雜文》第二集，重慶：重慶出版社，第56頁。

的個人園地，就這麼被毀了。當緣緣堂被毀的消息傳到豐子愷那裏時，豐子愷沒有傷心，「我雖老弱，但只要不轉乎溝壑，還可憑五寸不爛之筆來對抗暴敵，我的前途尚有希望，我絕不爲房屋被焚而傷心，不但如此，房屋被焚了，在我反覺輕快，此猶破釜沉舟，斷絕後路，才能一心向前，勇猛精進。」此時，所有安慰的話在緣緣堂主人耳中聽來，「略覺嫌惡」。

「只要抗戰到底，求得民族解放，個人任何犧牲，覺不計較。」〔註77〕張恨水身邊不少朋友們如是說。張恨水寫到自己先後五次毀家，北平的家、天津的家、南京的家、安慶的家、潛山的家，都在戰火中毀滅。但破家並未讓人灰心，只要希望最後勝利的到來，求得民族的解放。

那麼，真的不傷心麼？無論是書畫還是房屋，無不是主人多年心血積累的結果，代表著他們心中最神聖的那部分。要說捨棄，沒有人會輕易捨棄。他們放棄的不僅僅是一座園子，一處居所，更是遠離了自己熟悉和喜愛的生活方式和文化。但是，在戰爭狀況下，所有個人的得失和國家民族的存亡相比，都算不得什麼，個人的喜怒哀樂都要讓渡於戰爭這個話題。更爲關鍵的是，知識分子將個體融入到戰爭之中，爲戰爭而放棄個人的利益，是如此的心甘情願又如此的慷慨豪邁。

而有著這樣擔當精神的人並不少。美國人白壁德驚歎於在重慶的公教人員就這麼心甘情願的待在這尚處於中世紀的城市中，他們有機會離開重慶，乘坐飛機 6 個小時就可以到達香港。「重慶所缺少的東西香港都有」，更重要的是，香港的輪船通往上海和天津，通往「下江人」日思夜想的故鄉。但是鮮有人選擇這麼做，飛到香港去的人們，「總是回來和政府一起負擔起抗戰的擔子。」而那正是太平洋戰爭尚未爆發，中國尚處於孤立之中的時候。知識分子們都自覺的分擔起國家民族的苦難。

曹靖華在寫給弟弟的信中說道：「苦，現在每個正直人好人，誰不苦？只有漢奸、國難大奸商、貪官污吏，不苦。我們爲要保持清高人格，爲先人爭光，所以，苦是當然的。」對「苦」的體認「有產業的人尚覺苦，無房屋、無田地，無生意，無工廠等一無所有的人，一家數口，孩子們還要上學，一切生活全仗一枝禿筆來應付維持，那大概是不會不苦的。」〔註78〕

<hr/>

〔註77〕張恨水：《破家與希望》，《最後關頭》，太原：北嶽文藝出版社，1993 年，第111 頁。
〔註78〕曹靖華：《曹靖華譯著文集》第十一卷，北京：北京大學出版社，1993 年，第321 頁。

　　任鈞的詩道出了知識分子群體的心聲，「從前住高樓大廈的，／如今卻住起茅屋和草房來了，／從前穿綢著緞的，／如今卻穿起粗布衣裳來了。／從前吃牛奶麵包的，／如今卻吃起碛米和雜糧來了。／從前坐車坐轎的，如今卻跑起路來了……」生活衣食住行的方方面面和戰前都有強烈的對比和落差，生活方式從現代化一下子跌落到茅屋草房粗布衣裳的貧困狀態。但是，這是愛國的人們自願的選擇，因為「一切都是由於我們自己願意！」〔註79〕

　　「一切都是由於我們自己願意」道破了戰時知識分子共同的心聲，他們對貧苦有不同於世俗意義的認知。戰時清教徒似的生活，不但沒有磨滅他們的志氣，反倒更體現出知識分子在危急時刻的強烈的責任意識和擔當精神。梁實秋在抗戰時心中一直打不開的結是「我能做什麼？」「好想好想能直接的對抗戰工作盡一點點力量。」對吃平價米，穿平底鞋，用豆油燈照明，以瓦罐為便溺之器，以柴油車為交通工具的生活，「大家都無怨言，因為大家心裏有數，大家都在苦撐抗戰圖存的局面。」〔註80〕

2. 知識分子的「氣節」

　　安於貧困，在危機時刻的擔當精神，說到底是中國知識分子的一貫以來非常注重的「氣節」問題。前面分析了下江知識分子的貧困，但他們並沒有因為貧困而變得憤世嫉俗，反倒有著平和的心態。因為他們不由自主的有一種意識，即讀書人的責任。這個責任體現在方方面面，無論是改變立場，進入權力體制，已達到兼濟天下的抱負，還是以文筆關注蒼生的情懷，都是這一責任的顯現。不過，回到知識分子自身，無論生活如何的不公平和不如意，他們都未曾放棄對自身的要求。

　　對知識分子的身份，有些人看得一文不值，有些人卻視為瑰寶。讀書人十年寒窗養不活一家人，但卻輕易不能捨去。張恨水抗戰系列小說中有很多這類知識分子的形象。《巴山夜雨》中的李南泉看見商人就生氣，對之拒而不見，太太笑他是書呆子，重慶到處都是囤積商人，生氣哪裏生得過來？李南泉道：「抗戰四個年頭了，我們在大後方還能夠頂住，就憑我這書呆子一流人物，還能保持著一股天地正氣。」〔註81〕《傲霜花》中的教授洪安東

〔註79〕任鈞：《後方小唱三章》，《抗戰大後方歌謠彙編》，重慶：重慶出版社，2011年，第 457 頁。

〔註80〕梁實秋：《抗戰時的我》，《梁實秋文集》第七卷，廈門：鷺江出版社，2002年，第 692 頁。

〔註81〕張恨水：《巴山夜雨》，北京：中國文聯出版社，2005 年，第 256 頁。

打算賣掉家中的書，唐子安加以勸阻，認爲「我們雖窮，也不至於討論的把飯碗和打狗棒丟了。」〔註82〕洪安東覺得把書賣掉擺上個紙煙攤子，可以立刻減輕生活的壓力，是最實際的出路。唐子安則反對教授賣書吃飯，認爲這是不識大體。洪安東爲唐子安的話所打動，覺得「我們究竟忝爲中華民族的知識分子，無論怎麼樣子的窮法，我們也得顧全大體。」〔註83〕唐子安的學生王玉蓮在重慶唱戲，每日所得不菲。唱戲的學生一天掙的錢比教書的先生一個月掙的錢還多，不免很容易讓人產生讀書純屬多餘的念頭。唐子安則安然處之，因爲「民族文化的大纛，還要我們來撐著，我們寧可暫時窮一點。」〔註84〕

在這群先生們的內心深處，仍然秉承儒家「士」的精神氣質。唐子安和蘇伴雲有一番關於掙錢和氣節誰更重要的對話。唐子安認爲可以爲爭氣節而餓死，「爲守節而餓死的是我個人，而爭取的確實民族的生存。」〔註85〕蘇伴雲認爲，讀書人要爲民族爭生存但現實中處處不平等，民族並不在意讀書人。唯一的出路是掙錢，「有了錢，穿著漂亮的西服，不會茶帳就走，人家也不攔你。有了錢坐上汽車，有人和你開道，滾了人家一身的泥，算是人家不會走路。有了錢而失節，那也一般的得著人類的原諒。」蘇伴雲的話代表著大多數人的認知，只談氣節，不怕窮，在現實的社會中只會受盡白眼。

讀書人爲生活所迫轉而選擇經商在那時的知識分子看來未免斯文掃地。《牛馬走》中區老太爺兩個當教師和醫生的兒子都改了行，分別做起來司機和小販，這是生計不得不如此，但在區老太爺心中始終是一個遺憾。當他的大兒子準備辭去公務員去應聘給一個商人當私人教授的時候，區老太爺勸說兒子儘量爲國家或社會多出點力，因爲「你們已得到國家最大的恩惠沒有服兵役。」並勸誡兒子，即使普通公務員天天和「等因奉此」的瑣碎公文打交道，也是有用於國家，「若是起草『等因奉此』的人，都去經商，國家這些『等因奉此』的事，又向哪裏找人呢？」〔註86〕

無論是唐子安、李南泉還是區老太爺，張恨水筆下的這類知識分子形象都有濃厚的讀書人情懷。我們在抗戰文學的知識分子分析中，對那些受壓抑、

〔註82〕張恨水：《傲霜花》，北京：中國文聯出版社，2005年，第24頁。

〔註83〕張恨水：《傲霜花》，北京：中國文聯出版社，2005年，第29頁。

〔註84〕張恨水：《傲霜花》，北京：中國文聯出版社，2005年，第31頁。

〔註85〕同上，第54頁。

〔註86〕張恨水：《牛馬走》，北京：團結出版社，2006年，第128頁。

心靈壓力較大的形象有過較多的關注。但是，不能否認，仍然有部分讀書人仍秉持傳統知識分子的氣節，在最艱難的時候守貧自持。

老舍到成都，看見很多文藝界的朋友，彼此打量，幾乎人人臉上留下了戰時生活的痕跡，或兩鬢白髮，或面容瘦削，可是，老舍覺得「霜鬢瘦臉本是應該引起悲愁的事，但是，爲了抗戰而受苦，爲了氣節而不肯折腰，瘦弱衰老不是很自然的結果麼？這眞是悲喜聚來，另有一番滋味了。」〔註87〕

另一方面，從大後方文藝界對投降賣國行爲的批判中，也能幫助我們清楚的認識到文化界在國家民族危亡之際，對文化人的期待和自我要求。

1938年文協在武漢成立，其會刊《抗戰文藝》第1卷第1期即發佈了《給周作人的一封公開信》，文章表示希望周作人能做「文壇的蘇武」，「境逆而節貞」。對周作人在北平參加日僞組織的「更生中國文化座談會」的行爲予以批判，認爲其身爲大學教授，受到國家和社會的尊崇，卻甘冒天下之大不韙投降敵人，此行爲讓文化界蒙上叛國媚敵的羞辱，整個文化界「雖欲格外愛護，其如大義之所在，終不能因愛護而即昧卻天良。」

因周作人的文學成就和文壇影響，其出任僞北平政府的職務，在文藝界影響巨大。儘管周作人給出了種種解釋，但在文藝界人士看來，當錢謙益一類的人物無疑是有損大節。當民族危亡之際，「一個中國人，尤其是一個『智者』，值此時應該負有怎樣的責任，凡是中國人都清楚知堂老人更加清楚。」〔註88〕

另一位被文藝界批判的人物是汪精衛。汪精衛叛逃之後，陪都各界掀起了討汪的熱潮。1939年8月31日，全國文藝界在國民月會上發表宣言，共同討汪.《中央日報》9月1日發表社論《全國文化界討汪》，其中特別強調「汪逆精衛是一個文人」，「文人對國家民族的責任特別重大，因爲文人負有領導思想的責任，文人具有領導思想的地位。」文中以宋朝和明朝在朝代更替之時「不亡於戰，而亡於和」的歷史爲例證，說明「一個朝代的興衰存亡，重要關頭常繫在文人身上，文人的思想行動，可以開創幾十年乃至幾百年的風氣，國家民族存亡之際，文人的思想行動更重要了，文人的思想行動是支持局面的重大力量，也是毀滅崩潰的制命要素。」〔註89〕

〔註87〕老舍：《可愛的成都》，《老舍全集》第十四卷，北京：人民文學出版，2008年，第315頁。

〔註88〕嘉：《老人的胡鬧》，《抗戰文藝》第7卷第6期，1942年6月15日。

〔註89〕《全國文化界討汪》：《中央日報》1939年9月1日，《戰時動員》，重慶：重慶出版社，2014年，第217頁。

　　從上述文藝界人士對周作人、汪精衛的討伐文章可以看出，無論是社會還是文藝界自身，無不對文人這一身份在關鍵時期所應有的責任感和氣節非常的看重。

3. 精神世界的樂趣和焦慮

　　日常生活中穿衣吃飯的事情成了頭等大事，這個大事甚至超過了戰爭。但是並不意味著知識分子就徹底的物質化，他們依然能在白菜土豆的生活中，尋找到生命的樂趣。而這些樂趣，恰恰是他們度過艱難歲月的精神安慰，落拓的現實生活和絃歌雅致的精神生活形成了鮮明對比。正如錢歌川所言，「兩年前在戰亂中回國，衣食住行，無一不成問題，職業固定以後，行動收了羈絆。生活仍是不能解決。兩年來日裏鬧的是柴米油鹽，夜間受老鼠小偷的擾亂，可謂日夜不安，但在國家這種爭自由的奮鬥中，誰也不會像李後主以淚洗面，我們大家都是咬緊牙根，刻苦度日，青春早早地離去，白髮悄悄地跑來，我們覺得這少年頭也並不是空白了的。」〔註90〕作家們生活雖然艱難，日夜不安，但精神並不頹唐，仍能從細節處感知到生命的樂趣。

　　再貧窮的家庭，都要有精神上的追求，這就是讀書人與普通大眾的差別。《傲霜花》中的唐子安住的草屋左一個窟窿、右一個窟窿，屋子裏亂糟糟，卻有畫了山水的江西瓷，插著三四枝紅梅和兩三朵晚菊，還有灰黑色的紫泥茶壺。局促的居住環境卻是唐子安的安樂窩，他在其間自得其樂：「所要的書，都在手邊，隨手抽了來看。一看書，就什麼大事都丟在九霄雲外。家裏書不夠，要過癮的話，圖書館裏的書還可以替我加油。最近由印度運到一大批新書，我的眼睛大打其牙祭。除了上課，我就在家裏看書。有時你師母和我打二兩白乾，買一包花生米，喝的周身發熱鼻子裏勃香，其樂陶陶。再不然，邀著附近的窮教授們在路上散散步，上自天文，下至地理，擺擺龍門陣也就消磨了兩三小時。」在外人看來窮困潦倒的生活，卻讓唐子安津津樂道。

　　這是小說中的描寫，卻是現實生活的體現。張恨水愛養花，在南溫泉，周圍都是農田，無花可買，仍在春秋時節，趁山花綻放，到山上採野花插瓶。春日的山桃野杏，夏季的杜鵑石榴，秋後的金錢菊，冬日的梅花，都被他採來奉於案頭。張恨水也愛彈胡琴，在重慶購得皮簧琴譜，「在黃米飯飽後，山

〔註90〕錢歌川：《偷青節》，《錢歌川文集》第一卷，瀋陽：遼寧大學出版社，1988
　　　　年，第492頁。

窗日午，空谷人稀，乃擲筆取琴，依譜奏之」〔註91〕，夫人周南應聲而唱，在苦悶無聊的生活中求得一絲安慰。

冰心和吳文藻在重慶照樣過著月月虧空的生活，晚上往往吃稀飯，飯桌子上難得看見肉的蹤影。不過當朋友到來的時候，他們卻如同戰前一樣的好客。「殘餘的半罐 S・W 咖啡，總等著朋友來的時候搬出那具特製的咖啡壺，像做物理實驗似的煮給你吃；快要生銹的烤箱，遇到客人來，也可借機會問一問雞和豬肉的香味。」咖啡、烤箱，顯然是冰心夫婦戰前日常生活中必需品，在抗戰時期，他們仍設法保留這一生活中的愛好。只不過，此時咖啡和烤箱變得珍貴，輕易不能享受，只能在朋友到來時用來招待好友。當然，此時的咖啡和烤箱也具有戰時特色，咖啡壺是特製的，煮咖啡像是做物理實驗；烤箱更由於用的幾率太少，加上重慶潮濕的天氣，已經快生銹了。

上述這些生活中的小細節充滿樂趣，為抗戰時期重慶艱苦的生活帶來一絲生命的溫暖和趣味。但是，如果以此就得出下江文人在重慶雖然衣食住行簡陋，但精神狀態昂揚的結論，就顯得草率。即使在最苦的時候，知識分子們也很少抱怨。然而，下江知識分子們在重慶要面對的，不止是物質生活的煎熬，同時有精神世界的壓抑和焦慮。在這方面體現得最突出的莫過於日益嚴苛的圖書審查制度，以及國民政府對知識分子群體日益嚴密的監控。

國民政府的文藝政策中，對作家、雜誌、書店影響最直接的是圖書審查制度。1943 年 11 月，國民黨新任中宣部部長梁寒操舉行茶會招待文化界人士，會上陽翰笙應邀發言，他講述文藝界苦悶的緣由：「（一）寫作上受的限制很大，不能得到應有的自由，一般人在未動筆之前，腦裏便先裝滿了三十六把剪刀。像這樣寫出來的東西，有時還是不一定能夠通得過。（二）文化活動上的困難很多，特別是在文化事業上抽收重稅（書籍抽稅，演戲抽捐），致使戲劇出版演奏展覽等文化活動均大受影響，幾至無法活動。（三）生活上的困苦加重，一般作家藝術家因受物價飛漲的威脅，多已至無法生活的地步。」〔註92〕

陽翰笙希望能夠讓作家們獲得寫作上的自由，讓大家創作的作品能很順利地得到出版、演出、演奏和展覽的機會，既可以解除個人生活上的痛苦，

〔註91〕張恨水：《劣琴》，《山窗小品及其他》，太原：北嶽文藝出版社，2003 年，第26 頁。
〔註92〕《陽翰笙日記選》，成都：四川文藝出版社，1985 年，第 219 頁。

也能解除精神上的壓力。寫作的自由一旦受到限制，作品的寫成、交付審稿、出版同時因審查制度的存在而大受影響。

但與願望相背離的是，國民政府對文藝界的監控卻愈加嚴密，儘管國民政府的文化官員如潘公展等曾表示將放寬圖書雜誌的審查標準，「只求大同，不問小異」。並在 1944 年 7 月軍委會政治部頒佈了《戰時出版品審查辦法及禁載標準》、《戰時書刊審查規則》，將原稿審查制度修訂為「原稿送審」和「自願送審」，「原稿送審」即「凡以論述軍事、政治及外交為目的之及雜誌暨單篇文字，均應在出版前一律以原稿送所在地審查處審查，其未送審者不得印行。凡劇本及電影片未經呈送中央審查委員會審准者，不得印行、上演或公演。」「自願送審」則為「凡圖書暨不以論述軍事、政治及外交為目的之雜誌，得不以原稿送審，由發行人著作人依據戰時出版品審查辦法及禁載標準自行負責審查。」可是這看似「自願」其實最後仍然要受到限制，因為按照規定，無論是原稿送審還是自願送審，「其發行人印刷人及著作人均應於印就後發行前四日，一律以兩份呈送所在地審查處，其未呈送者一律不得發行。」

因為圖書雜誌審查制度遭到越來越多文藝界人士的反對，國民政府為了緩和與文藝界的緊張氣氛，在 1944 年 11 月籌劃發起成立全國著作人協會。根據陽翰笙日記的記載，在協會成立之前，他曾先後與郭沫若、馮乃超、潘子農、張彥祥等商談議案，並在 11 月 5 日著作人協會成立時，提出了三個提案，即：

一、請轉請政府再度放寬圖書雜誌審查尺度。除違反抗戰建國利益與洩漏國防、外交秘密者外，一律准予出版。

二、請轉請政府廢除劇本和演出的事先審查。

三、請轉請政府重審自本年七月以前被禁之一百種劇本，根據放寬尺度之原則，一律准予自由出版。〔註93〕

可是這三條議案卻遭到了張道藩、潘公展的反對，最終未能獲得通過，這自然讓陽翰笙們非常的失望和憤怒，最後會未開完就不歡而散。

同時，國民政府對文藝界和文化人士的監控日益嚴密和警惕。以魯迅紀念活動為例。從 1938 年開始至 1945 年抗戰勝利，每年 10 月陪都文化界都要舉行魯迅紀念會。其中，公開的、比較大規模的有 1938、1939、1940、1941

〔註93〕《陽翰笙日記選》，成都：四川文藝出版社，1985 年，第 317 頁。

年和 1945 年。前面幾年的紀念活動，都有國民黨政府主管文化的官員參加，
體現了政府對這一紀念活動的重視。自 1941 年皖南事變後，國共關係進入低
潮，魯迅的紀念活動也進入低谷。1942 年的魯迅逝世六週年紀念會已經籌備
好，請了許壽裳前來演講，通知都發出去了，到會的人很多，卻因受到特務
的干擾而未能召開。1943 年重慶沒有舉行大型的紀念活動，只有文工會內部
開了一個小型的紀念會，郭沫若主持會議，胡風做了關於魯迅研究的報告。
1944 年紀念會是在百齡餐廳以茶話會的形式舉行的，到會的人很少，也受到
了特務的干擾。同一天，在成都有一個由各大學學生組織的魯迅紀念會，人
不多，二十餘人。葉聖陶隨兒子參加了這一紀念會。葉聖陶談及此次集會非
常的機密，紀念魯迅，「為偵伺之好題目，設或被覺察，參加者多少有被損害
之可能。」此時紀念魯迅已經成為一個敏感主題，參與者極有可能因此獲罪。
而環伺在生活中的特務則隨時監視人們的一舉一動，因此，活動的主席特別
強調「今昔到會者彼此皆可信賴」〔註 94〕，魯迅紀念活動的參與者必須是相
互極度信任人，另一方面，參加魯迅紀念會成為冒險之旅。

　　不僅如此，陪都文藝界的舉行集會和演講會，會有警察出現。其中，重
慶市警察局第四分局的職責專為審查各個講座演講，當講演時，警察局則有
專人在現場監視，講演結束後則寫成報告，將內容是否合符規範，是否有對
政府有批評意見等逾越之處向警察局做彙報。1943 年中央文化運動委員會邀
請茅盾演講，會後，警察局第四分局在報告中對這場講演做了如下彙報：

　　「案奉，鈞局交下警渝字第 80 號取締集會演說通知單為中央文化運動委
員會舉行卅一次文化講座，飭屆時派員前往監視。據報到會人數計四百餘名，
由該會主席茅盾先生講演『認識與學習』。會場秩序尚佳，並無不軌情事理，
合將監視開會情形報請鈞局鑒核令遵。」〔註 95〕

　　警察局對文化活動的監控愈加嚴密，其監控對象不僅僅針對和政府意見
相左的人，而是形成了一個固定的制度。從重慶市第四警察局的報告來看，
其彙報的講演對象也包括了其他的社會人士。

　　張恨水的《八十一夢》在大後方暢銷一時，頗得大眾好評。書中借神仙
鬼物諷刺戰時重慶種種荒唐之事，讓讀者感到非常痛快。張恨水自己卻因此

〔註 94〕葉聖陶：《葉聖陶抗戰時期文集》，北京：人民教育出版社，2005 年，第 169
　　　　 頁。
〔註 95〕重慶市檔案館，第 07443 號檔。

被帶到一個很好的居處，留宿一夜，被問道「是否有意到貴州息烽一帶，去休息兩年？」〔註96〕眾所周知，貴州息烽是國民黨關押政治犯的監獄所在，此番問話，無疑是給張恨水的警告。《八十一夢》由此結束。張恨水也意識到稍微有正確性的文字，除了「等不出來」，連作者本人的安全都是可慮的。

無處不在的新聞檢查和圖書審查制度乃至警察報告制度，無疑讓作家對國民政府逐漸失望。抗戰後期，國民政府對文化的監控已日漸嚴密，政府的專制色彩越來越濃厚，圖審會較從前更無標準、更無理可講。葉聖陶1945年發表了《我們永遠不要圖書雜誌審查制度》，將圖書雜誌審查制度視為和秦始皇焚書、清朝的搜禁書籍以及篡改歷代書籍一樣的對文化的遏制。圖書雜誌審查制度成為專制政權的佐證，令大後方知識分子愈加對政府失卻信心，下江作家們在重慶的生活遭遇到物質和精神的雙重挑戰。

小　結

抗戰時期文化人應該是社會各階層中物質生活水準下降最明顯的群體，在經歷了數年的大轟炸之後，通貨膨脹取代轟炸，成為居住在重慶的人們痛苦的根源。除了極少數人能在囤積居奇和投機活動中獲利之外，貧困、疾病和死亡是絕大多數人的生活現實。

造成作家貧困的主要原因有通貨膨脹，稿酬制度和版稅制度的實效。中國現代職業作家雖不多，但稿費和版稅是作家們收入的重要來源，更是生活的依靠。大轟炸使得很多的雜誌、報紙無法按時出版，作家寫稿、投稿和發表的週期因大轟炸而延長。大後方猛烈的通貨膨脹導致稿費嚴重縮水，一篇文章從投稿到發表，稿費的購買力被嚴重的削減。戰爭造成交通阻隔，帶來盜版書籍的暢銷，再加上出版商同樣因戰火搬遷到內地，作家的版權很難得到有效保障。

這種種原因促使文藝界從四十年代初期就開始為作家的貧苦而呼籲，國民政府先後設立文藝獎助金委員會、中央文化運動委員會，採取各種方式試圖緩解作家生活壓力。儘管作家們在討論文化人的貧困問題時希望能夠獲得社會和政府的關注，但一旦政府制定了救助政策，在執行過程中則不免出現漏洞，獎助金發放的標準很難把握。加之文化人對政策又有不同的理解，對

〔註96〕張伍編：《寫作生涯回憶》，《張恨水自述》，鄭州：河南人民出版社，2006年，第118頁。

於直接接受政府的現金支助，一部分文人持保留態度，對獎助金表現出的態度並不積極。就來自下江的知識分子而言，到重慶是他們無怨無悔的選擇。這一時期不少人將個人的得失置之度外，對個人財富的損失並不斤斤計較，反倒在毀家紓難中獲得為國出力的滿足感。對於貧困的生活，知識分子很少公開有怨言，並表現出了對政府的理解和容忍。他們更看重的是文人的氣節，這種對忠貞愛國的氣節的尊崇和愛惜，從作家們的日常文字中可以感知，更可從文藝界對叛逆文人汪精衛和周作人的批判中顯露出來。

在重慶的下江知識分子，為應對貧困的生活，為爭取一斗米、一包白糖，學會怎樣經濟節約的過日子，更逐步適應了重慶的生活。日軍的大轟炸驅使「下江人」向重慶的四郊疏散，在北碚、歌樂山、南岸、江津白沙等形成居住點，和重慶本地人一樣的吃、住、行，日常生活逐步重慶化。

同時，拮据的生活未曾磨滅讀書人對生活的樂趣和希望，他們依然能從生活中，從朋友那裏尋求精神上的滿足。然而，在陪都重慶，國民政府對文藝界的監控一天比一天嚴厲，圖書審查制度、新聞檢查制度和無時不在的秘密檢查，令知識分子對國民政府日趨失望。知識分子們能夠理解戰時生活的貧困，卻無法容忍精神上的鉗制。抗戰後期，日軍的轟炸停止了，國民政府的經濟政策和文藝政策卻並未能有效解決現實的各種問題，讓原本充滿信心和熱情的知識分子日趨失望，最終造成了這一群體對國民政府的絕望。

第五章　下江作家筆下的城市形象

　　抗戰文學研究的敘述中，重慶城市形象給人的最大感受是陰鬱，這座戰時的陪都以吞噬生命的駭人力量而令人心生抗拒。陪都重慶似乎是一個巨大的漩渦，吸去生命中的理想、歡樂，剩下的是在山城霧都中的迷失和沉淪。重慶是國家的政治中心，在抗日的共同目標下，國共兩黨在政治上進行著激烈的爭鬥，國民黨的獨裁統治令這座城市愁雲重重、夜霧漫漫；重慶陰暗、寒冷、荒涼，是《寒夜》中無處不在的黑色的夜網和浸骨的寒意；重慶是霧都，萬事都如墜雲霧之中，人們在其中或貧困潦倒或紙醉金迷……而這些印象和在一起，構成了陪都重慶的基本形象。

　　在「下江人」的眼中，重慶的城市形象是多重的。不同的城市形象折射出人們對重慶複雜的情感。首先重慶是戰時的首都，國民政府所在地，在國家民族危急時刻最重要的力量。「下江人」到重慶，有不少是衝著重慶陪都的身份來的，陪都可以帶來各種政治、經濟和文化上的機會；陪都更是國家的象徵，不少人帶著激情奔向重慶，因此對重慶的讚美並不少見。其次，重慶常常成爲他者的化身，上海、北平是最常見的比擬，人們觸景生情，往往將眼前的景物與家鄉或自己定居的城市聯繫在一起。在離亂中，淪陷的家鄉故土顯得更爲美好。最常見的是將重慶稱之爲「小上海」。重慶的城市性格顯然和上海尚存在巨大的差異，可「下江人」到來後，卻讓重慶確實與上海有了很多的相似之處。生活在重慶的下江作家們，有相當龐大的一個群裏來自上海，他們將昔日的生活習慣，交往圈子都帶到了重慶，讓重慶有了濃鬱的上海風情。

　　因此，對重慶的描繪就呈現出兩種不同的態勢，即極度的讚美和強烈批

判：一方面是引領著中國勝利希望的「國之新都」，一方面則是處於中世紀粗鄙和落後。不同的表述喻示「下江人」來到重慶的複雜心態，對重慶的讚美和歌頌，來自國人對國家、民族抗戰必勝的信念，是對日軍侵略行為的憤恨和愛國和民族情感的表現。戰爭爆發初期，人們選擇追隨政府，不願做亡國奴，都願意為國家做點什麼；但重慶確實不是他們心目中的「善地」，如果不是戰爭，他們中的大多數人是絕對不會來到崇山峻嶺包圍中的這座城市。當他們沿著長江航道一路冒著敵機的轟炸逃到重慶，驚慌失措之餘，對重慶的印象是如同在「異域」。當他們的生活逐漸重慶化之後，貧困成為大多數人尤其是知識分子的生活現實，生存的壓力迫使不事生產的知識分子的情緒不得不去關注柴米油鹽，觸景生情，這更引起「下江人」對往昔生活細節的懷念。

與此同時，戰時重慶的繁華和貧窮一樣的為人所矚目，腰纏萬貫的商人和投機分子一呼百應，肥馬輕裘，花天酒地，就彷彿戰爭從來不曾光臨過重慶。知識分子在貧困的生活中，要忍受巨大的精神壓力，是否選擇「第二條路」，去隨波逐流當官或者經商，成為對這一群體的巨大考驗。

一、對重慶的讚美

很多的「下江人」此前並未到過重慶，當他們被戰火驅趕著走向大後方的時候，重慶並非是他們預設的目的地，他們對重慶的認識是模糊的。到重慶前，他們唯一明確的是重慶是「國之新都」。

在1938～1939年期間，人們尚處於戰爭初期的亢奮之中，武漢大撤退後，大家紛紛湧向重慶。初到的下江作家們賦予了重慶至高的象徵意義，「精神堡壘」、「東方的勘察加」、「抗戰司令臺」等等詞彙構成了重慶高大的城市形象。在不吝讚美的詞彙後面，是整個民族抗日的激情，人們心甘情願來到重慶，共赴國難。來到重慶的人們用激動的心情擁抱它，用筆抒發對這座新都的憧憬和熱愛，《陪都贊》、《重慶，世界與中國的名城》、《新生的陪都》、《重慶，我們的安哥拉》、《重慶，美麗的山城》、《春雲初展的重慶》等等，僅僅是看文章的題目就能感受到強烈的愛國激情，感受到民眾對重慶的敬仰。

然而，「『聖地重慶』是用眼淚和鈔票連綴起來的，其間也還有血」〔註1〕，不同人群對重慶的讚美，具有不一樣的意義。對一切正直善良的人們而言，他們背井離鄉、顛沛流離到重慶，秉持的是對國家真誠的愛，以及對抗戰必

〔註1〕司馬訏：《重慶之魅力》，《重慶客》，重慶：重慶出版社，1983年，第13頁。

勝的執著信念和期待。即使日軍連續數年的大轟炸，也絲毫未能挫傷大家對此的信心，反倒激起更多的人同仇敵愾。不過，對於在陪都的投機者和商人們眼中，讚美重慶，是爲了重慶無處不在的商機，和可以媲美戰前的物質享受。

1. 激情擁抱的新都

　　國民政府的停留在武漢時，人們紛紛奔向武漢；武漢危急後，又隨著政府機構繼續內遷至重慶，有人將文人們的不斷遷徙總結爲「爲著自己的使命〔註2〕」。戰爭初期的重慶國民政府在人們心中的形象至高無上，大家熱切的盼望著也相信重慶的國民政府能夠帶領大家早日結束戰爭，讓「下江人」回到故鄉。當重慶和戰爭聯繫在一起時，就不再是現實生活中大家生活居住的地方，而成爲人們心目中值得誇讚和謳歌的對象。重慶吸引著來自各方的「下江人」，這座城市成爲國民心目中取得戰爭勝利的希望和國家的象徵。

　　文學家激動的描繪著國家的新都——重慶。老舍的《陪都贊》中將重慶和莫斯科、華盛頓、倫敦並稱爲民主同盟四重鎮，他極力的歌頌重慶，「興邦抗戰此中心，重慶威名天下聞」，「復興關下，揚子江濱，精神堡壘，高入青雲，東亞我爲尊」，重慶就是整個民族信心的保證。趙清閣從未到過重慶，卻對重慶充滿期待，「這新的國都，是一切政治、經濟、文化的中心樞紐，但願也不僅只披上京滬的皮毛，希望也能有京滬那種革命的靈魂，戰鬥的精神。」「山城本身是堅強的，如今又戎裝了起來，當然會更雄偉；在保衛武漢聲中，祝福她在大後方起到團結人民、振興國家的作用。」〔註3〕

　　重慶孕育著希望和朝氣，彷彿一個全新的中國將藉由此地而復興，「那暗灰的雲塊已經沒了／祖國正用著微笑／和蘊著熱愛的眼睛／招呼著／從山國腹髒裏奔流而來的嘉陵江呵／嘉陵江上正孕育著無上的光輝的希望……」。〔註4〕即使現實中的重慶仍有種種不足，但這不足源自過去，是四川軍閥統治的結果，它必將爲一個全新的重慶所替代，「舊的重慶，已經在抗戰建國的過程中，淘汰了去，而新的重慶，一個朝氣蓬勃，前進的重慶卻已在這一次抗戰中立下了很好的基礎。」〔註5〕重慶被喻爲「時代的英雄」，

〔註2〕清閣：《檢討過去策勵未來》，《彈花》2卷3期，1939年1月1日出版。
〔註3〕趙天：《漢川行》，《彈花》2卷3期，1939年1月1日出版。
〔註4〕沙白：《嘉陵江上》，《國民公報》，1939年9月19日。
〔註5〕崇華：《抗戰中生長的重慶》，《建設》1939年第1期。

它將「洗刷去一切舊的腐爛成分，而顯示出中華民族的獨立、創造、和擴大的勇氣和精神。」〔註6〕

重慶這座城市，其價值和意義已經不再只是地圖上中國諸多城市之一，不僅僅是西南地區的商貿中心，它超越了其地理意義和經濟地位，被提升到了全民族希望的高度。「重慶」的詞語內涵從城市的名稱，一下子擁有了更豐富和重要的喻意：「這兩個字的意義——在歷史的記載裏：是反抗侵略的先鋒！是反法西斯的堡壘！在辭典的注釋裏：是民主的砥石！是正義的燈塔！」〔註7〕有的激情充沛的高呼「重慶，這個中國戰時的首都，世界注意的名城，已逐漸變成東亞的燈塔，弱小民族的希望，勞苦人民的解放，全世界的和平，都寄託在他的進步與走向光明。」〔註8〕重慶鼓舞著士氣，即使這座城市冬季大霧彌漫，在人們的心中，依然能感受到一種「心理上的太陽」，「光明燦爛是別處所不及的，昆明較淡，北平就幾乎沒有了。」〔註9〕

可能這樣的一番話語倒是更能確切說明「下江人」對重慶的感受，即「重慶今天爲甚麼可以被人欣羨仰慕？不是因爲重慶的風物，更不是因爲重慶的物產富裕，因爲重慶代表中國，中國幾百萬戰士在前線與日軍拼命，中國幾千萬人民在後方爲國家掙扎，在國門口的香港，一般人對重慶有這樣的感想；在歐洲，在世界，重慶被人的重視，是事勢因果的必然。重慶在政治上經濟上軍事上，不但維繫了東亞的安危，也屏藩著世界的和平。」〔註10〕重慶能獲得世界矚目的原因，成爲中國人心中的「精神堡壘」，不是重慶城市本身的吸引力，而是它的象徵意義。

青年人則視重慶爲報效國家、實現人生理想之處。老舍的劇本《誰先到了重慶》中，吳鳳鳴催促弟弟吳鳳羽到重慶去，「重慶是咱們的首都，這裡只是咱們的家；國比家大！」〔註11〕對無法離開北平的吳鳳鳴來說，「身在北平，而心在重慶」則是他的心聲和寄託。

這些話很能代表一般知識分子的心聲，那個時候，大家都願意跟著政府

〔註6〕張宗植：《重慶與重慶文化的動向》，《戰時文化》，1939年第2卷第1期。

〔註7〕陳伯吹：《從沿海到山城》，《旅行雜誌》1945年第19卷第1期

〔註8〕徐盈：《重慶，世界與中國的名城》，《中學生》第83期，1945年。

〔註9〕冰心：《擺龍門陣》，《山城曉霧》，百花文藝出版社，2003年版，第104頁。

〔註10〕程滄波：《香港回望重慶》，《戰時記者》，2卷9期，1940年5月1日出版。

〔註11〕老舍：《誰先到了重慶》，《老舍全集》第九卷，北京：人民文學出版社，2008年，第516頁。

走，和國家一起共赴國難。重慶環境如何，在那裏如何生存、發展，很少有人認真思索過，僅僅是覺得應該如此。這樣的凝聚力和熱情在中國現代歷史上是極少見的，以致於美國記者白修德說道，在戰爭初期的 1939 年～1941 年間，「重慶的脈搏裏，跳動著戰時全民族的力量。〔註 12〕」

人們似乎毫無保留地將所有讚美的詞彙用於對重慶的描繪。這樣的讚美並非阿諛，而的確來自人們的真實情感。戰爭初期人們追隨政府到西南地區，確實出於對國民政府的信任和對民族的真摯情感。他們中的一部分人完全可以選擇更加舒適的生活，義無反顧的奔到內地，妻離子散，如果沒有對國家民族的真實情感，是完全辦不到的。

2. 廢墟中的重生：大轟炸後的重慶

1939 年以後，日軍開始對重慶實施長時間的大轟炸，重慶繁華街市毀於一旦，處處殘垣斷壁。轟炸給人們的心理造成巨大的恐懼和壓力，但轟炸也讓重慶的人們更加團結。重慶成為民族精神堅不可摧的象徵，在被轟炸夷為平地的城市，很快又建起一棟棟的房子，又響起商販叫賣的聲音，迅速的恢復了城市的生命。這一切不但沒有絲毫影響到重慶的城市形象，反而讓其更加高大。

慘烈的大轟炸讓重慶人抗戰的決心變得更加堅不可摧，重慶被稱為「不死之城」、「英雄之城」，其城市形象甚至超越南京、北平這兩大都城，詩人們稱讚這座城市：「人們在這兒，／都有了祝福的聲音，／你聽──／滿街滿巷地喚著『重慶』。／大婁山只有四十二個彎，／重慶市呀，街道排成山，／誰能計算出重慶多少天，／看浮圖關就高到可怕！／六十里南京城，／八十里北平，／重慶共有多大？／從揚子到嘉陵是一百八。／到夜晚，／有繁星來點四岸的燈火，／沒有人數，也沒有數，／燈火樣多是重慶的坡。／重慶炸平了，誰相信？／我看見重慶像松竹樣常青。／在這兒尋不出半點狼狽，／漫天大霧只和風在吹。／林森路，長呀，跟了江水流。／兩路口，大呀，擠滿了過路人，／來這兒，只聽見江水唱，／船夫也唱，／唱著句不盡的話：『不死的城！』」〔註 13〕這首《重慶小唱》發表於 1940 年 12 月 16 日的《大公報》，不過是那一時期無數歌頌重慶的詩歌之一。詩人用誇張的手法，表現了重慶城的大、人的眾多和轟炸之後依然如故的決心，可以說，在那一時期，還沒有哪座中國城市能夠享受到如此的溢美之詞。

〔註 12〕白修德：《中國的驚雷》，北京：新華出版社，1988 年，第 19 頁。
〔註 13〕高詠：《重慶小唱》，《大公報》，1940 年 12 月 16 日。

　　1939 年 5 月大轟炸攻擊目標主要在重慶市區繁華地帶，不少作家親眼見著繁華的城市灰飛煙滅，他們加入逃生的人群，在驚慌失措的人群中逃往郊區。當作家們在提筆記錄下自己這段經歷的時候，無不是飽含憤怒，胡秋原認為這樣對平民百姓慘絕人寰的轟炸，是史上所聞所未聞的，「只有南京的屠殺可以相比。」〔註 14〕梅林在下筆的時候情緒激動，「我應該怎樣的下筆呢？我絕不可能像平日一樣安靜的坐在寫字臺前。我滿心海樣深的仇恨，我滿心海濤樣洶湧的感奮。」《抗戰文藝》第四卷第三四期合刊推出了「轟炸特輯」，其中計有老舍的評論《以雪恥復仇的決心答覆狂炸》，散文有蓬子的《不能威脅和動搖的鐵的意志》，梅林的《以親愛團結答覆敵人的狂炸》，李輝英的《空襲小記》，任均的《火血小記》，胡秋原的《轟炸所感》，楊朔《遠來的泥腳》，徐中玉的《在燃燒中》，張周《血的仇恨》，陸晶清的通信《重慶在烈焰中──致何登‧夏洛蒂夫人》，新詩有王禮錫的《轟炸後》、馮玉祥《新的血債》。僅從文章的題目就可感受到強烈的「血」與「火」的仇恨和憤怒，這些文章既有對轟炸過程的真實描寫，也有作家在轟炸之後的悲憤之作。

　　敵人的炸彈和燒夷彈將繁華市區變成了斷壁殘垣，「在十幾小時以前，誰也不容易相信，那些富麗堂皇的高樓大廈，那些被讚做重慶之心的最繁華的商業區，那些整日整夜熙來攘往的大馬路……竟在片刻之間，變成簡直不堪入目的一片頹垣敗瓦的廢墟」〔註 15〕「不錯，只是幾天以前，重慶是一幅女人的錦繡花裙，展放在揚子江上。」〔註 16〕昔日熟悉的地方都變得陌生，到處如同人間地獄，「代表日寇的罪惡的火舌，從人口稠密的商業區住宅區……從四面八方伸出來，腥味的濃煙捲上半天，火光耀紅了整個重慶市」，「晨曦中，空氣中，充滿了血腥和焦味。」擺在活下來的人們面前的是死亡：「倒塌的房舍，燒殘的荒墟，盛殮無辜死者的薄木棺材。」〔註 17〕王禮錫的詩《轟炸後》將轟炸前後作對比，「昨天是一個古色古香的書店，／而今是人血人肉烤成的瓦礫，／一部木刻宣紙絲裝的古書，／我的手指曾給它多次的撫戀。」「昨天是一個北方的小吃館，／而今是人血人肉烤成的瓦礫，／在萬家母子夫婦團聚的新年，／是我共給我半打香油的鍋貼。」「為了要溫一溫平津的聲音笑貌，／你曾幾度到此坐對清茶與大鼓，／而今是人血人肉烤成的瓦礫，

〔註 14〕胡秋原：《轟炸所感》，《抗戰文藝》4 卷 3、4 期合刊，1939 年。
〔註 15〕任鈞：《火血小記》，《抗戰文藝》4 卷 3、4 期合刊，1939 年。
〔註 16〕楊朔：《遠來的泥腳》，《抗戰文藝》4 卷 3、4 期合刊，1939 年。
〔註 17〕同上

／誰更把國仇家恨悲壯地從頭數。」詩中沒有激憤的怒吼，卻有深切的痛心，古色古香的書店，木刻宣紙的古書，傳承著中國五千年的文化。對因戰爭到來的「下江人」來說，北方的小吃館，清茶和大鼓，是離亂會中鄉愁的寄託。可是這些都被戰火摧毀，詩人質問：「是誰把美的生變作醜的死？」

到處是火，空氣中充滿著血腥和燒焦的味道。「整個重慶最繁華的地區，都在一刹那間，化成了火之海，焰之海，煙之海！火焰燒紅了半邊的夜天，濃煙佔領了全部的天際。」〔註18〕「院裏沒有燈，但天空全是亮的……多少處起火，不曉得；只見滿天都是紅的。這紅光幾乎要使人發狂，它是以人骨、財產、圖書，為柴，所發射的烈焰。灼幹了的血，燒焦了骨肉，火焰在喊聲哭聲的上面得意的狂舞，一直把星光月色燒紅！〔註19〕」「靠山的街道上全是熊熊大火，濃煙鋪天蓋地朝他滾了過來。只聽見火燒的劈啪聲，被火圍困的人的慘叫聲，以及救火車不祥的鈴聲。新起的火苗，在黑暗中像朵朵黃花，從各處冒出來，很快就變成了熊熊的火舌。頭頂上的天，也成了一面可怕的鏡子，忽而黃，忽而紅，彷彿老天爺故意看著人們燒死在下面的大熔爐裏來取樂似的。」

災難中的國人更加團結在一起，使中國人更清楚的認識了日軍的殘暴，更激起了大家抗日的決心。正如老舍激動的寫道：「痛哭過一陣的人，會不再流淚，而去咬牙復仇。暴敵轟炸的成功也正是失敗，血肉橫飛的慘象激動了我們更多的同情與義憤，認識了恐怖，更明白如何在死裏求生。假若不幸而有人以為轟炸便可以動搖了抗戰到底的國策，他就是與敵人一樣膚淺，與豬狗一樣的愚蠢無恥。」〔註20〕老舍堅信中國文化的力量，在他看來，日本懂中國事，會計算軍隊的人數，明白中國有多少架飛機，但不懂得中國人的文化力量。有了中國文化力量的支撐，南京和武漢狂轟濫炸中國人不會害怕，重慶的轟炸也算不得什麼。

政府和社會人士的各類救助措施，讓處於慌亂中的國人更體會到同胞手足之情。當難民如潮水般湧向城外的時候，國人之間相互救助，親如一家。在重慶南岸通往黃桷埡的路邊，一隻軍隊在沿途的石頭上、樹干上貼著紙條，

〔註18〕任鈞：《火血小記》，《抗戰文藝》4卷3、4期合刊，1939年。
〔註19〕老舍：《五四之夜》，《老舍全集》第十四卷，北京：人民文學出版社，2008年，第218頁。
〔註20〕老舍：《以雪恥復仇的決心答覆狂炸》，《抗戰文藝》4卷3、4期合刊，1939年。

上面寫著：「親愛的避難同胞們！請到三星飯館去吃稀飯啊！軍隊給你們預備的，不要錢！」「濃厚的，香美的，熱騰騰的稀飯，擺在三星飯館的門前，避難的同胞們走上前去，立即就看到服務人員熱情的臉和熱情的語言」，〔註21〕在慌亂的逃生路上，這樣的熱情無疑是讓人感動的，同胞之間的友愛和熱情足以讓每一個驚惶的心獲得安慰。

整座城市的人都動員起來了，團體和學校組織起服務團，童子軍、男女學生、公務員，「都熱誠而熱烈地替難胞們搬行李、抱孩子、做嚮導……」，學生們還自己掏錢買東西去慰問逃難的人們。政府將所有的公私汽車都動員起來輸送難民，卡車、私人汽車、公共汽車，每一輛車有代表某機關的服務人員，將有需要的人們送往郊區，「每一輛車子站滿了人，堆滿了行李，人不分潔淨和污穢，行李部分破爛和貴重，一樣的擠堆在一起，在街上風馳電掣的駛過。」〔註22〕這個時候，沒有了「下江人」和「本地人」的分歧和不同，這一刻大家都是並肩抗戰的中國人。「老婦說，／不怕難，不怕難，／女人說：／快快上前線／小孩說，／殺向前，殺向前，／學生說，／為民族解放而受難；／商人說，／為國家獨立而抗戰」，轟炸加深了人們對敵人的認識，更強化了抗戰必勝的信念。

被摧毀的城市迅速的在廢墟上重生，人們稱讚和驚歎於這座城市自我修復的能力。一般到重慶的人，到之前總會以為重慶該是怎樣的破敗和淒慘，到了以後，才發現，整個的重慶並無想像中的頹喪。朱自清從昆明到重慶，在瓦礫場和炸痕之間，看到的是街上川流不息的車子和步行人，「擠著挨著，一個垂頭喪氣的也沒有。」人們的眼中充滿了「安慰和希望」，這讓作家深受鼓舞，「只要有安慰和希望，怎麼轟炸重慶市的景象也不會慘。」〔註23〕日軍的轟炸機被稱為「機械化的飛魔」，「當他們還沒有回到魔窟的時候，／當炸彈的硝煙還沒有消失的時候，／當十丈黃塵還在飛揚的時候，／在這新闢的廢墟上，／卻傳播出復興和再建的歌唱。」〔註24〕修理電線的工匠、整理馬路的工友，所有失去家園的人們，回到瓦礫堆上，開始重建家園。霧季到來

〔註21〕梅林：《以親愛團結答覆敵人的狂炸》，《抗戰文藝》4 卷 3、4 期合刊，1939年。

〔註22〕梅林：《以親愛團結答覆敵人的狂炸》，《抗戰文藝》4 卷 3、4 期合刊，1939年。

〔註23〕朱自清：《重慶一瞥》，《山城曉霧》，天津：百花文藝出版社，2003 年，第 48頁。

〔註24〕任鈞：《敵機去後》，《大公報》1940 年 12 月 1 日。

時，城市的面貌發生了變化，「戰爭的創傷就幾乎看不見了。起碼，在主要街道上，破壞的痕跡已經不存在了。」重慶在表面上又恢復了往日的熱鬧。

重建的房屋，重新開張營業的商鋪，迅速恢復的市容，體現的是中國人與生俱來的對生活的信念和執著。老舍的小說《鼓書藝人》中的主人公方寶慶來自北平，他費盡心思在重慶開了一家「昇平」鼓書場，生意興隆，是四面八方的「下江人」散心的好去處，他們能在大鼓書的曲調中領略一番家鄉情調。可是這個書場沒能躲過轟炸，寶慶看著變成廢墟的書場，「房頂已經給掀去了。碎瓦斷椽子鋪了一地。他那些寶貝蓋碗全都粉碎了。他沒拿走的那些幀子和畫軸，看來就像是褪了色的破糊牆紙一樣。」眼前的景象令寶慶難過，但他覺得「書場給毀了，可他還活著呢。」寶慶開始在心裏盤算，「換個屋頂，再買上些新蓋碗，要頂好的，就又能開張了。」方寶慶的心好受了了，他打算寫段鼓詞，題目就叫《炸不垮的城市──重慶》。

重慶的傷疤和廢墟上的新生成為城市乃至整個國家的榮譽徽章。訪問重慶的客人往往被帶去看轟炸後的痕跡和生活在其中的市民，這一切足以向所有人證明重慶人的英勇。倔強的姿態和戰爭的信心鼓舞著人們，即使在日軍轟炸最厲害的時候，重慶的人們信心尚存。正如有作家所描寫的那樣，「那時候，大家有那麼一股熱情，於悲慘場面中，寄以無限的希望。」「明年焦土又新枝」可以代表當時社會人士的一般心理。〔註25〕

二、新舊雜糅的世界

隨著日常生活的持續，初到重慶的激情和興奮，逐漸為生存的壓力所取代，重慶呈現出另一番形象。「下江人」湧入重慶，城市一天比一天的熱鬧和繁華。人們用「上海」來比擬重慶，言下之意重慶也具有了中國當時最現代化的城市的雛形。可重慶始終還是重慶，在生活的方方面面依然保持著既有的方式。

「下江人」帶來了重慶城市的發展，重慶在形式上具備了京滬等大城市才有的現代化設施。街道上布滿新店鋪和新招牌，而這些店鋪和招牌幾乎都來自南京、上海等城市。戰爭催生了重慶商業的繁盛，作家們這樣形容重慶商業中心最繁華的都郵街：「抗戰司令臺下的吸煙室，東亞燈塔中的俱樂部，皮鞋的運動場，時裝的展覽會，香水的流域，唇膏的吐納地，領帶的防線，襯衫的據點，綢緞呢絨之首府，參茸燕桂的不凍港，珠寶首飾的地帶，點心

〔註25〕曹聚仁：《文壇五十年》，上海：東方出版社，2006年，第337頁。

的大本營，黃金的『十字街頭』……」〔註26〕重慶成為大後方商品的集散地，繁忙的商業，琳琅滿目的商品，顯示著陪都的商業活力。「下江人」在重慶感到既熟悉又陌生，熟悉來自街頭閃耀著自南京、上海遷來的招牌和耳邊聽到的熟悉的方言。陌生感則來自另一個重慶，貧困、保守甚至神秘。這個重慶是以轎子、人力車夫、頭纏白布的本地人為代表的。儘管國民政府遷都重慶，重慶卻依然保持著不少地域風俗，而這些習慣，在「下江人」眼中看來，無疑是非常古老和保守的。以交通為例，戰時重慶街頭，來自京滬的汽車也多了起來，公共汽車也投入使用，但佔據人們生活主要方式的依然是坐轎子。初到的人們總是對轎子感到驚訝和恐懼。驚訝的是兩個人抬著一個竹製的椅子就能成為交通工具，這在現代社會是難以想像的。恐懼的則是在山城崎嶇不平的道路上，轎夫肩一斜腿一軟，轎子裏的人就會滾出去，令坐轎子的人感到膽戰心驚。

不僅如此，神靈在本地人的生活中依然扮演著重要的角色。對此，白修德曾有過相當詳細的描繪：「天旱時節，許多人頭上插了綠葉，排成行列向神道求雨；古式的婚禮行列，領頭的是飾有紅布的花轎，很愉快地在號召人們紀念航空節的牌樓和標語橫幅之下走過。」〔註27〕在1939年5月3日、4日，重慶遭遇最慘烈的轟炸之時，正逢月食，「救月的銅鑼通宵在敲打，鑼聲響徹城中，和火爆聲及許多受難者的哀痛之聲混成一片。」〔註28〕一邊是轟炸帶來的慘烈景象，一邊是來自遠古的充滿神秘色彩的天狗食月的傳說，兩者交織在一起，更增添了大轟炸之夜人們內心的恐懼和惶惑。

生活在重慶周圍鄉場上的人們，更能感受到時光的流轉。在鄉場，狹窄的街道上人和豬一同行走著，房屋大都是竹篾和泥巴混合的產物。「穿的是土布衫，行路是用自己的兩條腿或是把自己一身的分量都加在兩個人肩上的『滑竿』，我們看不見火車，連汽車也不大看見，沒有平坦路的，卻有無數的老鼠橫行，沒有百貨店，只有逢三六九的場，賣的也無非是雞，鴨，老布，陶器，炒米，麥芽糖……」目睹這些景象，不由得人感歎「一切物質文明和精神文明，都要先從我們生活的這個年代數回一百年或是二百年」。〔註29〕在此環境中生活，遙想上海，簡直恍如隔世。

〔註26〕司馬訏：《都郵街》，《重慶客》，重慶出版社1983年出版，第199頁。
〔註27〕白修德、賈安娜：《中國的驚雷》，新華出版社1988年出版，第9頁。
〔註28〕同上，第10頁。
〔註29〕靳以：《憶上海》，《靳以選集》第5卷，四川人民出版社1984年版，第288頁。

　　空間和時間在重慶發生了交錯，現代和古老奇異而真實的共存。在重慶可以買到福建味的魚羹，廣東點心，湖南辣子雞，北京烤鴨。可銷售這些五花八門的風味美食的地方，不是燈火通明的餐館，而是「在髒髒的、草草築成的棚屋內。」重慶變得多元化，操著不同方言，有著不同生活習俗，愛好、教育背景殊異的人們生活在一起：「一幢小小的三層樓，往往居住著四個到六個省籍不同的家庭；每層樓之間，還懸弔弔地生活著頗多的臭蟲與老鼠。主人們使用著若干語系中的若干方言，一如他們的不同的身份，各自保持其不同的趣味與尊嚴；晚間則唱出各式的歌：秦腔，河南墜子，楚劇，北京的『秦瓊賣馬』，蘇州的『淚灑相思帶』……」〔註30〕這樣的多元並不會讓人想到城市的開放和包容，反倒會覺得充滿了生活的局促和壓抑，具有充分的戰時重慶特色。

　　老舍在小說《鼓書藝人》中借秀蓮的口道出了一般「下江人」對重慶的第一感受。秀蓮初到重慶，一看到城裏的大街，心裏非常激動，「高樓大廈、汽車、霓虹燈，應有盡有。誰能想到深山峻嶺裏也會有上海、漢口那些摩登玩意兒呢！」〔註31〕高樓大廈、汽車和霓虹燈，均是現代社會的物質文明發達的象徵，在一般人的想像中，深山峻嶺的重慶是不會擁有的，但重慶居然也有。「誰能想到」幾個字，既有驚喜，更有意外。

　　重慶街頭閃耀著霓虹燈，燈下有紅男綠女，他們的臉上洋溢著現代文明的氣息，打扮入時，談論著最時髦的話題，看著電影，喝著咖啡。與此同時，街頭站滿面帶倦容、衣衫襤褸、一臉鴉片色的轎夫。有人曾中肯的分析重慶，「並不像一般人心目中的舊而且古，也不像我們有時幻想的那樣新，這是一個可以代表中國都市的山城。」〔註32〕處於變動中的陪都重慶既新且舊，只是引發變動的驅動力不是來自城市本身，而是戰爭的迫使。

三、「重慶客」的他鄉和故土

　　在現代文學作品中，逃離故鄉、逃離家庭曾一度是創作的主題。故鄉在筆下的色調總是昏暗、落後的，吞噬掉無數鮮活生命的巨大力量。逃離故鄉才是新生的開始。但在抗戰時期旅居重慶的作家筆下，故鄉卻呈現出美好、

〔註30〕司馬訏：《重慶客》，《重慶客》，重慶出版社 1983 年出版，第 223 頁。
〔註31〕老舍：《鼓書藝人》，《老舍全集》第 6 卷，人民文學出版社 2008 年版，第 19 頁。
〔註32〕沈茲：《憶重慶》，《旅行雜誌》，第 15 卷第 8 期，1941 年出版。

親切的一面，是心中最渴望之所，「做客重慶的人，在夢裏也沒有忘記過故鄉的楊柳與桃花。」〔註33〕不少的文章或直接以《故鄉》命名，或通過對比的手法，將陪都重慶和家鄉的風土人情一一比對，有的筆調溫柔委婉有的悲憤激昂，但無論是哪種情緒，無不充滿了國土淪喪的痛苦和對敵人的控訴。有作家直言「一個人沒有家的時候就想家，有了家的時候，又感到家的累贅。」〔註34〕尤其是在重慶，每當夏日炎熱無法入睡，或是被日軍的疲勞轟炸四處驅趕時，在最痛苦和無奈中，家鄉的各種美好更容易浮上心頭。

於是，重慶被納入到各類參照中，和昔日繁華的北平、上海、南京比較，和大後方的昆明、成都等城市比較。正是在這種比較之中，喚起了人們對故鄉種種美好的想像和懷念，同時更進一步強化了「下江人」在重慶「客居」的心態，讓他們時刻想著掙脫這座城市，返回下江。

1. 和北平、上海、南京的對比

下江作家的筆下有對家鄉風物的懷念，也有對家鄉遭遇暴敵侵害的傷痛。在這些文字中，對家鄉風物的描繪往往充滿了溫柔的情感，家鄉不再是需要不斷逃離的處所，而蘊藏自己人生親情友情的生命之根。

重慶四季更替中微妙的變化，一物一景無不觸動「下江人」無限的感慨。春季的桃紅柳綠，是記憶中玄武湖的櫻引發桃、清涼山的芭蕉、龍華寺的桃花；夏天的味道則讓人回味起「故鄉的瓦屋紙窗下，吃自然主義的茶，朱漆盤中快刀剖大西瓜，北戴河客舍走廊之晝寢，莫干山高處指點奇異的虹，豆棚瓜價下談鬼說狐，吸一袋煙；或是綠窗睏足，再調冰弄雪，沉瓜浮李」；短暫的秋天勾起人們對北平的秋，南京的秋的懷念；冬季一場瑞雪，則更令人懷鄉，「雪中的山茶、銅瓶裏的梅花、風乾的蝦米與芬芳的臘味」。〔註35〕對家鄉風物的描繪寄託著人們對往日生活方式的懷念，花開花落，一杯茶一袋煙一場雪，都是往日生活中最尋常的細節，身處其間可能渾然不覺，間關萬里漂泊西南之後，這些細節無不籠罩上了詩情畫意，成為最可懷念的美好記憶。

老舍思念北平的兔兒爺，北方一些城市中秋節有供養兔兒爺的習俗。到了中秋，客居陪都的老舍北方的兔兒爺，尤其是北平的，「種類多，做工細」，

〔註33〕司馬訏：《重慶客》，《重慶客》，重慶：重慶出版社，1983 年，第 225 頁。
〔註34〕蘇雪林：《家》，《蘇雪林文集》第二卷，合肥：安徽文藝出版社，1996 年，279 頁。
〔註35〕司馬訏：《重慶客》，重慶：重慶出版社，1983 年，第 223 頁。

是孩子們過八月節最稀罕的泥娃娃。而更讓作家想念的，則是家鄉北平，「中秋節又到了，北平等處的兔兒爺怎樣呢？」〔註36〕。《四世同堂》中，日本鬼子要打來了，祁家老爺子還想著買兔兒爺過八月節。

張恨水 1944 年 8 月開始在《新民報》副刊上連載《兩都賦》，「兩都」指北平和南京。張恨水自稱寫作《兩都賦》的目的，一則「晝夜盼望著早日收復回來，好舊地重遊」，一則「只當是星光下乘涼，茶館子擺龍門陣，偶然提到這兩處，悠然神往一下，倒也不失北馬思鄉之意」。〔註37〕這系列連載從夏寫到冬，兩座城市的生活細節、節令習俗被作家不厭其煩的一一描繪出來，衣食住行處處都看似平凡卻又充滿情趣，令人悠然神往。

《兩都賦》主題的選擇，恰恰和重慶現實形成鮮明對比。可以說，正是重慶的種種令人感到缺憾之處，誘發了作家對北平和南京的強烈思念。

重慶夏季熱，陽曆七月八月均令人談熱色變，此時回想北平，「簡直就沒有夏天。」四合院裏有石榴盆景金魚缸，瓶子裏插上兩三把紅色的玉簪花白色的晚香玉，冰箱裏鎮上大花紅、脆甜瓜，煮上一大壺酸梅湯，愜意之情躍然紙上。對作家來說，更愜意的是「在綠蔭蔭的紗窗下，鼻子裏嗅著瓶花香，除了正午，大可穿件小汗衫兒，從容工作。若是喜歡夜生活的朋友，更好，電燈下，晚香玉更香。寫得倦了，恰好胡同深處唱曲兒的，奏著胡琴弦子鼓板，悠悠望去。掀簾出往望，風露滿天，你還會少『煙士披里純』嗎？」〔註38〕重慶夏末秋初一會兒亢旱一會兒陰雨的「打擺子」一般的天氣，更讓作者悠然神往於江南的秋高氣爽。

寫到喝茶，張恨水更是情感不能自己，那些素的、彩花的、瓜式的、馬蹄式的甚至缺了口用銅包著的茶壺，各式各樣，每個茶客都有不同的茶壺。和茶相伴的，則是價廉物美的牛肉鍋貼、菜包子、湯麵、燒鴨等各式點心，非常熱鬧。在重慶茶並不稀奇，只是喝的是小茶館中毫無陪襯的沱茶，讓「下江人」「一談起夫子廟，看著茶碗，大家就黯然了。」〔註39〕

〔註36〕老舍：《兔兒爺》，《老舍全集》第十五卷，北京：人民文學出版社，2008 年，第 357 頁。

〔註37〕張恨水：《兩都賦》，《張恨水散文》第一卷，合肥：安徽文藝出版社，1995 年，第 170 頁。

〔註38〕張恨水：《燕居夏亦佳》，《張恨水散文》第 1 卷，合肥：安徽文藝出版社，1995 年，第 171 頁。

〔註39〕張恨水：《碗底有滄桑》，《張恨水散文》第 1 卷，合肥：安徽文藝出版社，1995 年，第 203 頁。

　　這些文字描繪的都是小事物，所涉及的均是吃的、用的小食物、小器具和小玩意兒。但一段段文字的鋪陳和描繪，讓這些「小」變得美麗，僅僅是文字的描繪都足以令人回味無窮。

　　對四川的茶館，每個「下江人」都有深刻的體驗。中國人好喝茶，北平、江南都有各自的茶文化。四川的茶館更蔚爲大觀，川人好喝茶，街頭巷尾遍佈茶館，坐滿擺龍門陣的人。這是「下江人」入川後印象深刻的街頭景觀之一。但四川人多喝沱茶，「下江人」入川之前甚少知曉沱茶。如今在重慶喝著沱茶，想到的是西湖龍井、黃山雲霧、六安瓜片，由茶葉而及故鄉，「東望西天，悲從中來。」思緒所及，「秦淮河畔的六朝居，天香閣；蘇州的玄廟觀，杭州的虎跑泉，故都的來今雨軒，武昌的黃鶴樓，羊城的天天樓……現在都變成什麼樣子呢？血味代替了茶香，強盜們在那些地方吸血。誰還能悠閒的在那兒喝茶？」〔註40〕四川人喝茶也沒有那麼多的規矩和講究，在川人看來，茶是潤喉多工具，喝茶是爲了擺龍門陣，民間傳說、國家大事、戰爭前途就在一飲三歎間侃侃道來。更重要的是，四川的茶館沒有那麼森嚴的等級，穿短衫的勞動者和穿長衫的讀書人，盡可以在一張桌子上坐著。衣食住行處處都足以喚起人們的議論和回想，連平素未曾在意的食物都寄託「下江人」的思鄉之情。四川出產紅苕，貧困的教師們在吃平價米的同時，紅苕也成爲可以用來招待客人的食物。就這麼一隻普普通通的紅苕，烤熟了，剝開，吃的時候，先生們仍不免津津樂道於北平和南京。南京的烤山芋好，「它是紅心，吃到口裏有栗子味。」北平的烤白薯則勝在有情調，「當那滿胡同裏飛著雪花的時候，一輛烤白薯的平頭車子，推了一隻罐子似的烤爐，歇在人家大門口雪地裏，賣薯的人大聲吆喝著，烤白薯，眞熱和！你若在這時候，買兩隻烤白薯坐在煤爐邊下來吃，當然會在嚴寒的空氣裏，感到一種溫暖的意味。」〔註41〕

　　除了眼中所見，耳中所聞往往也能引發人們的遐思。無論是人們之間的對話，抑或還是市井街頭小販的叫賣聲，聲音都在不經意間撥動人內心深處的情感，喚起回憶。不少人不約而同的寫到了對重慶市井小販叫賣聲的深刻印象。張恨水筆下夜半的炒米糖呼聲「至爲凄涼」，「尤其將明未明，宿霧彌漫，晚風拂戶，境至凄然。」〔註42〕在巴金筆下，窗外「茶米糖開水」的叫

〔註40〕蒼老：《茶風——山城雜記之八》，《中央日報》，1941年7月9日。
〔註41〕張恨水：《傲霜花》，中國文聯出版社，2005年版，第78頁。
〔註42〕張恨水：《夜半呼聲炒米糖》，《張恨水散文》第1卷，合肥：安徽文藝出版社，1995年，第283頁。

賣聲，顧客們的談論聲，只令汪文宣倍感孤獨。連賣炒米糖開水都那麼繁忙，「只有他一個人靜靜地躺在床上」，〔註43〕看著自己的生命一點點消失。至於那悠長舒徐的叫賣聲：「擔擔麵……龍抄手……擔擔麵……」在沉浮聽來，「令人感到親切又頗有一絲淒涼」，「勾起了我童年在天津大街叫賣聲的辛酸記憶。」〔註44〕重慶街頭的叫賣聲在作家筆下則沒有絲毫嚴寒中的溫暖。聲音從來都和人的情緒相關聯，「鄉音未改鬢毛衰」，聲音和個人經歷、生活環境相關聯。對於生活在異鄉的人來說，異鄉的聲音聽起來更令人傷懷。

北平和江南是中國文化最成熟的地域，其間的一草一木，各種細節都令人沉醉，春夏秋冬四季更替，都有說不完的魅力和情趣。對昔日生活方式的懷念，是逆旅中人們釋放壓力、告慰內心的一種有效方式。但在戰時艱辛的環境中，越是將生活中的細節和情趣描繪得如此溫柔美好，就越是加重了失去國土的沉痛。

抗戰期間，靳以先後寫成《憶上海》、《憶北平》、《憶廣州》、《憶哈爾濱》，回憶四座他曾生活居住過的城市。靳以記憶中的上海和世界上任何大都市都不顯得遜色；北平最令作家刻心不忘的，「是春雨中飄來的槐花香氣，只是三天或四天就要消失了的，卻一直留在我的記憶中……」與之相對應，重慶的生活是土布衫、滑竿的世界，是看不見火車，連汽車也不大看見的地方，「沒有平坦路的，卻有無數的老鼠橫行；沒有百貨店，只有逢三六九的場……」〔註45〕重慶夏日的炎熱，入冬的雨霧，令人深感不安。甚至本地人說話高亢的語音都徒增厭煩，「好像他們故意在我的神經上搓揉，使我更增重我的憎惡。」〔註46〕每一次的回味，帶來的不是甜蜜的感受，而是一次次無法抑制的心痛和憤怒。靳以筆下的這幾座城市都淪陷了，廣州和哈爾冰在戰爭中不屈的倔強和堅強讓作家無法忘懷。靳以在廣州居住的時間並不長，可是「幾經生死，恨和愛蓬勃的在胸中滋生」「在每一次從死的邊沿溜了過

〔註43〕巴金：《寒夜》，《巴金全集》第八卷，北京：人民文學出版社，1989 年，第664 頁。

〔註44〕沈德才、沈德利：《螢火與炬火：沉浮傳》，北京：人民文學出版社，2005 年，第 61 頁。

〔註45〕靳以：《憶上海》，《靳以選集》第五卷，成都：四川人民出版社，1984 年，第288 頁。

〔註46〕靳以：《憶北平》，《靳以選集》第五卷，成都：四川人民出版社，1984 年，第292 頁。

來，我更熱烈地愛那仍然倔強地存在下來的城市」〔註47〕。寒冷的哈爾濱，則即使已經淪陷，「人們依舊有沸騰的熱血」〔註48〕

對東北作家而言，引發他們思鄉之情的則是重慶境內的嘉陵江和長江。對於淪陷多年的家鄉的思念，使得來自東北的作家對故鄉的吟唱更多悲憤之情。嘉陵江是重慶境內非常重要的大江，和長江一起護衛著重慶城。「下江人」溯江而上，江水承載著無數異鄉人的思鄉夢。端木蕻良的《嘉陵江上》，詩人徘徊在江邊，「我彷彿聞到故鄉泥土的芳香；／一樣的流水，一樣的月亮，／我已失去了一切歡笑和夢想。」〔註49〕從白山黑水間走來的詩人，漫步在大西南崇山峻嶺的山水之間，相似的流水和一樣的月亮，喚起的是失去故鄉田舍、家人和牛羊的痛苦，以及必須回到家鄉的堅定信念。

高蘭眼中的嘉陵江使他聯想到故鄉的松花江。當年可以在松花江上高聲的歌唱，如今松花江上吟唱著的是戰鬥的歌曲，「雖然他們沒有笛子，而是一枝鋼槍！」然而佇立嘉陵江邊，看見的是卑微的縴夫，他們瘦弱的身體緩慢的拖著沉重的步伐，從濃霧中走來。縴夫的身體如此弱小，他們的步伐毫無生命力，完全是「蠕動著」。縴夫的歌聲令人感到悲哀，「這像是病了的飢餓的畜生在哀吼一樣，和著威風，和著霧氣，和著陰暗的天色，一齊沒入了江中」，縴夫的那渺小的生命讓詩人感歎，「他們也是人呀！和我一樣，真的，和所有人一樣」。〔註50〕但這群人卻沒有正常生命應有的微笑、風情和快活的歌聲。

2. 和成都、昆明等大後方城市的對比

「下江人」在重慶的意外收穫是他們有機會遊歷大後方的昆明、成都、桂林、貴陽等城市，他們或是旅行，或因各種原因在城市間遷徙，無論哪種方式，都讓他們充分領略了西南地區山川人物。老舍去了成都、昆明、大理；葉聖陶在成都、重慶、樂山居住過，且還去過桂林和貴陽；冰心從昆明來到重慶；豐子愷從桂林、貴陽一路到重慶⋯⋯這些經歷一方面擴大了旅行者的視野，發現城市之間不同的特色，另一方面，也讓「下江人」不由自主的將

〔註47〕靳以：《憶廣州》，《靳以選集》第五卷，成都：四川人民出版社，1984年，第295頁。

〔註48〕靳以：《憶哈爾濱》，《靳以選集》第五卷，成都：四川人民出版社，1984年，第299頁。

〔註49〕端木蕻良：《嘉陵江上》，《樂風》，1940年第1卷第1期。

〔註50〕高蘭：《嘉陵江之歌》，《高蘭朗誦詩選》，濟南：山東文藝出版社，1987年，第94頁。

大後方城市之間進行比對。

　　老舍居住在重慶期間，去過四次成都。他眼中的成都是可愛的，因為「成都有許多與北平相似之處，稍稍使我減去些鄉思」；成都有他在齊魯大學、山東大學的老友和慰藉的朋友們；老舍喜愛「現代的手造的美好的東西」，成都則有很多靈巧的手工藝品，品種勝過北平……〔註51〕1941 年老舍應羅常培之邀到西南聯大，他在昆明又尋找到北平的身影。他眼中的昆明最似北平，又似乎超過北平：翠湖雖不大，卻比什剎海好；花木則遠勝北平。北平講究種花，卻不容易把花養好；昆明四季如春，到處都有花。北平多樹，可葉色如灰，令人不快；昆明的樹多且綠，「入眼濃綠，使人心靜」。滇池一望無際，「湖的氣魄，比西湖和頤和園的昆明池都大得多了。」在湖邊看水，遠處的青山，天上的白雲，令人陶然忘憂。

　　老舍在昆明期間獲得了難得的放鬆和享受。在昆明，即使住在鄉下，也不乏精神上的充實。老舍在龍泉村聽到了古琴，「相當大的一個院子，平房五六間。順著牆，叢叢綠竹。竹前，老梅兩株，瘦硬的枝子伸到窗前。巨杏一株，陰遮半院。綠蔭下，一案數椅，彭先生彈琴，查先生吹簫；然後，查先生獨奏大琴。」這是在昆明郊外的小村莊，路多年未修，馬糞數月未掃，整個環境污濁，可是在梅香琴韻中，只讓人感到忘卻一切人世上的煩惱。老舍的雲南遊記，多處提及昆明的「靜」，覺得「昆明很靜」，「靜秀可喜」。翠湖「最靜」，「月明之夕，到此，誰彷彿都不願出聲」；昆明的樹多且綠，「入眼濃綠，使人心靜」；昆明的山土是紅的，草木深綠，「教昆明城外到處使人感到一種有力的靜美」。〔註52〕

　　當老舍在寫到昆明的「靜」時，心中大概想到的恰好是重慶的繁忙喧鬧。抗戰時期老舍有一個關於「住」的夢：春天住在杭州，「杭州的春天必定會教人整天生活在詩與圖畫中的」；夏天青城山最理想，「在我所看過的山水中，只有這裡沒有使我失望」；秋天必須住北平，「北平之秋便是天堂」；冬天則住成都或者昆明，成都的冬天雖不暖和，「可是為了水仙、素心臘梅，各色的茶花，與紅梅綠梅，彷彿就受一點寒冷，也頗值得去了」〔註53〕；昆明花多，

〔註51〕老舍：《可愛的成都》，《老舍全集》第十四卷，北京：人民文學出版社，2008年，第 314 頁。

〔註52〕老舍：《滇行短記》，《老舍全集》第十四卷，北京：人民文學出版社，2008年，第 278 頁。

〔註53〕老舍：《「住」的夢》，《老舍全集》第十五卷，北京：人民文學出版社，2008年，第 395 頁。

天氣比成都好。所有對這些城市的美好想像，都是抗戰時期重慶惡劣的居住環境催生的，重慶的酷暑重霧以及不像房屋的房屋，讓一向未曾想過居住問題的作家，開始有了「住」的夢。

即使偶而路過成都、重慶的遊客，也對這毗鄰的兩座城市有完全不同的感受。1941 年羅常培和梅貽琦、鄭天挺爲了西南聯大的校務到重慶、四川，旅程三個月，遊歷了東川、西川、川中和川南，充分體驗了現代蜀道的艱難。羅常培對成都很是喜愛，到四川後所經過的城市中，成都是他最喜歡的。究其原因同樣是因爲成都極像北平：「春熙路的繁華像王府井，玉龍街的風雅像琉璃廠，打金街像廊房頭條，少城像後門裏頭，薛濤井和陶然亭風格相似，草堂寺和松筠庵的規模彷彿，華西壩一帶簡直是具體而微的成府或清華園……」〔註54〕總之，處處都能找到和北平的相似之處。

《新民報》編輯姚蘇鳳抗戰初期住重慶，兩年的時間，「可把他的蘇州先生氣味彆夠」。1943 年《新民報》發行成都版，姚蘇鳳前往成都，一到華西壩子，眼前的「綠野平疇，綠楊村舍，大叫其好，連說絕似江南。」〔註 55〕第一眼就喜歡上了成都。可見，重慶讓人憋氣，成都則充滿生活的情調，重慶不適於生存，成都則生活感十足。兩相比較，成都確乎多了一些北平才有的厚重和文化。儘管重慶街頭閃耀著上海、南京的招牌，可成都的沉靜和雅致，更能讓「下江人」，尤其是北平的「下江人」尋找到熟悉的感覺。成都的好處多，舊書鋪多，小吃豐富。就是連接街頭的小吃和市招都偷著一股別致，「不醉無歸小酒家」、「忙休來」、「徐來」之類，甚至賣豆漿的小鋪子也取名「萬里橋東豆乳家」，「先不用問它們的口味是否合適，單憑這幾個招牌就夠『吃飽飯，沒事幹』的騷人墨客流連半天。」〔註56〕

張恨水看成都看得更細緻，爲著人們說「成都是小北平」，把成都和北平很多地方都有意識的打量了一番。張恨水看到成都和北平的差異，北平壯麗，成都纖麗；北平端重，成都靜穆；北平瀟灑，成都飄逸……但是，他仍然從成都的建築，地攤上的新舊雜貨與書本等細節中感受到北平的情調。對於離家萬里

〔註54〕 羅常培：《蜀道難》，《羅常培文集》第十卷，濟南：山東教育出版社，2008年，第 180 頁。

〔註55〕 張恨水：《第一印象》，《張恨水散文》第三卷，合肥：安徽文藝出版社，1995年，第 342 頁。

〔註56〕 羅常培：《蜀道難》，《羅常培文集》第十卷，濟南：山東教育出版社，2008年，第 180 頁。

的「重慶客」們，思鄉情感濃烈，一點點的相似都能使他們敏銳的捕捉。

喜愛成都的作家，常常對上海頗不以爲然。老舍直言自己不喜上海，因爲「我抓不住它的性格，說不清它到底怎麼一回事。」但他卻願意以成都爲背景寫一部小說，他覺得自己看到了成都這座城市的靈魂，「因爲它與北平相似。」〔註57〕

張恨水眼中的成都和重慶，如同北平和上海。家人在花瓶中插了一束晚香玉，晚香玉在上海叫「夜來香」。在作家看來，對花名的不同稱呼，也體現了文化的雅俗。正如成都的招牌那樣的講究，重慶街頭則處處「好吃來」和「三六九」，不要說北平人，就連成都人都笑話重慶市面上市招的傖俗。這中間的差異，恰到好處的反映出城市文化的深淺。重慶在「下江人」的經營下，一天比一天的繁華，有了花果鋪、有立體的大洋房，陪著顏色電燈，彩綢窗帷，濃烈的色彩和熱鬧的場面，在張恨水那裏也只得著一個「依然是上海家數，難得更俗」〔註58〕的評語。想到重慶自抗戰以來輸入那麼多的文化血液，依然未能產生明顯的效果，不由得讓作家感概「都市的心理建設不易，怎不苦念北平？」〔註59〕

四、魔都：重慶魅力的另一面

在龐大的「下江人」群體中，除了知識分子和普通民眾，還有其他各式各樣的人物，尤其是做著各種生意的商人們。重慶對他們而言，其最大的魅力在於鈔票，重慶是一個可以做「黃金夢」的地方。重慶以其艱苦卓絕的抗戰精神在國際社會聞名，重慶也以其豪奢的生活吸引著四面八方的享樂者。當知識分子群體在整體承受著生存的壓力時，重慶的市容卻越來越繁華。尤其是在「下江人」中間，有人依靠各種手段獲取了經濟利益，改變自己經濟地位，有人卻固守著貧窮，在一天天等待勝利的到來。一面是奢侈無度一面是苦苦掙扎，畸形的城市形態成爲重慶最明顯的特徵，也成爲國民政府最爲人所詬病的方面。

〔註57〕老舍：《可愛的成都》，《老舍全集》第十四卷，北京：人民文學出版社，2008年，第 314 頁。

〔註58〕張恨水：《晚香玉花下》，《張恨水散文》第二卷，合肥：安徽文藝出版社，1995年，第 234 頁。

〔註59〕同上，第 235 頁。

1. 光怪陸離的重慶：極度的貧富差距

對重慶市面上揮金如土的生活方式，張恨水在他的專欄《最後關頭》中多次進行批判。他認爲重慶街頭隨著「下江人」的到來而增添的各種新招牌，都是點綴，都可以用「養老院」三個字就可以概括全部，言下之意，有不少「下江人」到重慶是爲著享樂的，「義不食倭粟」的義民催生了重慶繁華。〔註60〕

在大量公教人員爲貧病所包圍，整天爲吃平價米而殫精竭慮的時候，另一部分人的吃穿用度是絲毫不欠缺的。任何到重慶的人，都會對陪都歌舞昇平的景象印象深刻。錢歌川回國後到重慶，看見市面繁華熱鬧，沒有受到一點戰爭的影響，有的倒是戰爭帶來的繁華。旅館家家客滿，飯店要立等許久才有座位，看起來「七十二行，行行都是暴利十倍。」〔註61〕有錢人永遠不用擔心戰爭會帶來物資的短缺，他們可以在物質享受上完全維持著戰前的水平。

有錢人永遠生活得隨心所欲。《巴山夜雨》中，方二小姐賞給奚太太的一包月餅水果和幾斤豬肉，引得奚太太的孩子們一擁而上，奚太太更是拿著月餅在窮鄰居面前炫耀不已。對奚太太和她的鄰居們而言，月餅盒豬肉是難得一見的物品，但這只不過是方二小姐多餘的物事，賞給方公館的聽差轎夫們的，「放在我這裡，也許是白喂了耗子。」〔註62〕言語中充滿驕縱和自大，讓滿心想巴結的奚太太都感到過份。曾樹生邀請汪文宣喝咖啡，當汪文宣進咖啡店時，只覺得廳子布置得好看，「尤其是天青色的窗帷使他的眼睛裏充滿了柔和的光。」咖啡店坐滿了人，汪文宣卻是第一次進國際咖啡店。他的薪水無法供他進咖啡店消費，而在八九年前，「我也常坐咖啡店啊！」〔註63〕日常生活中喝咖啡、看電影的習慣，已經令薪水階層望而生畏。

張恨水主持《新民報》專欄《最後關頭》，不斷撰文指斥陪都的享樂主義。由於戰爭，政府不斷的呼籲人口疏散，可是市面上天天增加著繁榮市面的商店和娛樂場所。而這些商店中，供市民享受的商店占百分之八十，「而且越是不必需要的商店，門飾是越發的富麗堂皇。」再細細追究，「滿街找享受的人，

〔註60〕張恨水：《繁華市場的幕後》，《最後關頭》，太原：北嶽文藝出版社，1993年，第153頁。

〔註61〕錢歌川：《空襲的一晚》，《錢歌川文集》第一卷，瀋陽：遼寧大學出版社，1988年，第510頁。

〔註62〕張恨水：《巴山夜雨》，北京：中國文聯出版社，2005年，第24頁。

〔註63〕巴金：《寒夜》，《巴金全集》第八卷，北京：人民文學出版社，1989年，第451頁。

雖然把證章都收起來了，但在臉子上，可以看出他是下江來的。下江來的難民，有這種閒情逸致嗎？」〔註64〕其言直接揭示了那些催生重慶繁華的力量，下江來的不只是難民，還有有錢有權的「義民」。

　　紙醉金迷的生活、頓頓吃蘿蔔白菜的生活，在陪都和諧共存。張恨水感歎，同是炎黃子孫，同在陪都避難，人與人之間差異巨大。「有人想到昆明去找工作，買不起汽車票。有人無事可做，卻坐了飛機到昆明去玩。」「有人脫了長衣，去拉黃包車……有人卻憑空買了三五輛新汽車」「有人病了，吃不起西藥，中醫又治不好，只有等死。有人卻雇了兩三位博士在家裏當常年醫藥顧問。」〔註65〕生活環境的懸殊在戰時的重慶隨處可見，貧窮的人永遠無法想像有錢人的生活是如何的享受。在後方的人，聽到前方的戰況，「往往認爲是神話」；前方的人，聽到後方的人坐汽車兜風，認爲「瘋話」。〔註66〕窮人和富人比鄰而居。富人家裏「居高臨下，花木扶疏，雕欄畫檻，曲廊洞房，當可住三五十人。」〔註67〕窮鄰居則「屋上蓬蓬然」，「四壁茸茸然」，房屋全用斑茅與長草建成，「所謂家，實窠也。」〔註68〕

　　如此鮮明和近距離的貧富差距、奢靡的生活方式顯然引起了國民政府的關注。自1938年開始，國民政府就不斷的出臺政策，約束陪都奢靡之風。1938年上海著名的西服商人王榮康在陝西街留春幄舉行生日宴會。宴會中請男女演員三四十人去演唱，又有招來舞女以娛樂賓客，被《國民公報》指斥爲「殆不知身處後方而又逢抗戰之最嚴重時期也。」同時，《國民公報》認爲王榮康身爲商人，大膽鋪張，違反了新生活運動的規定，「應請政府從嚴處懲處。」〔註69〕同年12月，政府嚴令取締公務員不正當行爲，由重慶市警察局發佈命

〔註64〕　張恨水：《關頭語錄（四）》，《最後關頭》，太原：北嶽文藝出版社，1993年，第275頁。

〔註65〕　張恨水：《同是炎黃子孫》，《最後關頭》，太原：北嶽文藝出版社，1993年，第387頁。

〔註66〕　張恨水：《不是閒話》，《最後關頭》，太原：北嶽文藝出版社，1993年，第372頁。

〔註67〕　張恨水：《貴鄰》，《山窗小品及其他》，太原：北嶽文藝出版，1993年，第23頁。

〔註68〕　張恨水：《賤鄰》，《山窗小品及其他》，太原：北嶽文藝出版，1993年，第24頁。

〔註69〕　重慶市檔案館、重慶師範大學合編：《〈國民公報〉關於商人王榮康大開壽筵鋪張奢靡的報導》，《戰時社會》，重慶：重慶出版社，2014年，第555頁。

令，「各級公務員，如有賭博、跳舞、冶遊及其他不當行為的，無論任何階級，准由憲警立即拿解，從嚴懲辦，勿稍徇縱等。」1939 年 1 月，重慶市政府發佈命令，嚴禁跳舞廳會，「用期整飭綱紀，挽回頹風。」1940 年 4 月，國防最高委員會制定《取締黨政軍機關人員宴會辦法》，責成重慶市衛戍總司令部、憲兵司令部、市政府、市警察局隨時查禁，有犯必懲。5 月，重慶衛戍總司令部制定了《取締公務員宴會實施細則》，對公務員參與的中餐、西餐宴請價格、人數做了明確規定，並要求餐館外賣整桌宴席，必須攜帶因公宴會的相關證明等等。1940 年 9 月，財政部規定禁止銷售和收買外國煙酒食品等 9 大類的奢侈品。1941 年 5 月，重慶市社會局規定，每桌酒席菜肴不得超過 8 樣，並禁止燒烤乳豬，違反規定的餐館將予以停業處分。1942 年 5 月，重慶市警察局查封全市的茶社、冰室、咖啡館、野花園，因為這些公眾場所「自朝迄夜，滿座喧嘩，綠女紅男，縱情歡笑，置資金於無謂之消耗，陷華眾於沉淪之淵藪，流入奢靡之習，習浸成遊惰之風，不惟耗財損神，亦且曠時廢事。」同年 11 月國民政府出臺《推行戰時生活運動辦法草案》，對戰時生活中的衣食住行逐一做了詳細的要求，1943 年 1 月，蔣介石致電重慶市政府，要求重慶黨政軍學各機關及其附近的駐軍，「嚴肅其紀律，整飭其風氣，與振奮其精神，概照精神總動員規條嚴加督察。凡有嫖賭吃喝奢侈浪費，一概禁絕。」

國民政府對重慶的各類奢侈顯然是非常瞭解的，他們也認為重慶作為戰都，更應有振奮嚴肅的氣象。國民政府試圖振奮民心，改變社會的頹廢和浪費的風氣，不斷推行各種節約、限制性的政策。這些政府的行政命令制定得非常詳細，規定了吃飯請客的標準，衣服材料的選擇，包括公務員用車限制使用，提倡步行等等，涉及陪都公務人員生活的方方面面。可是，政策最終成為一紙空文，約束幾乎沒有效果，重慶的奢侈之風不但沒有減弱，在抗戰後期反而愈演愈烈。

一面是通貨膨脹帶來的普通百姓收入縮減，一面是商人和權貴趁勢大發戰爭橫財。政府則一方面出臺政策制止通貨膨脹，禁止奢侈消費，一方面部分政府官員恰恰是造成戰時大後方糟糕的經濟現狀的重要原因。勝利還鄉看起來更像是一個遙不可及的夢，環境的惡劣引發了不少人的彷徨和苦悶，一層濃濃的霧漫上了「下江人」的心裏。在文學作品中彌漫著潮濕、陰暗和一重重的霧。

在巴金《寒夜》中的曾樹生的感受中，霧的味道是窒息人的、爛人肺腑的，「這裡的霧我是在受不了，好像我的心都會給它爛掉似的。」害怕寂寞和孤獨的曾樹生，面對臥病在床的汪文宣，想起他怯怯的眼神，再有一個總是和自己相衝突的婆婆，她不敢想像餘下的人生將在丈夫的怯懦和婆婆挑剔懷疑的眼神中度過，她可以選擇和陳主任去蘭州。但是，對汪文宣的憐憫和愛又時時讓她徘徊，「她心煩，她想反抗。可是她的眼前只有白茫茫的一片霧。」〔註70〕至於那些因抗戰被新到重慶的青年而言，「霧」是內心迷失的寫照，在對戰爭的熱情退卻之後，不知何去何從。

端木蕻良《新都花絮》中的宓君，沒有收穫預想中的充實，當初她懷著莊嚴的情感和熱烈的憧憬來到重慶，「那時她天天盼望想出來，天天想著內地，想著把自己的力量貢獻給國家」〔註71〕，結果現實卻讓她不知道如何去發揮自己的力量，抗戰的生活並不是想像中的那般，「到這裡之後，她發現了自己是多餘的，她感到更大的孤獨」〔註72〕。端木蕻良將這本書命名為《新都花絮》，宓君的遭遇不過是陪都無數青年遭遇的縮影。大霧籠罩山城，這層霧遮蔽了希望，曾經擔負著民族希望的山城，如今「像隻損壞了機件的海船／正迷失在霧海裏／漸漸靠近霧海的險灘裏」；曾經照亮中國的「東亞燈塔」，如今熟睡著，做著「荒唐的夢」〔註73〕。霧如同「一隻慘白而巨大的魔手」，遮斷了「璀璨的陽光／人們的視線／所有的道路……」，令人感到「極端的迷惘／無限的焦躁／難堪的苦悶……」〔註74〕

2.「下江人」身份和經濟地位的置換

戰爭巨大的衝擊力不僅改變著人的生存環境和生活方式，甚至使得人的社會身份和經濟地位發生戲劇性的轉換。社會上人們所崇拜的偶像的變化折射了整個社會環境和人們心態的變遷。在戰爭初期，文學作品中的英雄人物

〔註70〕巴金：《寒夜》，《巴金全集》第八卷，北京：人民文學出版社，1989 年，第539 頁。

〔註71〕端木蕻良：《新都花絮》，《大後方的小故事》，重慶：文摘出版社，1943 年，第 237 頁。

〔註72〕端木蕻良：《新都花絮》，《大後方的小故事》，重慶：文摘出版社，1943 年，第 278 頁。

〔註73〕吳視：《山城的側面》，《中國抗日戰爭時期大後方文學書系・第六編・詩歌》第一集，重慶：重慶出版社，1989 年，第 887 頁。

〔註74〕任均：《霧》，《中國抗日戰爭時期大後方文學書系・第六編・詩歌》第一集，重慶：重慶出版社，1989 年，第 479 頁。

是士兵。到了戰爭中後期，司機和投機商人則成為一般人仰慕和崇拜的偶像。

不少文化人在戰爭初期最大的遺憾就是不能親自上戰場殺敵，於是士兵成為文學作品的主角，士兵一度也是國民崇拜的偶像。在民間小調中，好男兒的形象是能提槍上前線，消滅日寇的士兵，「好男兒瞄準把槍放，殺得敵人精打光」、「好男兒挺身不動，抗戰精神塞滿胸」、「好男兒吃飽去打仗，猶如猛虎下山崗」、「好男兒穿起去殺敵，活捉矮鬼似烏龜」。〔註75〕中國男兒奮勇向前，決戰疆場，氣貫長虹的氣概感染了大後方無數的民眾。報紙、雜誌上登載的歌謠中，最多就是各種類型的送郎出征歌、投軍歌、熱血歌、當兵歌。主題都是與鼓勵男兒上戰場，或是歌頌士兵英勇殺敵有關。

戰爭中後期，時代的風雲人物變成了投機商和囤積居奇的商人。不少戰前的市井人物在戰爭中獲取暴利，在大後方普遍物質匱乏的背景下，擁有豐厚的物質資源，過著奢靡享受的生活。此時，在重慶最令人羨慕的職業是跑長途的司機和商人，因為他們擁有暢通的商品進貨渠道，在各種信息倒騰中謀得暴利。

張恨水筆下的褚子生，從南京街頭開熟水灶賣燒餅的店老闆一下子成為陪都的富商。環境變化，人的穿著、外貌都跟著在變化。以前的褚老闆「挽卷了青布短褂的袖子，站在老虎灶邊，拿了大鐵瓢給人家舀水，褂子紐扣常是老三配著老二」，活脫脫一個市井老百姓的形象。在重慶的褚老闆穿著挺括的西裝，西裝背心的口袋上垂著金錶鏈，扣著自來水筆，早已不是當年街頭賣水的小人物了。另一位南京城裏做苦力的李狗子，在陪都住別墅，一樣的西裝革履，衣服口袋上垂著金表。李狗子邀請區氏兄弟吃飯，桌子上除了豐盛的菜，還有白蘭地，水果，咖啡，完全今非昔比。

這樣的變化真的有些英雄不問出身的味道了。在重慶，如褚子生和李狗子一樣的人物不少，跑一趟長途就能換來財富。此種效應對人有著極強的吸引力，在重慶乃至整個大後方，長途汽車司機這個行業是最令人羨慕和嚮往的職業之一。茅盾說運輸業「是天字第一號的生意」，不僅能讓跑車的人發財，還能將沿途荒涼的村鎮改變得異常繁華。茅盾寫道一個離重慶十餘公里的小地方，以前連「村」都算不上，因位於交通要道，成了過往汽車必經之路，更有運輸公司的廠設於此，立刻變得熱鬧起來。唯一的一家旅館，「每天塞足

〔註75〕明：《好男兒》，《抗戰大後方歌謠彙編》，重慶：重慶出版社，2011 年，第 100 頁。

了各省口音的旅客,軍政商各界的人物。」沿街十多家飯店,「招牌上不曰『天津』,即稱『上海』。」總之,一切物質設備應有盡有,而且從業人員多為「下江人」,「滿街吳儂軟語,幾令人忘記了這地方是四川。」〔註76〕

在重慶社會上,呼風喚雨的是有資源的權貴和腰纏萬貫的暴發戶。讀書人的生活則是節節倒退。一個靠賣文為生的文人,月薪不會超過二百元,而重慶街上的轎夫,每日可抬十塊錢的工資。靠出賣勞力為生的人,此時的生活境況似乎更勝讀書人。《牛馬走》中的一個黃包車的車夫,就可以「拉一天,休息一天,或者拉半天,休息半天」,工作的時間可以隨性自定。生活過得逍遙自在,「到了休息的時候,茶酒館裏一坐,四兩大麵,一碗回鍋肉」,〔註77〕有時還能到茶館裏去聽一段說書。

這樣的寬裕生活是文人想也不敢想像的。文人們能做的,就是不斷退步,盡量降低自己對物質的需求,以求維持生計。老舍戒酒戒煙戒茶,酒煙茶都是他的愛好,「不喝酒,我覺得自己像啞巴了」,「沒有煙,我寫不出文章來」,「在戒了茶以後,我大概就有資格到西方極樂世界去了」。〔註78〕沒有煙酒茶的生活,對老舍而言,生活幾乎就沒有了樂趣。可是高昂的物價,卻讓他不得不忍痛改變幾十年的生活方式。張恨水自稱好喝茶是出了名的,尤其喜愛六安瓜片、杭州明前、洞庭碧螺,在重慶則只能喝四川沱茶。

僅僅從衣著上就能判別一個人是否是窮苦的文人。老舍永遠穿著到重慶後添置的灰布制服。這種衣服由土布做成,洗了一蹶不振,永遠難看。雖然被吳組緗稱為「斯文掃地的衣服」,可是老舍覺得這衣服讓他感到舒適、自由和親切,「可以穿著褲子睡覺,而不必擔心褲縫直與不直」;「可以不必先看看座位,再去坐下;我的寶褲不怕泥土的污穢,它原始自來舊。雨天走路,我不怕汽車。晴天有空襲,我的衣服的老鼠皮色便是偽裝。」梁實秋常看見人穿的褲子後面打滿補丁,「一圈圈一圈圈的,像是箭靶。」

世俗的眼光很實際,一個穿藍布大褂的大學教授和一個西西裝革履司機坐在一起,人們很自然的將穿西裝的司機尊為上賓,對穿藍布大褂的教授不聞不問。這對不少的讀書人造成極大的衝擊。知識分子經商,成為不少人的

〔註76〕茅盾:《如是我見我聞·最漂亮的生意》,《茅盾全集》第十二卷,北京:人民文學出版社,1985年,第72頁。

〔註77〕張恨水:《牛馬走》,北京:團結出版社,2006年,第8頁。

〔註78〕老舍:《多鼠齋雜談》,《老舍文集》第十五卷,北京:人民文學出版社,2008年,第398頁。

選擇。靳以的《珊瑚壩》描繪了在珊瑚壩機場等待飛機的商人，這位昔日的教師如今穿著「生膠底皮鞋，縮口花絲襪，白嗶嘰短褲，透明的膠褲帶，箭牌襯衫，巴拿馬草帽」，當他的朋友問他是否還在大學當職員的時候，他不以為然的說：「你看我這身衣著像在大學裏的那副寒酸相麼？」。至於教書，「再教，連我自己的命也得送上了！」〔註79〕

宋之的《霧重慶》在重慶國泰劇院上演時，其廣告詞是「天然之霧，人為之霧，霧迷住了各人自己！生活之鞭，時代之鞭，鞭笞了你我大家！」〔註80〕，現實的「霧」和生命中的迷霧交織在一起。《霧重慶》的主人公都是北平一所大學的畢業生，他們在學校讀書的時候都曾懷抱理想，手挽手，走在街頭，向著警察的水龍頭、刺刀、警棍衝鋒。但在重慶，「沒有適宜的工作做，除了逛馬路，就在屋子裏唉聲歎氣」，活下去成為大家的頭等大事。女主人公林卷妤正在籌劃開飯館，老同學萬世修在報紙上打廣告幫人算命。表面上，他們仍不放棄自己的理想，林卷妤為自己開飯館的行為做解釋，「要是不愁生活，還怕沒工作做嗎？既然不到前方去，在後方也要對抗戰盡點力量……我早就想到兒童保育會或者傷兵醫院去服務。要是小飯館開了張，只要夠吃的，我們不是還有許多時間，去替國家出力嗎？」

但大家在生活的漩渦中越陷越深，男主角沙大千早忘了自己當空軍的夢想，掙錢才是他最大的目的，他在現實中學會的人生道理是「一個人不能夠盡由著自己的性子幹，有時候，一般的社會習慣，是得服從的。」他毫無障礙的服從了，還跟著政府官員袁慕容開始做起了跑香港搞運輸的大買賣。即使最清醒的老艾，不時提醒朋友不要為了錢忘了工作，但對開飯館掙錢，他並不反對，「我想也不妨試試，賠是不會賠的，萬一賺了錢……」對於朋友們的越走越遠，他覺得不對，但也不反對，僅僅歎一口氣，「說到底，還是為了生活。」〔註81〕每個人都不認為自己是自甘墮落，誰都停不下自己沉淪的腳步。經商後的沙大千成功的告別了潮濕的屋子，搬進了豪華的別墅，但理想中的結局並沒有來。最後，沙大千的生意失敗，林卷妤患病離家出走，老艾在醫院孤獨的死去，沙大千懷念當初住的潮濕的房子，每天算著錢過日子，靠啃大餅度日，「生活雖然

〔註79〕靳以：《珊瑚壩》，《靳以選集》第五卷，成都：四川人民出版社，1984年，第177頁。

〔註80〕詹儔仙：看了《霧重慶》演出以後，《明恥》1941年第4卷第5期

〔註81〕宋之的：《霧重慶》，《宋之的文集》，北京：線裝書局，2009年，第239頁。

艱難，精神卻很快樂」，但最後結局如此淒涼，沙大千充滿絕望和悲憤的問，「這一切都爲了什麼，爲了什麼呢？」

　　在重慶遭遇人生轉折的人實在太多。當初充滿抱負的青年知識分子在現實的無奈中或墮落或毀滅。在抗戰激情中舉起火把，走在隊伍前面的人們，「如今，／兩隻手抓住的，／只是一片煙雲。」努力的結果並沒有預想中的戰爭勝利，反而在後方的生活中越陷越深。「誰說後方不同於前線，／一樣的／充滿了血腥。」那些爲抗戰付出努力，默默負擔起戰爭的人們，反而成爲車水馬龍的重慶的邊緣人物，「住在都市裏，／我被摒棄於現實以外，／天天的晚上，／用憂鬱的腳步，／捕捉／每一條冷巷的黃昏。」〔註82〕

　　到了戰爭的中後期，重慶社會上受人敬重和仰慕的職業是商人和司機。有太多這樣選擇去經商的知識分子形象。當生活下去成了大家努力的目標時，無論是否有過猶豫，最終掙錢替代了理想，成爲了目的。張恨水小說《牛馬走》中區家三個兒子們都有各自的職業，老大亞雄是公務員，老二亞英是助理醫師，老三亞傑是中學教師，服務國家，服務社會。但一家人依然每天爲吃米發愁。三個兒子商議改行，在一番猶豫之後，亞傑辭去了中學的職務，改行當起了的四季，開著車子跑雲南搞運輸；亞英跑到郊區的遷建區當起了小販，販賣各類生活物資。這樣一來，反倒是改善了生活。小說中的西門德博士，在演講中號召民眾要在抗戰時候堅守崗位，尤其是知識分子，越是生活艱苦，知識分子越加要守著自己的崗位，「這才可以表示知識分子的堅韌卓絕，才不愧是受了教育的人，才不愧是國民中的優秀分子。」從演講臺上下來，他卻拿著名片卑躬屈膝的去跑門路，拉關係，想盡一切辦法掙錢。受西門德演講感染的區亞男滿心以爲西門博士一定會阻止她的三哥棄教從商，卻沒料到西門德的回答是：「在會上，我的話不能不那樣說。」這番話令區亞男感到極其不可理解，她不明白在會上義正言辭的博士，怎麼會有兩套不同的說辭。而私底下的說辭似乎更貼近眞實的西門德，他不但贊成老三亞傑放棄當教師，自己也正準備著改行經商。

小　結

　　自 1937 年國民政府宣佈移駐重慶，至 1946 年 8 月日本宣佈投降，抗戰取得勝利，幾十萬「下江人」寄居重慶。在此期間，有關重慶生活的文學作品實

〔註82〕流沙：《山城小唱》，《文學》，1944 年第 2 卷第 2 期。

在多不勝數。無論他們筆下的重慶呈現出怎樣的一個面孔，但對重慶城市形象的描寫基本都集中於衣食住行等生活層面，缺乏對重慶地域文化、本地人社會生活更深層次的挖掘。「下江人」身居重慶，似乎卻又始終未能融入到這座城市。重慶僅僅被當做空間意義上的城市，「下江人」在這裡生存，但他們不屬於重慶。「重慶客」的身份時刻提醒著「下江人」，重慶生活是暫時的，他們終究要離開。

可是，反倒是「離開」更清晰的傳遞出了「下江人」對重慶的情感。豐子愷離別重慶之際，更覺得重慶「非常可愛！」此時的重慶沒有令人恐懼的警報聲，有的是晴空下的水光山色，賞心悅目，令作家感慨「這是一個可流連的地方。」〔註83〕張恨水離開重慶之後，對在重慶生活的七年「轉想念之」〔註84〕，不僅寫下了《山城回憶錄》，還以自己的親身經歷爲背景創作了小說《巴山夜雨》。同樣在離開後將重慶作爲寫作對象的還有老舍。老舍居留重慶期間，所留戀的是自己最愛的城市北平，他在小說《四世同堂》中對北平文化的生動描寫寄託了他對北平的深厚情感。雖然他創作了話劇《誰先到了重慶》，可劇本中的重慶非常抽象，僅僅作爲抗戰的象徵而存在。直到他離開重慶去到美國之後，方才在美國創作了小說《鼓書藝人》。《鼓書藝人》的主角雖仍然是北平人，但故事的背景卻在抗戰時期的重慶。

1946 年，郭沫若在《文萃》上發表文章，題目爲《重慶值得留戀》。他在文中寫道：「在重慶足足呆了六年半，差不多天天都在詛咒重慶，到了今天好些人要離開重慶的時候，似乎重慶又值得我們留戀了。」在郭沫若看來，重慶被詛咒的種種緣由，恰好也是重慶魅力所在。無論是爬坡上坎、濃霧蔽日還是夏日的火熱地獄，換一種視角，正是重慶值得留戀之處。爬坡上坎中，人的身體得到了有效的鍛鍊；正是霧，在戰爭中盡到了消極防空的責任，也讓人們領略到了霧中的江山勝景；重慶的熱也是說熱就熱，熱得乾脆，不講一點價錢，值得讚揚。此外，更有「廣柑那麼多，蔬菜那麼豐富，東西南北四郊都有溫泉，水陸空交通四通八達……」〔註85〕郭沫若是四川人，在外求學、工作多年，對四川和四川以外的世界都瞭解，或許更能體會外來的「下江人」在重慶期間複雜的心態。這番話提醒著我們，抗戰時期的重慶城市形象仍有許多值得關注和分析之處。

〔註83〕豐子愷：《謝謝重慶》，《新重慶》第 1 卷第 1 期，1947 年 1 月 30 日。
〔註84〕張恨水：《山城回憶錄》，《張恨水散文集》第 3 卷，第 278 頁。
〔註85〕郭沫若：《重慶值得留戀》，《文萃》，1946 年第 30 期。

結語 「下江人」的離開和
重慶文學圈的沉寂

　　本文寫作的動因，是試圖探討這樣一個問題，抗戰時期「下江人」和重慶文學有一些什麼樣的關聯。「下江人」的到來促成了重慶文學中心的形成，戰爭勝利後，這一中心地位又因他們的離開而改變。在這個過程中，戰時重慶文學應該擁有兩個重要視角，即下江文化和重慶文化。兩者在抗日戰爭時代背景下的交叉，形成了戰時重慶文學的特色。「下江人」帶來的文化和重慶地域文化之間，產生了怎樣碰撞和交流。「下江人」作為外來者，在重慶面臨的物質和精神上的多重壓力，這些壓力，彙集成個人的體驗，是如何影響了他們對重慶的感受及其文學書寫。重慶作為西南內陸的城市，其文化環境在「下江人」到來前後發生了怎樣的變化。

　　上述各章主要以「下江人」在重慶為出發點，考察了「下江人」在重慶所形成文學體驗和特點，包括抗日戰爭爆發前後重慶的文化環境、「下江人」帶來的文化改變和衝擊、「下江人」通過抗戰宣傳對重慶戰時文化生活的介入和疏離、不同情感帶來的重慶形象塑造以及在重慶所面臨的大轟炸、貧病和精神上的挑戰，這些構成了抗戰時期重慶圈的「下江」特色。考察發現，重慶成為陪都後，大量外來移民進入重慶，「下江」這個詞彙日益成為常用詞彙。「下江」、「下江人」從生活用語逐漸具有了文化意義，成為長江下游流域先進的現代文明的指稱，並和重慶所具有的內陸文明形成一個鮮明的對比。抗戰前後的重慶，無論是經濟還是文化都無法和上海、南京、北平等下江城市等同。「下江人」到重慶是不得已的選擇，他們眼中的重慶是落後的代言詞。

然而，由於現實戰爭的需要，下江作家在重慶居住和生活，他們在重慶熱烈的討論抗戰文學的種種可能，如火如荼的進行抗戰文化宣傳。無論他們主觀意願如何，重慶都成為下江作家戰時文學活動的基點。

在抗戰宣傳中，下江作家的文學活動離不開重慶這一現實環境。他們彼此間的交往呈現出重慶特色，即一方面具有明顯戰時特色，以文藝團體、報紙為媒介開展豐富的講座和集會；另一方面，仍舊延續著戰前的交往關係網絡。與此同時，從國家民族的抗戰和現實生活環境的不同角度出發，重慶的城市形象變得多種多樣。不同的城市形象背後，是下江作家不同的情感體驗。國統區文化人生活的貧困是四十年代文藝界的普遍特徵。通貨膨脹帶來稿費縮水，戰爭帶來的版稅制度混亂，讓下江作家們的生活日益艱難。儘管如此，作家們的情緒並不低落。通過對政府文藝救助政策的分析，和作家們對貧困的不同看法，展現了戰時中國知識分子安貧樂道的一面。

自始至終，知識分子對於戰爭中的貧困生活始終未出惡聲，堅定的支持抗戰。然而，四十年代中期國統區對文藝的政治統治日益嚴密，尤其是在重慶，作家們的創作、發表和演講無一不受到監控，精神生活的空間越來越受到約束。從而讓作家們逐漸對國民政府感到的失望。雖然日軍的大轟炸結束，可飢餓、焦慮、惡劣的居住環境、誇張的貧富差距和對政府的失望，卻讓下江作家們在重慶的生活愈來愈痛苦。

1945 年 8 月 10 日，抗戰勝利的信息意外傳來，「下江人」苦盼多年的還鄉夢突然變成現實。抗戰以來，「下江人」無時無刻不在盼著離開重慶，重慶是他們生命中一個偶然的停留。有作家這樣總結「下江人」和重慶之間的關係：「住在重慶的人都是全國各地的優秀，是專家，學者的薈萃之區，他們都各有指定的任務在奔波忙碌中撕去案頭的日曆，雖然，他們究竟做出些什麼大事，連自己都無從述說，但他們也同我一樣，只是一位重慶的過客，他們是不認識重慶的，更沒有和重慶攀上關係。在重慶生活了若干年，好比住在大飯店裏一樣，付清了應付的帳，或在大飯店的流水簿上，掛欠了一筆付不清的帳，把行李扣在這裡，就悵悵然的走開了。重慶又好像是舉行人物展覽的大會，在這裡陳列的作品，都是活動的人。」〔註1〕

在重慶的「下江人」中有很大部分政府官員、學者和文化人，他們都屬

〔註 1〕 王平陵：《雨重慶之夜》，《副產品：詩、散文、雜文》，商務印書館，1945 年 6 月版，第 43 頁。

於國家最精英的群體，他們在重慶度過了他們的戰時歲月，在這裡經歷了抗戰初期的興奮，大轟炸的威脅，通貨膨脹帶來的貧窮，在戰爭勝利前的 1944年還經歷了日軍攻佔獨山帶來的再一次驚恐。重慶的日子過得艱難而緊張，夏季要躲避空襲，冬季要為生計奔走，不少人還要忍受家人分離的帶來的情感壓力，現實中的焦慮、驚恐和抗戰勝利的期盼並存在每一個「下江人」的心中。他們客觀上居住在重慶，但主觀上時時刻刻盼著回家，他們從未忘記自己是「重慶客」。

「下江人」開始大規模的返回家鄉，重慶依舊還是重慶，「重慶是一個成千成萬人分享過的插曲」。〔註2〕然而，「下江人」和重慶之間的情感聯繫，在現代文學的書寫中卻並未隨著返鄉而結束。各類人物已經撤出，重慶成為「下江人」生命中深刻的記憶，他們不時的哼起這首戰時插曲，懷念在重慶度過的時光。

抗戰勝利後，整個重慶沉浸在勝利的喜悅中，到處是爆竹聲和遊行隊伍的歡呼聲。可是，喜悅僅僅在「下江人」心中停留了片刻，取而代之的是更加令人絕望的混亂場景。還鄉，成為和當初入川同樣艱難的挑戰，和入川一樣的一票難求。抗戰多年，大部分「下江人」都窮困潦倒，連返鄉的路費都難以籌齊。於是重慶街頭出現了很多的地攤，擺攤的主人多半是急於返鄉的「下江人」。可是還鄉的交通工具有限，飛機、輪船、汽車，老百姓無不望塵莫及。航空公司的機票要等到一年以後，所有東歸的輪船，都不得載運老百姓。人們只能自己想辦法返鄉。

張恨水一家選擇的乘車，從重慶、貴陽至衡陽，再至武漢。他的《東行小簡》最後告誡急於東歸的下江同胞，不要急於離川，已經住了八年，再多住一段時間無妨。因為「吾人不是歐洲文明國人民，義民返鄉，政府社會，恕不負責，一切自理。若以蘇聯法國人民還鄉，政府幫助為例，則係癡人說夢耳。」〔註3〕

汪文宣在勝利日的夜晚死去，其時「街頭鑼鼓喧天，人們正在慶祝勝利，用花炮燒龍燈。」兩個月以後，重慶街頭的人們討論話題都離不開勝利。只不過這勝利帶來的並非「漫捲詩書喜欲狂」的歡樂，而是更大的煩惱。「勝利是他們的，不是我們勝利。我們沒有發過國難財，卻倒了勝利楣。早知道，

〔註2〕 王平陵：《雨重慶之夜》，《副產品：詩、散文、雜文》，商務印書館，1945 年6月版，第 43 頁。

〔註3〕 張恨水：《東行小簡》，《山窗小品及其他》，太原：北嶽文藝出版社，1993 年，第 397 頁。

那天真不該參加勝利遊行。……」〔註4〕

當初「下江人」追隨政府抗戰，八年來在重慶忍辱負重。如今一旦勝利，政府未曾有序安排幾十萬「下江人」返鄉，造成人民對政府的極度失望，同時顯露出國民政府管理上的無能和不負責任。1945年～1946年間的重慶，民心不穩，各種謠言甚囂塵上。知識分子對政府的失望逐漸加深，他們在討論返鄉的道路，更關注戰後中國何去何從。國事不容樂觀，葉聖陶聽《大公報》記者談各方情況，聽後感到國民政府實為阿斗，在抗戰勝利的關鍵時刻，正是大有可為之際，「而當事者非的大有為之人，美人竭力抱腰，而其人終為阿斗。阿斗之病，一在自私，只知有己，二在愚昧，不識群己之關係。此皆不可救藥，因而誤事太多。」〔註5〕至於勝利復員的工作，說到底無非是當權者爭權奪利的舉動，政治、經濟、軍事皆讓苦盼了多年的中國人失望，「從政者一切惡德，皆於此時表露無遺，殆為古今腐朽之頂點。軍事衝突，自綏遠以至浙江，隨地而有，似內戰之禍終不可免。經濟政策，惟事依傍美人，民族工業之興起杳無朕兆。我國翻身，本以此時為最好機會，今則其機已失，須待從新來過，然而民生困苦太甚矣。」〔註6〕

「下江人」逐漸離開重慶，返鄉之際，重慶在他們腦海中的形象似乎更清晰，更令人留戀。「我們是愛大後方，愛長江、嘉陵江，愛這個山城的。但當時我們卻詛咒它，有時惡毒的嘲弄它」〔註7〕，離開之後，戰時在重慶生活的各種感受沉澱為記憶，回想起來，反倒成了值得咀嚼的一段時光。張恨水將自己在重慶八年的生活寫成了小說《巴山夜雨》。這部帶有自傳性質的小說創作於1946年，同年4月4日在北平《新民報》副刊《北海》連載，隨後，這部小說先後被南京《新民報》晚刊和上海《新民報》晚刊，成都、重慶《新民報》副刊轉載。老舍在美國寫成了《鼓書藝人》，這是老舍唯一一部以抗戰時期重慶為背景的小說。時隔多年，抗日戰爭結束了，兩位作家均離開重慶，卻在長篇小說中回顧了重慶跑警報、大轟炸、市井百姓生活等的方方面面，以及居住其中的普通人的經歷和感受。

〔註4〕巴金：《寒夜》，《巴金文集》第八卷，北京：人民文學出版社，1989年，第693頁。
〔註5〕葉聖陶：《東歸江行日記》，《葉聖陶抗戰時期文集》第三卷，北京：人民教育出版社，2005年，第286頁。
〔註6〕同上，第294頁。
〔註7〕徐遲：《重慶回憶》，《作家在重慶》，重慶：重慶出版社，1983年。

　　「下江人」大概沒有想到的是，個人命運因國家命運瞬息萬變。抗戰勝利後的返鄉，仍然是短暫的停留，他們中的一部分將繼續過著「下江人」的生活，去到臺灣、海外生存發展。重慶，成爲他們離家去國前停留最久的城市。不少去到臺灣的作家對在重慶的「下江人」生活的回憶，除了戰爭的回憶，更透露出對家園故土，親朋舊友的思念。這些生命體驗和經歷，看似是個體的記憶，事實上是幾代中國人的共同記憶。那些當年尚處於兒童、少年階段的「下江人」，他們在重慶度過了自己「生命的清晨」。這短暫的幾年對他們中的不少人而言，是奠定其一生基礎的重要時刻。臺灣作家齊邦媛在其所著《巨流河》中對重慶，對南開中學師生的描寫充滿深情，她自述開始談文論藝，「是在晴天和月夜逃警報的時候」，「轟炸的聲音在耳內回想，但防空洞內所讀書籍的內容也在心裏激蕩」〔註8〕。大轟炸伴隨著青春歲月，人的生命在生死存亡中磨礪得愈加堅強，這一切無不令齊邦媛終身難忘。在齊邦媛之外，無論大陸還是臺灣，都有不少作家對戰時重慶的生活進行回憶和書寫，這是所有「下江人」的歷史共同記憶。

　　抗戰勝利後，國民政府啓動還都南京的計劃，「下江人」陸續東歸。喧囂的重慶日漸冷落，「國府路前，車馬人稀，山間道上，人迹罕至，昔每夜曾踴躍歡樂之『國際』『揚子』舞場，今已舞淡歌微」，「南北溫泉之餐廳客棧，多閉門歇火；精神堡壘附近，入夜沉寂」〔註9〕……一下子令人有物是人非、今非昔比的感歎。

　　重慶文學結束了其最繁榮鼎盛的時期，抗戰時期文學中心的地位逐步消解，重慶文壇恢復了往日的寧靜。政府、高校、報紙、雜誌、出版機構紛紛復員。1947年重慶地區的高等院校只餘下7所。1946年後，部分報社、通訊社在重慶設立分社的仍然有百餘家，《大公報》、《國民公報》、《新華日報》、《時事新報》仍繼續出版。通訊社則有中國新聞通訊社重慶分社、重慶新華分社等20家左右。但數量和實力與抗戰時期相比，已經大幅度的削減。

　　但是，重慶畢竟經歷了抗戰的洗禮，國民政府以此爲戰時首都，無數「下江人」在此居住和生活，這一切對重慶無不起到潛在的影響。1946年國民政府還都南京，但重慶的人口仍超過了100萬，和抗戰爆發前的1936年相比，

〔註8〕齊邦媛：《巨流河》，臺灣：天下遠見出版有限公司，2009年，第144頁。
〔註9〕重慶市檔案館、重慶師範大學合編：《熱鬧了南京，冷落了山城》，《遷都定都還都》，重慶：重慶出版社，2014年，第259頁。

人口數量仍然翻了一倍。各大高校撤走以後，重慶的教育基礎相比較於戰前依舊有了很大的改觀。那些赫赫有名的作家們在大學任教，在重慶演講、講座，無形中培養和影響著重慶青年。這些散落的種子以後在重慶的文化藝術的發展中發揮著重要作用。

此外，還有部分遲遲未歸的作家，其中一些遲至重慶解放才離開，有些從此留在了大西南。戰爭勝利後，留在重慶的作家有歸來的「旅外川人」，他們因抗戰而回到四川，戰爭結束，他們留了下來，如沙汀、艾蕪、沈起予等，也有暫時尚未離去「下江」作家，如孫伏園、聶紺弩、力揚、王平陵、老向等。艾蕪擔任了《大公報》（重慶）副刊《半月文藝》的主編，聶紺弩編《新民報》副刊《呼吸》，力揚編《新民報》專刊《虹》和《每週文藝》，沈起予在《國民公報》編專刊。1945 年抗戰勝利後，何其芳從延安回到重慶，擔任《新華日報》副社長，直到重慶解放。國民黨文人王平陵在重慶擔任《和平日報》副刊主人，還兼任重慶文化運動委員會主人委員，直到重慶解放才離開前往臺灣。被稱爲《抗到底》三架馬車之一的老向戰後回到北平，卻又在1949 年重返重慶，最後定居重慶，成爲眞正的「重慶人」。

抗戰時期重慶文學的中心地位因戰爭而形成，又因戰爭的勝利而消解，「下江人」帶著他們對重慶的詛咒和留戀離去，留下各自難忘的「重慶記憶」。從 1937 到 1946 年，重慶人文薈萃，可是，戰爭年代條件艱難，重慶在日軍大轟炸的逼迫下，人們的生活也很難有穩定的狀態。「下江」作家在重慶來來去去，他們中的大多數在茅屋草房中，食不果腹仍的境況下執著於文學夢想。抗戰時期重慶的各方面環境實在太差，如今，他們中的不少人在重慶的經歷已經很難考察，甚至要整理一份完整的抗戰時期在渝作家名錄都非常困難。或者，這些信息的不完整正是戰爭帶給重慶文學的特色之一。另一方面，四川在八年的戰爭中給幾十萬「下江人」提供了庇護，無論四川的生活多麼的令人不滿意，都無法否認四川和四川人對抗戰的支持。正如胡風所寫：「四川雖然沒有直接被敵人入侵，四川人供給的日用品雖然愈來愈貴，但四川人民對抗戰出的力，受的犧牲，可眞不小。而且，譬如說罷，如果有的人是坐著滑杆抗戰，有的人是抬著滑杆抗戰，那四川的人民就正是抬著滑杆抗戰的。」〔註 10〕而四川人對抗戰的支持，無論是精神上還是物質上，無論人力、物力

〔註 10〕胡風：《出西土記》，《胡風全集》第 4 卷，湖北人民出版社，1999 年出版，第129 頁。

還是財力，同樣是一個有待進一步關注的課題。

　　總之，「下江人」和戰時重慶文學之間實在有太多值得我們關注和研究之處，而這無疑也將對豐富抗戰時期重慶文學研究有著重要的意義。

附錄　戰時部分在渝文藝界人士名錄

序號	姓名	籍貫	出生年月	抵渝時間	離渝時間	在 渝居住地	戰時在重慶任職
1	許壽裳	浙江紹興	1882	1941.7	1946.1	歌樂山	考試院考選委員會專門委員
2	沈尹默	陝西漢陽	1883.6	1941	1946	靜石灣「石田小築」	國民黨監察委員（1940）
3	陳衡哲	湖南衡山	1890.7	1942 夏	1945	江北任家花園	
4	姚蓬子	浙江諸暨	1891	1938.10	1945		①文協 ②編輯《抗戰文藝》 ③文化工作委員會 ④1942 年在重慶創立創辦作家書屋 ⑤與老舍、趙銘彝等創刊《文壇》
5	陳望道	浙江義烏	1891.1	1939	1946	北碚東陽鎮「潛廬」	復旦大學
6	郭沫若	四川樂山	1892.11	1938.12	1946.5	①天官府 ②賴家橋	①政治部軍事委員會第三廳廳長 ②文化工作委員會主任 ③1943 年主編《中原》 ④中蘇文化協會研究委員會主任
7	潘梓年	江蘇宜興	1893.1	1938.11	1947.3		《新華日報》社長
8	孫俍工	湖南隆回	1894	1940	1950	小龍坎	國民黨中央監察院參事

9	孫伏園	浙江紹興	1894	1940 年底	1945.8	任教鄉村建設學院期間，居住北碚歇馬。	①政治部文化工作委員會委員、政治部設計委員會委員 ②《士兵月刊》社長（1940 年 1 月～1945 年 8 月） ③和劉尊棋、陳翰伯一起創辦中外出版社（1943 年初～1945 年 9 月），並編輯《文匯週報》（1943 年 5 月 1 日～1944 年 5 月） ④中國鄉村建設學院 ⑤《中央日報》副刊主編（1940 年冬～1942 年？） ⑥《時事新報》主筆（1942 年下半年～1943 年上半年） ⑦1945 年 8 月～1949 年 7 月至成都任教於齊魯大學，1949 年夏再回重慶任教於北碚中國鄉村建設學院。
				1949.7	1950 年 1 月		
10	葉聖陶	江蘇蘇州	1894.1	1938.1	1945.12	①西三街 ②巴蜀小學	①重慶巴蜀學校 ②中央戲劇學校 ③復旦大學 ④1938 年 10 月後任教樂山武漢大學，遷居樂山、成都
11	洪深	江蘇常州	1894.12	1939.2	1946.7	①天官府 ②賴家橋	①政治部第三廳科長 ②政治部文化工作委員會專任委員 ③復旦大學外文系教師 ④江安國立戲劇專科學校
12	白薇	湖南資興	1894.2	1940	1946.5	南溫泉、賴家橋	①中國電影製片廠 ②文化工作委員會
13	張定璜	江西南昌	1895				
14	黃芝崗	湖南長沙	1895.5			北碚 木洞	
15	張恨水	安徽潛山	1895.5	1938.1	1945.12	南溫泉	《新民報》主筆
16	鄭伯奇	陝西長安	1895.6	1939.1	1943 年底		①文協研究部副部長 ②《中蘇文化》編委會編委 ③文化工作委員會委員
17	張西曼	湖南長沙	1895.6	1938	1946.4		①中蘇文化協會創辦人 ②中央大學俄文系 ③中國邊疆學術研究會理事長 ④創辦《民主與科學》雜誌

18	茅盾	浙江桐鄉	1896.7	1940.11	1941.3	生活書店、棗子嵐埡良莊	1941.3 離渝赴桂林、香港，1942年12月返渝。
				1942.12	1946.3	唐家沱新村天津路	
19	張道藩	貴州盤縣	1897	1938.8	1946.4		①中央文化運動委員會主委 ②中宣部部長 ③教育部常務次長 ④中央政治學校教育長
20	余上沅	湖北沙市	1897.10	1937	1939.4	上清寺	①國立戲劇學校校長 ②1939.4～1945 國立劇專遷江安縣
				1945.4	1946.7	北碚	
21	方令孺	安徽桐城	1897.1	1938	1946	北碚	①國立編譯館 ②國立劇專 ③復旦大學中文系
22	宗白華	江蘇常熟	1897.12	1937 年底	1945 年底		①任教中央大學哲學系； ②主編《時事新報》（渝版）《學燈》
23	曹靖華	河南盧縣	1897.8	1939	1946.5	七星崗；沙坪壩	①中蘇文化協會 ②《中蘇文化》月刊常務編委 ③《蘇聯抗戰文藝譯叢》主編 ④中蘇文化協會編譯委員會副主任
24	陳子展	湖南長沙	1898	1938.2	1946		復旦大學中文系
25	王平陵	江蘇溧陽	1898	1938	1949.11		①文協理事 ②《掃蕩報》編輯
26	豐子愷	浙江桐鄉	1898.11	1942.11	1946.7	沙坪壩	重慶國立藝術專科學校教授兼教務長（1943 辭職）
27	高長虹	山西盂縣	1898.2	1938.1	1941.4	文協	①文協 ②《大江日報》副刊 ③1941.4 離渝赴延安
28	田漢	湖南長沙	1898.3	1940.5	1941.3		文化工作委員會（1946.2 再次到重慶，同年 5 月返回上海）
				1946.2	1946.5		
29	易君左（易家鉞）	湖南漢壽	1899	1938 秋	1946.4	①吳師爺巷 ②南岸黃桷埡 ③冉家灣	①軍委會總政治部編審室 ②中央文化運動委員會
30	徐蔚南	江蘇吳縣	1899				

31	老舍	北平	1899.2	1938.8	1946.2	①青年會 ②南溫泉 ③白象街《新蜀報》報社 ④陳家橋馮公館 ⑤北碚	①文協總務部主任 ②文藝獎助金管理委員會常務委員 ③中央文化運動委員會
32	楊晦	遼寧遼陽	1899.3	1943年末	1946年夏	賴家橋小龍坎	中央大學中文系
33	金滿成	四川峨眉	1900	1932	1946		《新蜀報》副刊
34	冰心	福建長樂	1900.1	1940冬	1946.7	歌樂山潛廬	①文協理事 ②婦女指導委員會文化組組長
35	夏衍	浙江杭縣	1900.1	1942.4	1945.9	中山一路「依廬」	①中共南方局重慶辦事處文化組副組長 ②《新華日報》特約評論員
36	楊騷	福建漳州	1900.1	1939.2	1941.3	臨江門文協會所 南溫泉文協會所	1939年6月參加文協作家戰地訪問團
37	滕固	江蘇寶山	1901	1940.12	1941.5病逝		①國立藝專 ②中央大學
38	向林冰	河南內黃	1901	1938	40年代初	北碚東陽鎮	通俗讀物編刊社
39	老向（王向辰）	河北束鹿	1901.1	1939		北碚	①《抗到底》編輯 ②教育部教科用書編輯委員會民眾讀物組主任 ③國立編譯館副總編纂
40	馮乃超	廣東南海	1901.1	1939.5	1946.5	賴家橋	①第三廳第七處第三科科長 ②文化工作委員會
41	胡風	湖北蘄春	1902	1938.12	1941.5	北碚黃桷鎮、東陽鎮	①國際宣傳處 ②復旦大學
				1943.3	1946.2	賴家橋	③文化工作委員會 ④1941年5月～1943年3月離開重慶去香港、桂林等地
42	臺靜農	安徽霍邱	1902.11	1938	1946.10	江津白沙鎮	①國立編譯館 ②1940任職國立女子師範學院中文系

43	陽翰笙	四川高縣	1902.11	1938.2	1946.6	賴家橋	①軍事委員會第三廳 ②《抗戰文藝》編委 ③文協常務理事 ④中蘇文化協會研究委員會副主任
44	顧一樵（顧毓琇）	江蘇無錫	1902.12	1938.3	1945.8	通遠門「嘉廬」 北碚「茅廬」 青木關「蕉舍」	①教育部政務次長（1938） ②國立中央大學校長（1944） ③國立音樂學院院長
45	王崑崙	江蘇無錫	1902.8	1938.9	1946		①中蘇文化協會常務理事（1938～1941） ②《中蘇文化》會刊委員會主任（1938.10）
46	錢歌川（味橄）	湖南湘潭	1903	1939.4 1942	1942 1945底	黃桷埡	①1939年4月回國，經重慶到樂山，任教樂山武漢大學； ②中華書局 ③東吳滬江之江聯合法商工學院
47	陳銓	四川富順	1903.09	1942.8	1946.9		①中國電影製片廠編導委員 ②重慶歌劇學校教授 ③中央政治學校教授 ④青年書店總編輯，主編《民族文學》（1943.5～1944.12）
48	梁實秋	浙江餘杭	1903.1	1938.9	1946	北碚雅舍	①《大公報·平明》主編（1938.12～1939.4） ②教育部中小學教科用書編輯委員會主任 ③國立編譯館翻譯委員會主任委員 ④國民參政會委員
49	沈起予	四川巴縣	1903.1	1938秋	抗戰勝利後	南岸土橋	①《新蜀報》副刊《新光》主編 ②日本俘虜收容所重慶分所
50	聶紺弩	湖北京山	1903.1	1941 1944	1942夏 1947	①文協張家花園 ②北溫泉慈幼園	①私立建川中學 ②創辦《藝文志》 ③《眞報週刊》副刊編輯 ④《商務日報》副刊《茶座》編輯 ⑤《新民報》副刊《呼吸》編輯 ⑥1942年夏離渝至桂林，1944年再次回渝。

51	何容	河北深澤	1903.6	1938	1946	青年會白象街	①後勤政治部傷兵教育委員會②國語推行委員會委員
52	馮雪峰	浙江義烏	1903.6	1943.6	1946.2	作家書屋	主編《抗戰文藝》（1944）
53	梁宗岱	廣東新會	1903.9	1938.2	1944冬	北碚「琴廬」、黃桷埡	1941年任復旦大學外國文學系主任
54	李霽野	安徽霍邱	1904	1943	1946.3	北碚江津白沙	復旦大學（1943春）白沙女子師範學院（1944.3～1946.3）
55	沈西苓	浙江德清	1904		1940.12病逝		中國電影攝影場
56	艾蕪	四川新繁	1904	1944.10	1949	張家花園文協會所南溫泉白鶴林張家花園孤兒院	
57	李何林	安徽霍邱	1904.1	1938.9	1940.9	①四川隆昌②江津白沙	
58	常任俠	安徽潁上	1904.1	1938	1943		政治部第三廳
59	巴金	四川成都	1904.11	1940.1～1941.7　1942.6～1942.11　1944.6～1945.11　1945.12～1946.3	1946.3	①沙坪壩互生書店②文化生活出版社	
60	沙汀	四川安縣	1904.12	1939.12	1941.2	①華裕農場②張家花園文協會所③貓兒石	①1941年2月離渝回到老家安縣②1946年到重慶，同年8月再次回安縣
				1946.5	1946.8	張家花園文協會所	
61	徐仲年	江蘇無錫	1904.2	1937		沙坪壩	①中法比瑞文化協會理事②《文藝月刊》編輯
62	崔萬秋	山東莘縣	1904.6	1941	抗戰勝利後		①《時事新報》②《世界日報》編輯副刊《明珠》

63	孫大雨	上海	1905.01	1941.12	1945 年底	南溫泉	中央政治學校外交系
64	臧克家	山東諸城	1905.1	1942.8	1946	①張家花園文協會所 ②歌樂山賑濟委員會留守處	①賑濟委員會專員 ②編《難童教育》
65	王亞平	河北威縣	1905.3	1939.11	1946.7	①蓮花池新村籌備處 ②林森路花子街	①新村籌備處《新蜀報》文藝副刊編輯 ②成立「春草詩社」
66	姚蘇鳳	江蘇蘇州	1905.11	1943	抗戰勝利後	學田灣	①重慶《新民報晚刊》主筆 ②中央圖書審查委員會
67	焦菊隱	浙江紹興	1905.12	1943	1946		①1941 年 11 月離開桂林任教江安國立戲劇專科學校 ②中央大學 ③四川社會教育學院 ④擔任法國新聞處翻譯 ⑤中央青年劇社編導委員
68	沉浮（沈恩吉）	天津	1905.3	1937.10	1939		①「上海影人劇團」從事戲劇活動 ②1939 年到西安加入西北影業公司 ③「中電」新聞片編輯（1940）
				1940	1946 年初	南岸中央電影攝影場宿舍	
69	盧冀野	南京	1905.3		抗戰勝利後	①江津白沙 ②北碚	①國立禮樂館 ②國立女子師範學院 ③國民參政會參議員
70	萬迪鶴		1906		1943.4 去世		軍委會總政治部文化工作委員會
71	李辰冬	河南濟源	1906	1937	抗戰勝利後		①中央政治學院 ②中央文化運動委員會委員 ③北碚教育部教科書編輯委員會特約編輯、 ④《文化先鋒》半月刊主編 ⑤《新思潮》月刊主編
72	王集叢	四川南充	1906	1937	1940		①1940～1942 在江西主編《大路》月刊 ②1942 年回到重慶，任戰時青年訓導團
				1942	1949		
73	石淩鶴	江西平樂	1906.6	1939 年春	1942 年冬		文化工作委員會

74	章泯	四川峨眉	1906.12	1939 春	1941 春	北碚草街華裕農場	①育才學校戲劇組 ②文化工作委員會戲劇組 ③中國電影製片廠編導
				1942.11	1944 秋		①中國藝術劇社 ②江安國立戲劇專科學校（1943 秋） ③1941 年春離渝赴香港，1942.11 回渝。
75	陸晶清	雲南昆明（白族）	1907	1939.3	1944.5	青年會	①主編《掃蕩報》副刊 ②重慶求精商業專科學校 ③重慶市女中
76	杜衡（蘇汶）	浙江杭州	1907	1942	1946.5	①南岸海棠溪南方印書館 ②上清寺天壇新村	①南方印書館編譯 ②《中央日報》主筆
77	李曼瑰	廣東台山	1907	1941			①新生活運動婦女指導委員會文化事業組組長； ②《婦女新生活月刊》副主編
78	繆崇群	江蘇六合	1907	1940	1945.1 病逝	北碚金剛碑	正中書局
79	王夢鷗	福建長樂	1907	1941 年前後兩年在渝			
80	廖沫沙	湖南長沙	1907.1	1942.11	1945	化龍橋	《新華日報》編輯部主任
81	王進珊	江蘇南通	1907.1	1938	1946.6	張家花園南岸長生橋	①獨立出版社編輯 ②文藝研究會編譯委員 ③國民黨中央宣傳部編輯專員 ④中央文化運動委員會專員 ⑤中央政治學校教授 ⑥主編《文藝月刊》、《文藝先鋒》
82	于伶	江蘇宜興	1907.2	1942.12	1945.10		中國藝術劇社
83	阿壠	浙江杭州	1907.2	1941.2	1944 春		①國民黨軍事委員會政治部軍事處第二科 ②軍令部第一廳二、三處 ③1944 年春考入國民黨陸軍大學第二十期並赴成都實習

84	沈櫻 （陳瑛）	山東 濰坊	1907.6	1938.2	1946	①北碚「琴 廬」 ②北碚黃桷 埡 ③南岸海棠 溪	
85	馬彥祥	浙江 鄞縣	1907.7	1939	抗戰勝 利後	江安	①國立戲劇專科學校教授 ②中央青年劇社社長（1943）
86	田仲濟 （藍海）	山東 濰坊	1907.8	1939.8	1946 夏	①歌樂山 ②歇馬 ③張家花園 文協會所	①馮玉祥政治研究室任研究員 ②水利委員會科員（1941.10～ 11） ③中國鄉村建設學院（1941.12） ④東方書社編輯 ⑤與沈櫻、姚雪垠、曲潤路等 創辦現代出版社（1942.7） ⑥自強出版社編輯（1943.8） ⑦與陳紀瀅、姚雪垠創辦雜誌 《微波》（1944.8）
87	徐霞村 （徐元 度）	湖北 陽新	1907.9	1938	1944	江北、南岸	①文協常務理事 ②國民黨圖書審查科第二科科 長
88	徐訏	浙江 慈谿	1908	1942	1944		①主編《作風》 ②國立中央大學師範學院國文 系兼職教授 ③1944 年《掃蕩報》駐美特派 員
89	梅林	廣東 大埔	1908	1938.8	抗戰勝 利後		文協秘書
90	趙家璧	上海 松江	1908.1	1945 年 初	1946.1	民生路英年 大廈良友復 興公司 北碚	1945 良友復興圖書公司在渝重 建
91	歐陽山	湖北 荊州	1908.12	1939.2	1941.4	南溫泉	
92	力揚	浙江 青田	1908.12	1939.5	1941		①《文學月報》編委 ②1941～1942 曾離開重慶到湖 北恩施
				1942 春	1947.8		①育才學校 ②《新民報》副刊文藝編輯
93	陳紀瀅	河北 安國	1908.3		1946.5	南岸黃桷埡	①《大公報·戰線》主編 ②東川郵局要密郵件組

94	陳白塵	江蘇清河	1908.3	1937.9	1940暑假	張家花園十三號地下室	①上海業餘劇人協會 ②1940年暑期～1941.3任教四川省立戲劇音樂學校
				1941.3	1943	①張家花園文協會所 ②天官府 ③國泰大戲院茶館後院 ④陪都公寓 ⑤北碚兼善公寓	①中華劇藝社 ②《戲劇月報》編委 ③1943年去成都
				1945.11	1946.5	群益出版社	①中央大學中文系兼職教授 ②《新民報》晚刊副刊主編 ③國立社會教育學院戲劇系
95	韓侍桁	天津	1908.3				①重慶文風書局總編輯 ②國際文化服務社 ③中央通訊社
96	吳組緗	安徽涇縣	1908.4	1939.5	1946.5	①南溫泉余家祠堂 ②沙坪壩陳家橋	①國立中央大學師範學院國文系 ②馮玉祥私人老師 ③四川省立教育學院國文系教授（1945.8）
97	潘孑農	浙江湖州	1909	1938	1946.3	南岸玄壇廟（中央電影攝影場）	中央電影攝影場
98	任鈞	廣東梅州	1909.12	1940春	1945年底		
99	高蘭	遼寧錦州	1909	1938	1946		①實驗歌劇學校 ②中央大學附中 ③牛奶場秘書
100	靳以	天津	1909	1938年冬	1941	北碚黃桷鎮	①復旦大學 ②《國民公報》《文群》副刊
				1944.1	1946.8	北碚夏壩「復旦新村」	
101	麗尼（郭安仁）	湖北孝感	1909.11				國民黨軍訓部軍學編譯處
102	羅烽	遼寧瀋陽	1909.12	1938年夏	1941年冬	華裕農場	①文協秘書 ②作家戰地訪問團

103	胡秋原	湖北黃陂	1910	1938.8	1946		①主編《時事政治》《祖國雜誌》等 ②「國防最高委員會」秘書 ③主持《外交季刊》④創辦《民主政治》
104	姚雪垠	河南鄧縣	1910.1	1943.1	1945 夏	張家花園文協會所	①文協 ②1945 赴三臺任職東北大學 ③1946.5 離川
105	李長之	山東利津	1910.10	1938	1946	沙坪壩	①中央大學（1938） ②教育部研究員（1940） ③主編《時與潮》副刊（1944） ④國立編譯館編審（1945）
106	張駿祥（袁俊）	江蘇鎮江	1910.12	1940.1	1941.1	江安	國立戲劇專科學校
				1941.1	1945 年底	臨江門	中央青年劇社 中華劇藝社 中央電影攝影場
107	艾青	浙江金華	1910.3	1940.6	1941.2	張家花園文協會所 北碚草街	①育才學校文學系主任 ②《文藝陣地》編委
108	曹禺	天津	1910.9	1938.2	1939.4	棗子嵐埡	①國立劇校 ②1939.4～1942 年初隨劇校遷江安
				1942 年初	1946.2		①復旦大學 ②《戲劇月報》編委 ③中央電影攝影場（1944）
109	賀孟斧	湖南長沙	1911	1938	1945.5 病逝		中央電影製片廠；中國藝術劇社；國立戲劇專科學校；中華劇藝社
110	葉以群	安徽歙縣	1911	1939	1941		①中外文化聯絡社
				1942 夏	1946 年春	文協張家花園會所	②1941 年離渝赴港，1942 年夏回渝 ③創辦《文哨》
111	柳倩	四川容縣	1911.1	1940 年底	1947	天官府	①文化工作委員 ②參與創辦《春草集》 ③編輯《新民報》副刊《虹》《文藝新論》
112	魏猛克	湖南長沙	1911.11	1938	1940		①文協研究部 ②江津安徽中學 ③中蘇文藝研究會美術組組長
113	李輝英	吉林永吉	1911.2	1938.12	1941	江北香國寺	1939 年參加文協作家戰地訪問團

114	袁勃	直隸廣宗	1911.5				①《新華日報》編輯 ②1939年參加文協作家戰地訪問團
115	蕭紅	黑龍江呼蘭	1911.6	1938.9	1940.1	①歌樂山雲頂寺 ②北碚黃桷鎮	
116	孔羅蓀	山東濟南	1912	1938.10	1946.5	南區馬路	①編輯《文學月報》、《文藝陣地》 ②文林出版社「文學集叢」 ③重慶武庫街郵政支局 ④東川郵局要密郵件組
117	鳳子	廣西容縣	1912	1939秋			中國藝術劇社
118	白朗	遼寧瀋陽	1912.8	1938	1941	華裕農場	1939參加文協作家戰地訪問團
119	端木蕻良	遼寧昌圖	1912.9	1938.8	1940.1	①歌樂山雲頂寺 ②北碚黃桷鎮	復旦大學
120	徐盈	山東德州	1912.11	1938.1	1945.10		《大公報》
121	葛一虹	上海嘉定	1913	1938	抗戰勝利後	華裕農場	①中華全國文藝界抗敵協會理事、戲劇界監事 ②1939年6月作家戰地訪問團 ③中蘇文化協會研究委員會副主任 ④《中蘇文化》常務編委 ⑤《文學月報》編委 ⑥中國電影製片廠特約編導
122	方殷	河北雄縣	1913	1938.8	1949.10		①「全民通訊社」 ②作家戰地訪問團 ③重慶彈子石精益中學
123	趙友培	江蘇揚中	1913	1938	抗戰勝利後		①重慶市立圖書館館長 ②市民眾教育館館長 ③中央政治學校訓導 ④中央文化運動委員會秘書
124	草明	廣東順德	1913	1939.2	1940	南溫泉	
125	臧雲遠	山東蓬萊	1913	1938	1946		①文化工作委員會 ②成立「春草詩社」

126	光未然	湖北光化	1913.11	1939.9	1941年春		①文化工作委員會
127	馮亦代	浙江杭州	1913.11	1941.2	1945年底	①張家花園②棗子嵐埡	①中央信託局②重慶印刷廠③創辦美學出版社
128	戈寶權	江蘇東臺	1913.2		1941	化龍橋	①《中蘇文化》、《文學月報》編委②《新華日報》編輯③皖南事變後離渝，1942重回渝。④中蘇文藝研究會文學組組長
				1942	1945		
129	舒湮	江蘇如皋	1914	1941.9	1945.9	①張家花園②化龍橋	張家花園、化龍橋
130	徐遲	浙江吳興	1914	1941.1	1941.6	①純陽洞中國電影製片廠②張家花園文協會所	①中國電影製片廠②創辦美學出版社③國立歌劇學校（北碚）④《中原》編委⑤墨西哥大使館秘書⑥1941春夏之間離渝至香港，1942.3回渝。
				1942.3	1946.3	①張家花園文協會所②歌樂山蒙子樹③棗子嵐埡④王園山	
131	子岡	江蘇蘇州	1914	1938.1	1945.10		《大公報》
132	宋之的	河南豐潤	1914.4	1938.7	1946	華裕農場	①文協作家戰地訪問團②1941年出走香港至1942年5月回重慶③中國藝術劇社④中蘇文藝研究會戲劇組副組長
133	趙清閣	河南信陽	1914.5	1938.7	1945.11	①北碚②重慶蓮花池	①《彈花》編輯②教育部教科書編委會特約編輯③中央民眾教育館特約編輯④《新民報》特約撰述
134	葉君健	湖北黃安	1914.12	1938.11	1943	重慶柏溪	重慶大學、中央大學、復旦大學
135	厰民	江蘇武進	1914.12	1938.6	1940年秋	江津白沙鎮	①國立編譯館編審

136	楊憲益	江蘇淮安	1915.1	1940	1946 年秋	①重慶②北碚	①中央大學柏溪分校②國立編譯館③1943 年回重慶
137	趙瑞蕻	浙江溫州	1915.11	1941	1946 年夏	重慶柏溪	①南開中學②中央大學外文系
138	袁水拍	江蘇吳縣	1916	1940.8	1941.6		①重慶中國銀行②中國電影製片廠③1941 年 6 月至香港，1942 年 4 月返渝④創辦美學出版社
				1942.4	1946.1		
139	賈植芳	山西汾城	1916.1	1939.1	1940.3	上清寺	①《掃蕩報》編輯
140	碧野	廣東大埔	1916.2	1943.8	1946		①群益出版社②江津白沙女子附中③廣益中學
141	田濤	河北望郡	1916.3	1941	抗戰勝利後		①朝陽學院②馮玉祥伴讀
142	徐昌霖	浙江杭州	1916.9	1940			①重慶中國電影製片廠編輯②《戲劇崗位》副主編
143	駱賓基	吉林琿春	1917	1944 年春	1946 年春末	①張家花園②覃家崗	①豐都適存女中②沙坪壩治平中學③社會大學
144	豐村	河南清豐	1917	1941	1946	①七星崗②覃家崗	①文協②中華工業社鐵工廠③豐都適存女中
145	無名氏（卜乃夫）	江蘇揚州	1917	1938	1945.11	①市郊清水溪②吳師爺巷 1 號(大韓民國臨時政府)③南岸張家花園	①藝文研究會編譯員②中央圖書雜誌審查委員會幹事③重慶《掃蕩報》記者④1942 年離渝去西安，1944 年底返渝
146	吳祖光	北平	1917.4	1939	1939	江安	國立戲劇專科學校講師
				1941	1943	中山一路二流堂	①中央青年劇社、中華劇藝社編導②《新民晚報》副刊編輯③《清明》雜誌主編④1943～1944 隨怒吼劇社去成都
				1944	1946.1		
147	鄒荻帆	湖北天門	1917.5	1940.5	1944	北碚黃桷鎮	①復旦大學外國文學系學生②創辦《詩墾地》

148	張秀亞	河北滄州	1919	1942	抗戰勝利後		①《益世報》社論委員 ②《益世報》文藝副刊《語林》主編
149	尹雪曼	河南汲縣	1919	1942夏	1944		①中央訓練團編纂組 ②國家總動員文化組
				1944	1946.4		①財政部緝私署政治部 ②主編《新蜀夜話》③1944年曾離渝赴西安
150	姚奔	吉林扶餘	1919.3	1939春	抗戰勝利後	北碚	①復旦大學新聞系學生 ②《自由西報》編輯 ③重慶英國駐華大使館新聞處
151	冀汸	湖北天門生於爪哇	1920	1940.1	1946.6	北碚	復旦大學歷史系學生
152	彭燕郊	福建莆田	1920.9	1944	1945日本投降後		
153	杜谷	江蘇揚州	1920.11	1940.9	留在四川		①文化工作委員會 ②中央大學柏溪分校 ③1943離渝去成都
154	王藍	河北阜城	1922				
155	綠原	湖北黃陂	1922.11	1940.12	1947	北碚黃桷鎮	①中國興業公司鋼鐵部職工俱樂部閱覽室管理員 ②復旦大學外國文學系學生 ③岳池縣新三中學任教
156	舒燕 （方管）	安徽桐城	.1922.7	1939年初	1946.8	①重慶 ②江津白沙	①中國電影製片廠 ②國立中央政治學校助教 ③1944年6月國立女子師範學院國文系
157	曾卓	湖北黃陂	1922.3	1938	1946年夏	北碚	①復旦中學、東方中學讀高中 ②復旦大學校友服務部 ③1943年考入中央大學歷史系
158	路翎	江蘇蘇州	1923.1	1938	1946.5	北碚天府鎮	①育才學校 ②國民政府經濟部礦冶研究所會計科辦事員 ③中央政治學校

159	化鐵	湖北武漢	1925	1939		①合川 ②北碚後峰岩 ③沙坪壩	①合川鋼鐵廠 ②北碚後峰岩礦冶研究所 ③1943 年就讀中央工業專科學校 ④中央氣象局
160	劉英士						
161	楊村彬						
162	孫晉三						①中央大學 ②主編《時與潮》
163	王語今	吉林		1938	1946		中蘇文化協會秘書

參考文獻

（一）作家作品集：略

（二）報刊類

《新蜀報》1937 年～1940 年

《新民報》（渝版）

《大公報》（重慶版）

《時事新報》

《掃蕩報》

《中央日報》（渝版）

《抗戰文藝》

《七月》

《希望》

《文藝先鋒》

《文化先鋒》

《彈花》

《旅行雜誌》

《文藝陣地》

《出版界月刊》

《大美週刊》

（三）研究專著

1. 〔美〕白修德、賈安娜，中國的驚雷〔M〕，北京：新華出版社，1988。

2. 〔美〕貝西爾，重慶雜談〔M〕，上海：文通書局，1946。

3. 重慶抗戰調研課題組編，重慶市抗戰時期人口傷亡和財產損失，北京：中共黨史出版社，2011。

4. 重慶市檔案館、重慶師範大學合編，中國戰時首都檔案文獻·戰時社會〔M〕，重慶：重慶出版社，2014。

5. 重慶市檔案館、重慶師範大學合編，中國戰時首都檔案文獻·戰時動員〔M〕，重慶：重慶出版社，2014。

6. 重慶市文史研究館編：《陪都星雲錄》，1994年版。

7. 重慶市文史研究館編：《巴渝故實錄》，1994年版。

8. 《重慶抗戰紀事（1937－1945）》，重慶重慶出版社，1985年版。

9. 重慶出版社編：《作家在重慶》，重慶出版社，1983年版。

10. 段渝主編：《抗戰時期的四川》，四川出版集團巴蜀書社，2005年版。

11. 段從學，文協與抗戰時期文藝運動〔M〕，北京：北京大學出版社，2012。

12. 路翎：《致胡風書信全編》，大象出版社，2004年版。

13. 費正清：《劍橋中華民國史》，中國科學出版社，1994年版。

14. 費正清：《費正清中國回憶錄》，中信出版社，2013年版。

15. 《中國抗日戰爭時期大後方文學書系》，重慶出版社，1989年版。

16. 郝明工，陪都文化論〔M〕，烏魯木齊：新疆大學出版社，1994。

17. 賀桂梅，轉折的年代：40～50年代作家研究〔M〕，濟南：山東教育出版社，2003。

18. 胡風，致路翎書信全編〔M〕，北京：大象出版社，2004。

19. 胡紹軒：《現代文壇風雲錄》，重慶出版社，1991年版。

20. 靳明全主編，重慶抗戰文學論稿〔M〕，重慶：重慶出版社，2003。

21. 《抗日戰爭中的重慶》，重慶：西南師範大學出版社，1986年版。

22. 《作家在重慶》，重慶出版社，1983年版。

23. 隗瀛濤：《近代重慶城市史》，四川大學出版社，1991年版。

24. 廖全京編，作家戰地訪問團史料選編〔M〕，成都：四川省社會科學院出版社，1984。

25. 李書磊，1942：走向民間〔M〕，濟南：山東教育出版社，2002。

26. 李怡，現代四川文學的巴蜀文化闡釋〔M〕，長沙：湖南教育出版社，1995。

27. 李怡：《七月派作家評傳》，重慶出版社，2000年版。

28. 李怡，日本體驗與中國現代文學的發生〔M〕，北京：北京大學出版社，2009。

29. 李怡，閱讀現代——論魯迅與中國現代文學〔M〕，重慶：西南師範大學出版社，2002。

30. 李禹階主編：《重慶移民史》，中國社會科學出版社，2013 年版。

31. 藍海，中國抗戰文藝史〔M〕，濟南：山東文藝出版社，1984。

32. 彭承福編，重慶人民對抗戰的貢獻〔M〕，重慶：重慶出版社，1995。

33. 潘洵，抗日戰爭時期重慶大轟炸研究〔M〕，北京：商務印書館，2013。

34. 齊邦媛，巨流河〔M〕，臺灣：天下遠見出版有限公司，2009。

35. 錢理群，1948：天地玄黃〔M〕，濟南：山東教育出版社，2002。

36. 秦人路，孫玉蓉編，文人筆下的文人〔M〕，長沙：嶽麓書社出版社，1987。

37. 施康強編，四川的凸現〔M〕，北京：中央編譯出版社，2001。

38. 施康強編，浪跡滇黔桂〔M〕，北京：中央編譯出版社，2001。

39. 施康強編，征程與歸程〔M〕，北京：中央編譯出版社，2001。

40. 蘇光文，大後方文學論稿〔M〕，重慶：西南大學出版社，1994。

41. 蘇光文，抗戰文學紀程〔M〕，重慶：西南師範大學出版社，1986。

42. 蘇光文，抗戰時期重慶的文化〔M〕，重慶：重慶出版社，1995。

43. 蘇智良等編，去大後方——中國抗戰內遷實錄〔M〕，上海：上海人民出版社，2005。

44. 司馬長風，中國新文學史〔M〕，香港：昭明出版社，1978。

45. 商金林，葉聖陶抗戰時期文集〔M〕，北京：人民教育出版社，2005。

46. 蘇雪林等，抗戰時期文學回憶錄〔M〕，臺灣：文訊月刊雜誌社，1987。

47. 文天行，抗戰時期國統區的文藝運動〔M〕，成都：四川省社會科學院出版社，1985，

48. 文天行，國統區抗戰文藝大事記〔M〕，成都：四川省社會科學院出版社，1985。

49. 文天行，王大明，廖全京編，中華全國文藝界抗敵協會史料彙編〔M〕，成都：四川省社會科學院出版社，1983。

50. 吳福輝，都市漩流中的海派小說〔M〕，長沙：湖南教育出版社，1995。

51. 王曉漁，現代上海的文化場域（1927～1930）〔M〕，上海：上海人民出版社，2007。

52. 徐遲，我的文學生涯〔M〕，天津：百花文藝出版社，2006。

53. 許紀霖等著，近代中國知識分子的公共交往（1895～1949）〔M〕，上海：上海人民出版社，2008。

54. 解志熙，文學史的「詩與真」〔M〕，北京：北京大學出版社，2013。

55. 楊憲益，楊憲益自傳〔M〕，北京：人民日報出版社，2010。

56. 余英時，士與中國文化〔M〕，上海：上海人民出版社，2003。

57. 楊雪梅，陳銘德、鄧季惺與《新民報》〔M〕，北京：中華書局，2008。

58. 周勇主編，重慶通史〔M〕，重慶：重慶出版社，2002。

59. 趙園，北京：城與人〔M〕，北京：北京大學出版社，2002。

60. 趙園，艱難的選擇〔M〕，上海：上海文藝出版社，1986。

61. 趙園，想像與敘述〔M〕，北京：人民文學出版社，2009。

62. 朱鴻召，延安日常生活中的歷史：1937 至 1947〔M〕，桂林：廣西師範大學出版社，2007。

63. 張瑾，權力、衝突與變革——1926～1937 重慶城市現代化研究〔M〕，重慶：重慶出版社，2003。

64. 鍾樹梁主編，抗戰時期西南的文化事業〔M〕，成都：成都出版社，1990。

65. 周少川等著，中國出版通史〔M〕，北京：中國書籍出版社，2008。

66. 周錫瑞、李皓天主編，1943：中國在十字路口〔M〕，北京：社會科學文獻出版社，2016。

67. 趙瑞蕻，離亂絃歌憶舊遊——從西南聯大到金色晚秋〔M〕，上海：文匯出版社，2000。

68. 周勇、任競主編，抗戰大後方歌謠彙編〔M〕，重慶：重慶出版社，2011。

69. 張中良，抗戰文學與正面戰場〔M〕，北京：社會科學文獻出版社，2014。

70. 周曉風，20 世紀重慶文學史〔M〕，重慶：重慶出版社，2009。

71. 中央宣傳部文化運動委員會編，《抗戰四年來的文化運動》，1941。

72. 謝泳編著，西南聯大與中國現代知識分子〔M〕，福州：福建教育出版社，2009。

（四）論文類

1. 段從學，夏季大轟炸與大後方文學轉型——從抗戰文學史的分期說起〔J〕，中國現代文學研究叢刊，2011 年第 7 期。

2. 劉納：《舊形式的復活：從一個角度談抗戰時期的重慶文學》，《涪陵師專學報》，1999 年第 4 期。

3. 李怡：《重慶文學、地域文學與文學史》，《涪陵師專學報》，1999 年第 4 期。

4. 李怡：《抗戰：中國文化的資源與重慶文化的資源》，《涪陵師範學院學報》，2006 年第 2 期。

5. 秦弓：《重慶抗戰文學研究要有個性》，《涪陵師專學報》，1994 年第 4 期。

6. 秦弓：《張恨水的「國難小說」》，《涪陵師專學報》，2000 年第 2 期。

7. 錢理群：《關於 20 世紀 40 年代大文學史的斷想》，《中國現代文學研究叢刊》，2005 年第 1 期。

8. 馬晶：《本土與外來：文化地理狀態的改變與抗戰時期的陪都戲劇文學》，《中華文化》，2015 年第 8 期。

9. 吳福輝：《抗戰期間「文協」作家的重慶集聚地》，《漢語言文學研究》，2011 年第 1 期。

10. 王學振：《再論抗戰文學中的重慶城市形象塑造》，《文學評論》，2010 年第 2 期。

11. 王學振：《〈新華日報〉的魯迅紀念》，《魯迅研究月刊》，2011 年第 10 期。

12. 王學振：《抗戰文學研究的邊界問題》，《南方文壇》，2014 年第 4 期。

13. 王學振：《論抗戰文學的內遷題材》，《中國現代文學研究叢刊》，2015 年第 7 期。

14. 熊飛宇：《〈文藝陣地〉對抗戰時期文學論爭的介入及其理論建構》，《承德民族師專學報》，2011 年第 3 期。

15. 解志熙：《相濡以沫在戰時——現代文學互動行爲及其意義例釋》，《新文學史料》，2011 年第 3 期。

16. 趙園、錢理群、洪子誠等：《20 世紀 40 至 70 年代文學研究：問題與方法》，《中國現代文學研究叢刊》，2004 年第 2 期。

17. 張瑾：《民國時期「下江人」的形成與認同》，《西南民族學院學報》（哲學社會科學版），2001 年第 4 期。

18. 張武軍：背景、上海文學中心的陷落與重慶文學中心的形成——略論抗戰對中國現代文學格局的影響》，《現代中國文化與文學》，2005 年第 2 期。

19. 張武軍：《重慶霧與中國抗戰文學》，《西南大學學報》（社會科學版），2009 年第 2 期。

20. 張武軍：《張恨水小說創作與重慶》，《紅岩》，2009 年第 2 期。

致　謝

　　作為一名重慶人，在抗戰勝利 70 餘年過去之後，我們的生活中仍隨處可見下江人的元素。我家所在的街道在抗戰時名為「蔡鍔路」，老舍的「多鼠齋」，梁實秋的「雅舍」都在這條街上。不遠處，是曾在眾多作家筆下都出現過的縉雲山和北溫泉。對岸，隔著嘉陵江，是復旦大學舊址……當年，來自「下江」的文藝家們就在這條路上來來回回，在嘉陵江的兩岸往返。老舍在北碚的舊居，如今早已成為核心的商業區域，當年「村姑汲水自來去」的田園風光已被林立的商場所取代。高樓大廈包圍著這座小小的院落，濃綠高大的芭蕉樹環繞著院中的青磚小屋，院子的大門口題寫著老舍的《北碚辭歲》：「霧裏梅花江上煙，小三峽裏又一年。病中逢酒仍須醉，家在盧溝橋北邊。」每次從小院門口經過都免不了想：當年會是一個什麼樣的景象？老舍和他的朋友們、家人們在北碚的生活會是一個什麼樣的心境？正是這一切，引發了我對下江人和抗戰時期重慶文學之間的興趣。

　　博士論文的寫作過程既艱辛又愉悅，下江人和抗戰時期重慶文學的種種聯繫，實在太過寬泛，信息量巨大。在這個網絡無處不在的時代，要找到作家著作，當年的報刊雜誌並非難事，難的是如何從眾多文字中提煉出下江人和重慶文學的關係。自身的惰性更加劇了論文寫作的難度，寫作時斷時續，時間不斷延長，遲遲未能完成。不過，每天最令人放鬆和自在的恰恰是晚上寫論文、看文獻的時刻。結束白天的繁瑣，進入夜晚屬於自己的閱讀和寫作空間，內心的興奮和自在實在妙不可言。

　　感謝我的導師李怡先生！從讀研究生的那一天起，無論是學業還是生活，怡師給予的教誨都已經深深的影響到我人生道路的選擇。回想起來，過

去的 15 年，最歡樂、充實的時光都是跟著怡師讀書的那些時日！在怡師的引導下，我感受到了來自現代文學的魅力，這不是一個過度開發的領域，而是充滿各種有趣的話題，有很多的未知信息等待發掘。也許我成不了一名學者，但這個領域將會是我的研究興趣所在。

感謝藍棣之先生，在考博、讀博過程中一直給予我鼓勵，以及在學業上予以提點，只可惜我做得不夠，有負先生的信任。其次，我要向參加過我的開題、預答辯的張檸、馬睿、毛迅、陳思廣等諸位先生，致以真誠的感謝和敬意，他們對論文所提出的建議和修改意見使我深受啓發，也讓我對自己博士論文的主題更加明晰。感謝對我的畢業論文進行匿名評審和出席我畢業答辯的各位專家，感謝他們百忙之中評閱我的論文，感謝他們提出的寶貴意見！

讀博期間，偶有外出開會、訪學或交流，常遇到前輩師友予以我點撥和關心，在此向張中良、段從學、張堂錡、姜飛等先生致謝！

當然還有我親愛的西川同門，我的兄弟姐妹們，和他們在一起的每時每刻都是甜蜜的記憶！曾經為討論一個話題從川大的東門說到北門，從傍晚說到深夜，喝完一杯茶又一杯茶，那種快樂和興奮永生難忘！感謝張武軍師兄、周維東師兄，他們經常不厭其煩的為我答疑解惑！

感謝劉萬忠先生，從選擇讀研究生那一刻開始，就無怨無悔的支持我！雖然他不甚瞭解我研究的內容，卻樂於陪我查資料、寫論文，毫無怨言的為我的書買單，是當之無愧的論文寫作最佳伴侶！感謝我的父母，他們的關愛和支持是我完成博士論文的最大動力！

六年的博士生活，我並沒有做出什麼優異的成果，但是卻讓我學會了很多，收穫了很多，感謝這段生活！感謝陪伴我走過這段道路的所有朋友！